페미니스트 나혜석을 해부하다

송명희

지식과교양

페미니스트 나혜석을 해부하다

머리말

나혜석에 관한 한 권의 책을 엮으면서 돌아보니, 1995년에 처음 시작된 나혜석 연구가 어언 20년이 넘는 동안 계속되어 왔다는 것을 알게 되었다.

현대문학을 연구해온 국문학자로서 또는 페미니즘 비평가로서 그동안 30여 권이 넘는 책을 발간했지만 어느 한 작가가 나의 책의 제목에 등장한 것은 나의 박사논문의 연구대상이었던 이광수에 이어 나혜석이 두 번째인 것 같다. 아니 김명순의 소설과 이양하의 수필을 원문과 현대어로 번역하여 편저한 책들이 있으니 다섯 번째인가?

나혜석에 대한 나의 관심은 단순히 그녀가 문학가였다는 데에 한정되지 않는다. 그녀는 문인이거나 서양화가이기 이전에 근대 초기의 대표적인 페미니즘 이론가였다. 1914년 『학지광』에 발표한 최초의 글 「이상적 부인」은 그녀의 운명을 결정지은 이정표와도 같은 글이다. 그녀는 이상적 부인이 되기 위해 근대교육을 받았고, 이상적 부인으로 일생을 살고자 하였다. 하지만 이혼 후 나혜석은 스캔들의 주인공으로 호사가의 입에 오르내려 왔다.

그런데 뉴밀레니엄이 되자 나혜석은 문화인물로 지정(2000년 2월)되는 영광을 안게 된다. 신사임당에 이어 두 번째로 여성이 문화인물로 지정되는 쾌거였다. 그녀는 너무 첨단적이어서 자신이 살았던 당대에는 사회로부터 이해받지 못한 채 천재성의 절대고독을 견디면서 불꽃같은 삶을 살다 갔다. 그러다 한 세기를 건너뛰고 새로운 천년이 시작되자 그녀는 마침내 자신이 추구하고자 했던 '이상적 부인'의 반열에 올라 후대 여성들의 사표가 되었다. 21C는 신사임당과 같은 여성이 아니라 적극적으로 자아를 실현한 여성에 대해 재평가를 시작한 것이다.

나는 올해에도 나혜석에 관한 두 편의 글을 썼다. 2015년에 그녀의 글을 읽어보아도 그녀의 글은 여전히 새롭고 혁명적이고 선구적이라는 느낌을 지울 수 없다. 그녀는 1914년에 「이상적 부인」에서 현모양처 이데올로기의 허위의식을 이미 꿰뚫어 보았고, 1923년의 「모된 감상기」에서 모성신화를 통렬히 비판하며 모성은 결코 본능이 아니라고 주장했다. 1934년에는 「이혼고백장」을 통해서 여성에게 일방적으로 적용되는 간통죄의 부당함을 지적하며 결혼생활의 권태를 극복하기 위해 개방적 남녀교제가 필요하다고 주장했다. 뿐만 아니라 「신생활에 들면서」(1935)에서는 '정조는 취미다'라고 선언하며 성적 자기결정권을 천명했던 것이다.

이처럼 1910년대부터 1930년대에 걸쳐 발표된 그녀의 글은 근대와 현대를 가로질러 아직도 첨단성과 진보성을 보여준다. 더욱이 그녀는 그것을 당대에 자신의 삶을 통해 실천한 혁명가였다. 그녀의 새로움은 그녀가 속했던 사회와 시대에 굴복하지 않고 자신의 신념을 줄기차게 실천해 나갔기에 더욱 빛을 발한다. 프랑스의 올렝쁘 드 구쥬(Olympe De Gouges)는 프랑스혁명기에 여성이 연단에 설 권리를 주장하다가 단두대의 이슬로 사라졌다. 나혜석도 그와 버금가는 가부장사회의 탄압 속에서 여성의 권리에 대한 혁명적 주장을 하다가 이혼을 당하고 행려병자로 쓸쓸하게 일생을 마감했다. 그러나 그 길은 나혜석이 기꺼이 가고자 한 길이었다. 비록 그 길이 세속적인 의미에서 안일함을 주진 못했지만 고독과 고난의 가시밭길을 나혜석은 주저 없이 선택했다.

이 책은 기본적으로 페미니즘 관점을 취하였지만 바흐친의 대화주의, 미술과 문학의 상호텍스트성, 일본 '백화파'의 영향관계, 젠더지리학 등 다양한 시각으로 나혜석의 문학을 깊이있게 읽고자 하였다.

나는 학생들에게 늘 말하곤 한다. 오늘날 우리가 이만큼의 양성평등의 시대를 살아가게 된 것은 나혜석을 비롯하여 선대 여성들의 피나는 노력과 희생 위에서 얻어진 것임을 잊지 말아야 한다고….

100년을 앞서 간 나혜석과 근대 여성작가들의 영전에 이 책을 바친다.

2015년 늦가을 송명희 씀.

차례

제2부 대화주의와 상호텍스트성

제3부 나혜석 문학연구의 과제와 일본 '백화파'의 영향

제1부

신여성 나혜석과 페미니즘

01

신여성 나혜석의 페미니즘[1]

1. 머리말

나혜석(1896~1948)은 근대 초기에 동경 유학을 경험한 대표적 신여성이요, 페미니스트로서 1914년부터 페미니즘에 입각한 글을 발표하기 시작했다. 그녀는 최초의 여성 서양화가로서 선전(鮮殿)에서의 특선은 물론이며, 동경에서 열린 제전(帝殿)에서의 입상 등 화가로서 탁월한 재능을 발휘했다. 또한 나혜석은 김명순, 김원주(일엽)와 함께 근대 초기의 대표적 여성문인이다.

나혜석은 소설과 시, 희곡, 논설, 수필에 이르기까지 다양한 장르에서 비교적 많은 문학작품을 발표했음에도 불구하고 그녀의 생애는 작가로서나 서양화가로서 진지하게 연구되기보다는 선각적 신여성

---

1 학술지에 발표했을 당시의 제목은 「나혜석의 페미니즘 연구」였다.

이면서 동시에 실패한 신여성의 모델로서, 그녀의 화려하면서도 파란만장한 생애가 더 자주 호사가의 입에 오르내려왔다.

본고는 나혜석을 근대 초기의 대표적 페미니스트요, 페미니즘 문학가로 파악하여 그녀의 페미니즘의 특징과 변화 과정을 고찰하고자 한다.

나혜석의 페미니즘은 1914년에 「학지광」에 발표된 논설 「이상적 부인」으로부터 드러나기 시작하여 부르주아 여성의 입장에서 자유주의적 페미니즘을 주창하였으나 이혼을 전후한 1930년대를 전환점으로 하여 성해방에 관한 진보적 개방적 태도를 표명하는 급진적 페미니즘으로 변화하였다.

따라서 1914년부터 1920년대까지를 전기로, 이혼을 전후한 1930년대 이후를 후기로 구분하여 나혜석의 페미니즘을 고찰하겠다.

2. 전기 페미니즘과 단편소설 「경희」

나혜석은 활달한 성격과 명석한 두뇌로 일찍부터 뛰어난 재능을 보이기 시작했는데, 부유하고 개화된 집안의 분위기와 외국 유학을 경험한 오빠들의 권유로 1913년(17세)에 동경 유학(동경여자미술학교)의 길에 오른다. 당시 근대적 지성을 대표하는 이광수 등과 활발한 교류가 동경에서 이루어졌으며, 최승구와의 열렬한 자유연애와 그의 사망, 상처한 김우영의 집념어린 구애와 결혼, 외교관의 부인으로 우리나라 여성으로서는 최초로 구미여행과 파리 유학을 한 점, 파리에서 천도교의 지도자이자 민족지도자였던 최린과의 연애사건

등이 나혜석이 전기에 경험한 대표적 사건들이다.

그녀는 당시 동경 유학생들의 기관지 「학지광(學之光)」에 근대적 여성의 권리를 부르짖은 「이상적 부인」(1914)을 발표하여 페미니스트로서 두각을 나타내기 시작했다. 또한 여자 유학생들로 구성된 「조선여자친목회」를 조직하여 잡지 『여자계』를 발간하기도 했다. 「이상적 부인」은 양처현모의 부덕을 강조하고, 여성을 노예화하는 차별적 교육을 비판한 논설로, 이 글 속에 나혜석의 전기 페미니즘의 싹이 잘 엿보인다고 하겠다.

> 남자는 부(夫)요, 부(父)라. 양부현부(良夫賢父)의 교육법은 아직도 듣지 못하였으니, 다만 여자에 한하여 부속물된 교육주의라. 정신 수양상으로 언하더라도 실로 재미없는 말이라. 또 부인의 온양유순으로만 이상이라 함도 필취할 바가 아닌가 하노니, 운하면 여자를 노예 만들기 위하여 차 주의로 부덕의 장려가 필요하였었도다.–「이상적 부인」에서[2]

나혜석은 이 글에서 이상적 부인의 전형으로 "혁신으로 이상을 삼은 카츄샤, 이기(利己)로 이상을 삼은 막다, 진(眞)의 연애로 이상을 삼은 노라부인, 종교적 평등주의로 이상을 삼은 스토우 부인, 천재적으로 이상을 삼은 라이죠 여사, 원만한 가정을 가진 요사노 여사" 등을 예거한다. 그리고 이상적 부인이 되기 위해서는 지식과 기예(技藝)라는 실력과 권력이 필요하다고 역설하며 자신의 예술에 대한 노력도 이상을 실현하기 위한 과정임을 천명한다.

---

2. 김종욱 편, 『라혜석–날아간 청조』, 신흥출판사, 1981, 193면.

이 글은 마치 여성을 해방시키기 위해서는 보다 더 평등주의에 입각한 교육이 필요하다고 합리주의에 입각하여 여권론을 폈던 울스턴크래프트의 주장을 듣는 것 같다. 나혜석은 초기부터 성차의 근원을 성역할 사회화 과정에 있다고 판단하여 사회화의 변화를 추구하는 실천운동을 통해 평등사회를 구현할 수 있다고 보는 자유주의 페미니즘의 입장을 분명하게 드러냈다.

「잡감(雜感)」(1917)에서 나혜석은 K언니에게 보내는 서간체 형식을 통하여 "언니! 어서 공부해서 사업합시다"라고 말하고 있는데, 이때의 사업이란 말할 필요도 없이 남녀평등적 사회 구현을 의미한다. 그녀는 20C야말로 여자의 무대요, 조선여자도 무대상에 참여할 욕심을 내야 할 시대임을 역설한다. 그리고 여자가 사업을 하기 위해서는 전통적인 여성성에서 탈피하여 나가야 할 것을 역설하는데, 20C의 자각한 사람에게는 "그 색시 안존하다, 말이 없다, 공손하다, 남자를 보면 잘 피한다"라는 성차별적인 여성성을 강요하는 무가치한 칭찬보다는 "그 계집이 활발하다, 그 여자 말도 많다, 건방지기도 하다, 남자와 교제가 많다."와 같은 가치 있는 욕이 귀하다고 역설한다.

또한 나혜석은 영국 페미니즘의 어머니로 불리는 울스턴크래프트(Mary Wollstonecraft)가 「여성의 권리옹호」(1792)에서 여성들이 남성들과 똑같이 합리적인 인간본성을 공유한다는 주장을 표명했듯이[3] 남녀의 본성 동질론을 편다. "남자가 이해할 수 있는 모든 일을 여자도 능히 이해할 수 있다. 일로 추리해볼진대 여자의 본성적 이

3. 로즈마리 통, 이소영 역, 『페미니즘 사상』, 한신문화사, 1995, 23면.

론, 즉 심리적 작용에는 조금도 남자와 다름이 없다. 일용의 직분에 지(至)하여서는 혹 차별이 생길지는 모르겠다. 여자들아! 껍데기만 살지 말고 영혼이 있을지어다"라고 역설하며 여성으로서의 바른 정체성의 확립, 나아가 조선인으로서의 바른 정체성의 확립과 역사적 사명을 강조한다. 또한 나혜석은 이 글에서 양성주의적 입장을 개진하기도 한다.

> 우리는 남자를 구수(仇讐)같이 알고 남녀 양성간은 육으로만 결합되는 줄 아는데, 남들은 남자를 이해하여 남성의 특징을 내가 취하기도 하고 여성의 장처(長處)를 그에게 자랑도 하여 남녀 양성 간에 육 외에 영의 결합까지 있는 줄을 압니다. -「잡감」에서[4]

즉 여자의 본성을 차별적 여성성으로 규정짓는 고정관념과 삼종지도의 숙명론을 벗어나 남녀의 본성이 동일하므로 여성도 남성성을 공유함으로써, 또는 남성도 여성성을 공유함으로써 완전한 인간이 될 수 있으며, 이상적 남녀관계를 이룰 수 있다는 것이다. 이는 영국의 페미니즘 소설가 버지니아 울프(Virginia Woolf)가 주장한 양성성(androgyny) 이론과 그대로 일치한다. 또한 나혜석은 20C의 역사의 전면에 여자도 적극적으로 참여하여 역사적 역할을 해야 할 것을 역설했다.

「인형의 집」(1921)은 매일신보에 번역 연재되었던 입센의 「인형의 가」의 삽화가로서 쓴 일종의 패러디(parody) 시이다. 이 시에서

---

4. 김종욱 편, 앞의 책, 200면.

나혜석은 매우 강렬한 톤으로 삼종지도를 비판하고, 여성의 인간으로서의 주체성을 주장하고 있다. 그런데 「인형의 집」은 매일신보(1921.4.3)에 실린 시와 출전 미상의 시 두 편이 있는데, 그 내용은 거의 흡사하지만 출전 미상의 「인형의 집」이 훨씬 강렬한 톤으로 페미니즘 사상을 고취한다. 여기서는 출전 미상의 시를 인용한다.

나는 사람이라네
남편의 아내 되기 전에
자녀의 어미 되기 전에
첫째로 사람이라네

(후렴)
노라를 놓아라
순순히 놓아다고
높은 장벽을 헐고
깊은 규문(閨門)을 열고
자유의 대기 중에
노라를 놓아라

나는 사람이라네
남편의 아내 되기 전에
자녀의 어미 되기 전에
첫째로 사람이라네
—「인형의 집」 1-3연[5]

---

5. 위의 책, 335면.

이 시는 여성이 아버지, 남편, 자식의 종속적 삶과 인형화된 삶으로부터 벗어나서 사람으로서의 주체성을 바로 세울 것을 주창한 작품이다. 아버지, 남편, 자식과의 관계에서 파악되는 삼종지도하에서의 여성의 삶이란 바로 여성의 사회적 지위나 신분의 예속성을 극명하게 드러내준다.

삼종지도란 인간으로서의 독립적이고 주체적인 삶이 아니라 인형화된 부속물로서의 예속적 무주체적 삶이므로 그러한 구속된 삶으로부터의 해방과 자유를 부르짖으며, 선각자적 의식에서 소녀들에게 페미니즘 사상을 따르라고 고취하고 있다.

여성의 인간으로서의 주체성과 자아존엄성의 확립이 여성해방의 기초임을 역설한 논설로서 「나를 잊지 않는 행복」(1924), 「생활개량에 대한 여자의 부르짖음」(1926) 등이 있는데, 「생활개량에 대한 여자의 부르짖음」에서 그녀는 여성도 생명이 있는 인간임을 선언하며, 따라서 자신에 대한 사랑과 주체성을 가져야 한다고 강조한다. 한편, 인간은 남녀의 상호결합에 의해서 전인격적 실현이 이루어지며, 사회의 단위인 가정도 구성된다는 견해를 피력함으로써 남녀의 상호보완적 의존적 관계를 이상으로 간주한다. 하지만 현실에서 나타나는 남녀차별 현상에 대해서는 비판적 시각을 견지한다.

요사이 남녀문제를 들어 말하는 중에 여자는 남자에게 밥을 얻어먹으니 남자와 평등이 아니요, 해방이 없고, 자유가 없다고 흔히들 말합니다. 이는 오직 남자가 벌어오는 것만 큰 자랑으로 알 뿐이요, 남자가 벌어지도록 옷을 해 입히고 음식을 해먹이고, 정신상 위로를 주어 그만한 활동을 주는 여자의 힘을 고맙게 여기지 못하는 까닭입니다. -「생활개량에

대한 여자의 부르짖음」에서[6]

"이 글에서 보면 남성의 가계부담자로서의 역할분담, 여성의 가사 노동자로서의 역할분담을 인정함을 알 수 있다. 즉 성별분업에 입각한 가정생활을 주장하며 단순히 경제적 사회적 능력 여부에 의해서 남녀의 차별을 할 수 없다는 입장을 분명히 한다. 그리고 개개인에게서 나타나는 남녀차별은 사회제도와 교육, 또한 여성들에게 내면화된 아들과 딸의 차별의식으로부터 발생되는 것이라고 진단한다."[7] 밖에서 일하는 여성이 별로 없던 그 시절에 이와 같은 의식은 아무리 진보적 페미니스트라고 하더라도 어쩔 수 없는 한계라고 생각되며, 계층적으로 자유주의 페미니스트가 될 수밖에 없었던 나혜석의 입장을 잘 나타내 주는 바라고 할 수 있다.

결국 나혜석은 "결혼제도를 인정하는 가운데, 남녀의 역할분담 및 성별분업을 당연시한다. 20C 초반의 페미니즘 사상으로서는 남녀차별이 고정적인 성별분업에서 기인된다는 사실을 통찰하기는 어려울 수밖에 없다. 남녀의 성별분업 해소가 여성해방의 과제가 된다는 이념은 20C 후반에 와서야 형성된 것으로, 1975년 세계여성대회에서 '가정 및 사회 속에서 전통적으로 할당된 기능 및 역할을 재검토해야 한다'[8]고 선언한 데서 출발하였기 때문이다."[9] 마르크스주의 페미니

6. 위의 책, 223면.
7. 송명희, 「이광수의 『개척자』와 나혜석의 「경희」에 대한 비교연구」, 『비교문학』 제20호, 한국비교문학회, 1995, 112면.
8. 수전주지, 김희은 역, 『여성해방사상의 흐름을 찾아서』, 백산서당, 1983, 175-176면.
9. 송명희, 앞의 논문, 112-113면.

스트 크리스틴 델피(Christine Delphy)에 의하면, 여성을 억압하는 성계급의 본질은 결혼에서의 여성의 가부장적 착취를 통해 이루어진다. 즉 여성의 가사일과 자녀양육 책임은 성계급 관계의 뿌리로 표현된다.[10] 따라서 자유주의 여성해방론은 공사의 분리가 그들의 정치적 전략 내에서 재생산되는 것을 인식하지 못하고 공적 세계에 여성이 포함되어야 한다고 주장했던 것이다.[11] 즉 루소, 존 로크 같은 자유주의적 민주주의자들이 주장한 공사의 성별분업과 남녀분리가 자유주의 페미니즘의 남녀분리의 출발점이 되었다.

아무튼 나혜석은 여성의 경제적 자립을 통한 여성해방의 추구에는 관심을 두지 않았으며, 여성의 자아와 인간적 주체성에 대한 자각을 강조하며, 남녀차별의 사회현상을 비판하고, 그 원인을 잘못된 사회제도와 교육에서 발견하고자 하였지만 결혼제도를 통한 남녀의 역할분담과 성별분업을 인정하였다. 따라서 나혜석 초기의 사상은 초계급적 입장에서 부르주아 여성의 자유주의적 성격을 띤 페미니즘으로 규정지을 수 있을 것 같다.

그리고 나혜석은 3·1독립운동에 김활란, 박인덕 등과 함께 주동자로서 활약하다가 비밀집회와 독립만세 참가 모의 혐의로 검거되어 5개월간의 감옥생활까지 하였고, 남편 김우영이 만주 안동의 부영사로 있을 때에도 독립운동에 적극 가담한 것으로 알려지고[12] 있지만 그의 논설 및 문학작품에서 민족해방의 문제가 뚜렷한 이슈로 제기

---

10. 질라 R 아이젠슈타인, 김경애 역, 『자유주의 여성해방론의 급진적 미래』, 이대출판부, 1988, 23면.
11. 위의 책, 20면.
12. 전미정, 「나혜석의 삶과 여성의식」, 안숙원 외, 『한국여성문학비평론』, 개문사, 1995, 353-354면.

되지는 않고 있다.

나혜석의 전기 페미니즘은 단편소설 「경희」(『여자계』제2호, 1918)를 통해서 설득력 있게 형상화된다. 이 작품은 나혜석의 전기 페미니즘을 집대성한 작품이며, 그녀의 소설작품 6편 중에서 가장 압권에 속하며, 동시에 1910년대 후기의 문학사적 가치 면에서도 매우 탁월성을 보여주는 작품으로서 최근 여성 연구자들에 의해서 집중적으로 조명되고 있다. 이 작품은 동경유학생인 지식인 여성 '경희'를 주인공으로 설정한 소설로, 아버지가 강요하는 결혼보다는 또한 여성으로서의 삶보다는 인간으로서의 자각과 주체성 확립이 중요하며, 이를 위해서는 교육을 받는 것이 선결과제라는 주장을 담고 있는 나혜석의 자전적 요소가 강하게 반영된 작품이다.

이 작품의 제1장은 여자=결혼이라는 구시대적 가치관의 소유자인 사돈 마님과 근대적 가치관의 소유자인 경희 모와 경희 사이의 갈등을 통하여 여자도 남자와 동등한 교육이 필요하다는 근대적 가치관이 설득력 있게 제시된다. 제2장은 수남 어머니와 며느리와의 갈등적 관계를 통하여 교육받지 못한 여성의 문제, 중매결혼의 폐단 등이 드러나는데, 이 문제가 개인적 불행이 아니고 민족 전체의 집단적 문제이자 불행으로 제시되며 이 문제 해결을 위한 민족적 사명감을 일깨우고 있다. 제3장은 경희 부모의 대화를 중심으로 경희의 결혼문제가 구체적으로 거론되는데, 경희의 부가 나이, 문벌, 재산 등을 결혼의 중요한 조건으로 인식하는 데 반하여 어머니는 당사자의 의사가 더 중요하다는 인식의 차이를 드러낸다. 당사자의 의사가 존중되어야 한다는 것은 당시 이광수 등에 의해서 역설된 소위 자유연애사상의 핵심이다. 물론 이 작품은 자유연애를 주제로 삼은 작품이 아니다. 제4장은 외적 인물 간의 갈등이 아니라 경희의 자아 내부에서 갈등이 일어나는데, 전통적 여성의 안일한 길과 독립적이고 근대적인 신여성으로서의 주체적 길에 대한 선택을 놓고 겪는 내적 갈등을 다루고 있다. 이때의 내적 심적 갈등은 이 작품의 클라이맥스를 이루며, 결혼보다는 교육을 선택하고, 여자로서보다는 인간으로서의 주체성을 각성해야 한다는 결말로 작품이 끝나고 있다.

이 작품에서 보여준 갈등은 당시 나혜석 자신의 개인적 실존적 갈등의 반영이기도 하지만 동시대의 신여성이 겪어야 했던 갈등의 한 전형이다. 그리고 이 작품의 여성의 주체성 자각과 교육이라는 주제는 나혜석이 당대의 조선여성과 사회를 향해서 외치고 싶었던 여성해방의 명제라고 할 수 있다. 「경희」는 지식인 여성의 주체성 자각, 남성과 동등한 교육권 보장을 요구하며, 근대적 교육이 결코 여성으로서의 역할(가사노동과 정서적 역할 수행자로서)과 상치되지 않는다는 점을 실용주의적 관점에서 설득하고 있다. 그리고 근대교육이 여성의 취업에 긍정적으로 작용한다는 견해가 제시되지만 여성의 경제적 자립과 직업의 문제가 본격적으로 다루어지지는 않았다. 따라서 「경희」는 나혜석 초기의 부르주아 여성으로서의 교육권 요구와 남녀평등의 추구라는 부르주아적이고 자유주의적인 페미니즘을 형상화한 작품이다.

더욱이 나혜석의 소설 「회생한 손녀에게」(1918)나 동시대의 김명순의 소설인 「의심의 소녀」(1917) 등이 미칠 수 없는 높은 미학적 완결성을 보여준다는 점에서 작품적 가치 또한 크다고 하지 않을 수 없다.

3. 후기 페미니즘과 희곡「파리의 그 여자」

나혜석은 1927년에 외교관이 된 남편을 따라 세계여행의 길에 오르게 된다. 그녀는 1년 6개월 동안 서구의 가정과 사회를 체험하면서 화가로서나 페미니스트로서의 시야를 넓히고 돌아오지만 파리에서의 체류기간 동안 구미 30여 개 나라를 유람하던 민족지도자요, 천도교 지도자이던 최린과의 연애사건이 빌미가 되어 1930년에 이혼을 당하게 된다.

이혼으로 11년간의 결혼생활에 종지부를 찍은 후 나혜석의 페미니즘은 급진적이고 과격한 성격을 띠게 된다. 후기 페미니즘은「우애결혼 · 시험결혼」(1930, 대담),「이혼고백서」(1934, 논설),「독신여성의 정조론」(1935, 논설),「그 뒤에 얘기하는 제 여사의 이동좌담」(1935, 좌담) 등에서 집중적으로 표출된다.

「우애결혼 · 시험결혼」은 요즘 개념으로 계약결혼에 대한 찬성을 보여주는 글이다. 나혜석은 이혼 이전부터도 서구의 가정과 결혼제도에 대한 직접 견문을 통해서 결혼과 이혼 그리고 성문제에 대한 개방적 입장을 취하게 된다. 기자와의 대담을 통해서 부부중심의 결혼관, 계약결혼, 성교육의 필요성 등을 밝힌 내용은 당시로서는 매우 혁신적인 것이라고 하지 않을 수 없다. 특히 그녀는 생리적 측면의 성교육보다도 산아제한, 시험결혼이 어떤 것인지 하는 도덕상 사상상의 계몽을 시키는 것이 더욱 필요하다고 주장하였다.

「이혼고백서」는『삼천리』지에 최린과의 연애사건, 김우영과의 이혼의 전말, 이에 대한 자신의 견해 등을 피력한 글로서, 남녀의 정조와 성에 대해 작용하는 이중규범과 불평등을 "이 어이한 미개명의 부도덕이냐."라고 통렬하게 비판한다.

> 조선남성의 심사는 이상하외다. 자기는 정조관념이 없으면서 처에게나 일반여성에게 정조를 요구하고 또 남의 정조를 빼앗으려고 합니다. 서양에서나 동경사람쯤 하더라도 내가 정조관념이 없으면 남의 정조관념이 없는 것을 이해하고 존경합니다. 남에게 정조를 유린하는 이상 그 정조를 고수하도록 애호해주는 것도 보통 인정이 아닌가. 종종 방종한 여성이 있다면 자기가 직접 쾌락을 맛보면서 간접으로 말살시키고 저작시키는 일이 불소하외다. 이 어이한 미개명의 부도덕이냐. ―「이혼고백서」에서[13]

또한 결혼한 부부 사이에서도 개방적이고 진보적인 남녀관계가 필요하다는 이상을 제시하는데, 나혜석이 주장하는 개방결혼과 같은 진보적 결혼관계는 당시 사회에서 도저히 용납하기 어려웠고, 특히 이해 당사자인 남편 김우영으로서는 더욱 수용하기 어려웠으리라 생각된다.

> '다른 남자나 여자와 좋아 지내면 반면으로 자기 남편이나 아내와 더 잘 지낼 수 있지요' 하였습니다. 그는 공명하였습니다. 이와 같은 생각이 있는 것은 필경 자기가 자기를 속이고 마는 것인 줄은 모르나 나는 결코 내 남편을 속이고 다른 남자, 즉 C를 사랑하려고 한 것은 아니었나이다. 오히려 남편에게 정이 두터워지리라고 믿었사외다. 구미 일반 남녀 부부 사이에 이러한 공공연한 비밀이 있는 것을 보고, 또 있는 것이 당연한 일

---

13. 김종욱 편, 앞의 책, 126면.

> 이요, 중심되는 본 남편이나 본처를 어찌하지 않는 범위내의 행동은 죄도 아니요 실수도 아니라 가장 진보된 사람에게 마땅히 있어야 할 감정이라고 생각합니다. -「이혼고백서」에서[14]

나혜석은 이혼만 하지 않는다면 개방적 혼외관계는 문제될 것이 없으며, 진보적 사람에게 마땅히 있어야 할 감정이라고 주장했다.

여행을 통해서 바라본 구미의 외적 현상과 근대 초기의 우리나라의 구체적 현실과의 차이를 파악하지 못한 데서 나혜석은 혼외의 성적 자유의 추구가 가능했고, 거기에 그녀의 불행은 존재했다고 볼 수 있다.

폐쇄적인 결혼생활에 대한 비판은 「독신여성의 정조론」(1935, 논설)에서도 반복된다. 폐쇄적인 결혼과 가정 내에서 부부가 서로의 감정을 이해하지 못하는 데서 권태가 생기고 무미건조한 가정생활이 영위될 수밖에 없음을 강조하며, 나혜석은 결혼한 부부들은 개방적인 모임을 통해서 결혼생활의 권태를 극복해나가야 한다고 주장한다. 어쩌면 그녀는 자신의 폐쇄적인 결혼의 권태로부터 어떤 출구를 최린과의 연애에서 찾고자 했는지도 모른다. 같은 글에서 독신자들이 "정조관념을 지키기 위하여 신경쇠약에 들어 히스테리가 되는 것보다 돈을 주고 성욕을 풀고 명랑한 기분으로 살아가는 것이 아마 현대인의 사고상 필요할 걸요."라고 주장하며, 여자 공창과 마찬가지로 남자 공창의 필요성까지 제기하는 등 남녀의 성적 자유와 평등에 대한 급진적 태도를 거듭 천명하고 있다.

---

14. 위의 책, 107면(『삼천리』지 1934년 8월 게재 시에는 「이혼고백장」, 9월 게재 시에는 「이혼고백서」로 제목이 바뀌었다.).

결혼과 성에 대한 급진적 사상으로의 변화는「이혼고백서」에서 잘 드러나고 있는데, 그녀는 조선의 유식계급의 남녀가 똑같이 불행한 사람들이라고 논평한다. 그 이유는 개인적 문제가 아니라 사회적이며 민족적 문제라고 원인을 분석하는데, 남성의 경우, 사회적으로 남성적 자아실현이 차단된 식민지적 현실로부터 사랑으로 도피하고자 하지만 가족제도에 얽매인 가정과 몰이해한 처자로 인해 향락적인 생활에 몸을 내맡긴다고 진단한다. 여성의 경우에는 봉건적인 가족제도의 억압과 구속 속에서 현실과 이상의 극심한 격차와 사랑이 부재하는 부부관계로 인해서 신경쇠약에 걸리고 독신여성을 선망하게 된다는 것이다. 즉 일제강점하의 민족적 상황과 봉건적 가족제도로 인한 남녀의 불행 타개의 대안으로 결혼과 성에 대한 개방적 진보적 변화를 제시한 것이다.

그리고 그녀는 부부간에는 연애의 시기, 권태의 시기, 이해의 시기의 세 단계가 있는데, 이 세 시기를 잘 보내야만 정말 새로운 사랑의 의미 있는 부부생활이 가능하다고 말한다. 인생은 가정만도 예술만도 전부가 아닌 둘의 조화가 필요하고, 모성애는 최고의 행복인 동시에 최고의 불행, 즉 자신의 인생에 구속을 주는 갈등적 존재임을 피력한다.

또한 나혜석은「그 뒤에 얘기하는 제 여사의 이동좌담회」에서 인생의 창작성은 남녀교제에서 나오지만 조선의 결혼생활은 이중삼중의 부담과 구속, 자기희생과 개성의 상실을 초래하기 때문에 결혼생활로 돌아가고 싶지 않다는 견해를 표명하며, 단지 인간으로서의 자유스러움과 예술창작에의 정진이 그의 소망일 뿐이라고 말한다.

'나혜석의 후기 페미니즘은 성의 이중규범에 대한 통렬한 비판, 남녀의 공평한 성적 자유, 폐쇄적이고 가부장적인 결혼제도의 문제점 등에 집중적 관심을 표명하며, 그 대안으로 개방결혼과 독신주의 등을 제시함으로써 성의 해방을 주요한 주제로 삼은 급진적 페미니즘으로 변화해갔다. 이는 혼외의 성적 자유를 추구한 대가로 이혼을 했고, 이러한 실존적 삶의 경험으로부터 여성 억압의 구체적 현실을 보다 극명하게 파악하게 된 데 따른 결과라고 할 수 있다.'[15] 그녀는 현대의 급진주의 페미니즘이 추구하는 가부장적 가족의 폐기, 동성애와 같은 대안을 제시하는 단계까지 나아가지는 않았지만 당시로서는 매우 혁신적이고 급진적인 성적 자유를 주장했음을 알 수 있다.

「파리의 그 여자」는 1935년 『삼천리』지에 발표한 3막 희곡으로 작품성보다는 주제 전달에 목적을 둔 단순한 작품이다. 제1막은 파리 시내 한 호텔에서 친구관계의 두 남성 C와 D가 파리를 떠난 A의 아내인 B에 대해서 대화하는 장면으로 구성되어 있다. 여기에서 C는 이미 파리를 떠난 유부녀인 B의 재능을 아깝게 여기며, 그녀가 런던에 들러 여성문제를 더 연구해 갔더라면 조선사회에 유익이 되었을 것이라 아쉬워한다. C의 B에 대한 태도에서 결혼의 유무를 초월한 남녀 간의 우정이랄까 애정을 확인할 수 있다. 제2막은 뉴욕의 한 아파트에서 A의 친구들이 모여 A와 B 부부에 대한 이야기를 나누는 장면으로 구성되었는데, 똑똑한 여성에 대한 야유적 태도, 소화되지 않은 지식의 문제점이 인물들의 대화를 통해서 드러나며 간접적으로 B와 A의 성격이 표출된다. 제3막은 원산해수욕장을 배경으로 중년의 유부녀인 B와 그녀의 애인 J가 해변을 산책하는 장면이 제시되

15. 송명희, 앞의 논문, 117면.

면서 중년기 사랑의 가치가 주된 대화로 떠오른다. 이 작품은 기혼 여성 B를 둘러싼 C의 우정, 그리고 J와의 사랑 등 결혼의 유무를 초월한 개방적 남녀교제의 이상이 주제로서 제시되고 있다. 이 작품은 결혼제도 그 자체를 전면적으로 부정하지는 않았지만 결혼제도의 폐쇄성을 벗어난 남녀의 자유로운 교제가 이상으로 제시되며, 이를 실천하는 B라는 여성이 일탈적 시각에서가 아니라 조선사회를 이끌 선각적 여성으로 긍정적으로 제시되었다는 점에서 작가의 후기 페미니즘의 특성을 반영한 작품으로 읽혀진다.

4. 결론

나혜석의 페미니즘은 남녀가 모두 공적 노동에 참여함으로써 차별을 벗어날 수 있다는 주장을 폈던, 1920년대 중반에 우리나라를 강타했던 마르크스주의적 페미니즘과는 그 성격을 달리한다. 일찍이 마르크스가 『경제학비판』에서 인간의 의식이 존재를 규정하는 것이 아니라 그들의 사회적 존재가 의식을 규정한다고 했듯이 그녀는 부유한 집안 출신의 예술가였고, 자유연애의 이상에 따라 지식인 남성과 결혼하였으며, 외교관의 부인으로서 부족함이 없는 생활을 영위했던 부르주아 여성이었다. 이와 같은 계급적 기초는 그대로 그녀의 페미니즘 사상의 형성에 영향을 미친 것으로 보인다. 일반적으로 부르주아 또는 쁘띠 부르주아적 페미니즘에서 추구하는 자아의 확립, 연애의 자유, 결혼의 자유에 대한 추구의 맥락에서 나혜석의 페미니즘 역시 크게 벗어나지 않았다. 그리고 나혜석의 페미니즘은 일본 유학의 산물이었을 것으로 추정되는데, 근대 초기 페미니즘의 한 흐름이던 부르주아적 자유주의 페미니즘과 연결되어 있다.

나혜석은 전기에 여성 자아의 주체성에 대한 자각을 강조하며, 남녀차별의 사회현상을 비판하고, 그 원인을 잘못된 사회제도와 교육에서 발견하고자 하며, 결혼제도를 통한 남녀의 역할분담과 성별분업을 인정하는 등 부르주아적 여성의 입장에서 자유주의적 성격의 페미니즘을 개진했다.

하지만 1930년대를 전환점으로 하여 성의 이중규범에 대한 통렬한 비판, 남녀의 공평한 성적 자유, 폐쇄적 결혼제도의 문제점 등에 대해서 집중적으로 관심을 표명하며, 그 대안으로 개방결혼과 독신주의, 개방적 남녀교제 등을 제시함으로써 온건성을 벗어나 보다 급진적이고 과격한 성의 해방을 주제로 삼는 급진적 페미니즘으로 변화해갔다. 이는 서구여행 및 파리에서의 생활과 혼외의 성적 자유를 추구한 대가로 이혼을 했던 실존적 삶의 경험으로부터 여성 억압의 현실을 보다 극명하게 파악하게 된 데 따른 결과라고 할 수 있다.

나혜석은 이혼 후 1933년에 「여자미술학사」를 열어 미술연구생을 모집하여 경제적 자립을 시도했지만 성공하지 못했다. 나혜석의 실존적 삶의 기반이 노동을 통한 자립과는 거리가 멀었으므로 전기에는 자아의 확립을 통한 자유주의 성격의 페미니즘을, 후기에는 성의 해방을 통한 급진적 여성해방을 추구했다. 하지만 이혼으로 부르주아적 계급의 기반이 무너져버리자 해방은커녕 여성으로서는 물론 모성까지 거부당하는 등 인생 자체가 점차 황폐해져 결국 이름 없는 행려병자로 죽어갔다. 너무 선각자였기에 불행했던 신여성의 쓸쓸한 종말이었다. (『한어문교육』 제4호, 한국언어문학교육학회, 1996)

02

이광수의 『개척자』와 나혜석의 「경희」에 대한 비교연구

1. 머리말

페미니즘은 남성과 여성이라는 성별에 부과된 성의 정치와 성의 이데올로기를 문제 삼는 데서 출발한다. 특히 페미니즘 문학비평에서 작가의 젠더 내지 페미니즘 의식 소유 여부가 작품의 인물, 서사구조 및 의미 구축에 지대한 영향을 미치는 것으로 본다.

이 글은 근대 초기에 근대화를 추구한 대표적인 근대주의자 이광수와 대표적인 여성 페미니스트였던 나혜석의 동시대 작품인 『개척자』(『매일신보』, 1917.11.10-1918.3.15)와 「경희」(『여자계』제2호, 1918.3)를 중심으로 작품상에 나타난 페미니즘 의식의 비교와 이 의식이 작품의 인물, 서사구조 및 의미 구축에 어떤 영향을 미치고 있는가를 고찰해 보는 것을 목적으로 한다.

두 사람은 동시대의 인물이었고, 동경 유학 시절에 깊은 교류가 있었다고 알려지고 있다. 또한 두 사람은 당시 동경 유학생들의 기관지인 『학지광』을 중요한 작품 발표매체로 활용한 점 등에서 문학적 영향관계를 유추할 수도 있다. 하지만 이보다는 두 사람의 문학적 관계는 직접적 영향이나 모방의 관계, 또는 일방은 영향을 주고, 다른 일방은 영향을 받는 관계라기보다는 동시대적 인물 간의 교류에서 나타날 수 있는 무의식적 영향의 상호 수수라는 차원의 영향을 말할 수 있으리라고 생각된다.

그러나 본고는 봐이쉬타인(Urich Weisstein)이 "영향은 무의식적 모방이고, 모방은 직접적인 영향이다"라고 구별했을 때의 무의식적 영향이나 의식적 모방이란 논의 차원을 떠나 작가와 작품 자체의 대비를 통한 유사성과 공통성 및 차이성을 규명하는 데 목적을 둔다. 즉 웰렉(Rene Wellek) 등에 의해서 주장된 미국학파의 비교문학적 태도를 취한다.

금년(1995년)은 나혜석의 탄생 100주년이 되는 해이며, 이광수는 몇 해 전에 탄생 100주년을 보냈다. 두 사람은 근대 초기의 선각자였으며, 영욕이 극적으로 교차한 인물들로서 어떤 의미에서든지 우리 역사의 한 페이지를 장식하고 있다. 이광수와 나혜석이 20C 초반에 그들의 삶과 문학작품을 통해서 제기했던 여성해방의 문제들은 세기말인 오늘에도 아직 미해결의 장으로 남아 있는 현재성이 있기에 논의의 흥미와 관심은 더해질 것이다.

2. 이광수의 페미니즘과『개척자』

1) 이광수의 페미니즘

1892년에 태어난 이광수는 1905년에 일진회의 유학생으로 일본에 유학하여, 1906년에 일본의 대성중학에 입학하였다. 그는 학비 곤란으로 일시 귀국하였으나 1907년에 다시 도일하여 명치학원 중학 3년에 편입하여 1910년에 명치학원 5년을 졸업하고, 제일고등 예과에 합격하였으나 조부가 위독하다는 소식을 듣고 귀국하여 오산학교 교원이 되었다. 그 뒤 1915년에 김성수의 도움으로 다시 일본에 건너가 와세다대학 철학과에 특대생으로 진학하여 1919년의 2·8독립선언으로 상해로 탈출할 때까지 긴 기간 동안 일본에서 교육을 받았다.[1] 나혜석과의 만남은 세 번째 도일하였을 당시, 즉 와세다대학에서 공부하던 시절에 유학생 모임에서 처음 만난 것으로 전해진다.

이광수는 특별히 여성해방만을 열렬히 주창한 페미니스트는 아니었다. 그는 어디까지나 근대화를 지향하고 그 필요성을 역설하는 가운데 자연히 전통문화와 기존질서에 대한 비판과 변혁의지를 강력하게 표출했으며, 여성해방은 근대화의 변혁 목표 가운데 하나였다.

1910년대에 그가 주장한 근대화의 중요한 목표는 지정의(知情意)의 조화와 진선미(眞善美)의 합일을 이룬 인간을 이상적 인간형으로 삼으며, 자유와 평등을 기초로 한 개인의 인격에 대한 존중과 자아의 해방이었다. 그에게 근대화란 어떤 측면에서는 자아의 해방이라

---

1. 이광수,『이광수전집』별권, 우신사, 1979, 〈연보〉 참조.

는 가치실현을 의미했다.

> 문명은 어떤 의미로 보면 해방이라, 서양으로 보면 종교에 대한 개인의 영(靈)의 해방, 귀족에 대한 평민의 해방, 전제군주에 대한 국민의 해방, 무릇 어떤 개인 혹은 단체가 다른 개인 혹은 단체의 자유를 속박하던 것은 그 형식과 종류의 여하를 물론하고 다 해방하게 되는 것이 실로 근대문명의 특색이요, 또 노력이다. 여자의 해방과 자녀의 해방은 실로 이 기운에 승하지 아니치 못할 중대하고 긴요한 것일지니, 구미제방에서는 어떤 정도까지 이것이 실현되었지마는 우리 땅에서는 아직 꿈도 꾸지 못하는 바라.[2]

가족 내의 부자관계, 부부관계, 남녀관계에서 빚어지는 불평등한 인간관계를 평등하게 개선하는 것이야말로 자아의 해방에 이르는 중요한 길이었다. 그는 자아해방의 목표로서 가부장적 전통윤리를 부정하고, 자녀중심의 새로운 윤리를 세워야 한다고 역설하는가 하면 부부관계, 남녀관계에서 조성되는 남존여비의 관념을 비판하고 여성의 해방을 주창했던 것이다.

개인의 인격을 존중하는 것이 현대문명의 특징이라고[3] 파악한 이광수는 자유와 평등을 기초로 하여 가족 내의 여러 불평등하고 불합리한 인간관계를 개혁함으로써 개인을 해방시키는 동시에 궁극적으로는 민족의 번영과 발전을 도모하고자 하였다. 특히 이광수는 「조혼의 악습」(1916), 「혼인에 관한 관견」(1917), 「혼인론」(1917) 등에서

---

2. 이광수, 「자녀중심론」, 『이광수전집』 제10권, 34면.
3. 이광수, 「조선가정의 개혁」, 『이광수전집』 제1권, 536면.

과거의 혼인제도의 불합리성을 비판하고, 자유연애혼을 주장하였다. 과거의 혼인제도가 불합리하다고 주장한 근거는 개인의 자유로운 의사를 무시하고 조혼으로 인한 여러 폐단이 심각하다는 데서 기인된다. 이광수는 1910년대에 발표한 여러 소설과 희곡에서도 이 문제를 중요한 주제로서 취급한 바 있다. 단편「무정」(1910)과「순교자」(1920), 장편『무정』(1917),『개척자』(1917-1918), 희곡「규한」(1917) 등이 그것이다.

이처럼 이광수가 혼인문제에 관심을 집중시킨 까닭은 급변하는 근대 초기의 사회변동 속에서 혼인풍속의 변화가 중요한 사회문제로 대두되었으며, 또한 그 자신을 구식혼인의 희생자로 파악했던 데서 비롯되었다고 할 수 있다. 흔히 페미니스트들이 주장하듯이 구식의 결혼제도가 여성 억압적이라든가 하는 점에서 비판했다기보다는 부모에 의해서 일방적으로 결정되며, 여성이든 남성이든 간에 당사자 개인의 자유의사를 무시한다는 데 근거했다. 그는 혼인문제는 단순히 개인의 문제만이 아니며, 민족 전체의 관련에서 그 중요성을 역설한바 이 문제야말로 산업문제, 교육문제, 사회제도 개량문제, 농어촌 개발문제, 도덕문제, 남녀문제보다도 중요하고 긴급한 문제이며, 근본적 문제요, 민족의 성쇠와 관련된 문제라고 거듭 주장한다. 그는 조혼을 비판하며, 본인의 자유로운 의사에 의해서 결정되는 자유연애혼을 이상으로 내세우는데,「혼인에 관한 관견」에서 남녀 상호의 개성의 이해와 존경, 상호간에 일어나는 열렬한 인격적 애정에서 연애의 근거를 찾는다. 그리고 영육의 합치와 외적 미와 내적 미의 결합에서 그 이상적 완성을 발견한다. 또한 여자의 정조문제에 대해서도 부부간에는 쌍방 간에 정조가 요구되지만 과부에게 수절을 강요하는 것과 같은 억압적 성윤리는 잘못된 것이라고 지적한다. 이렇게 이광수는 자유연애론자였을 뿐만 아니라 당시의 남성으로서는 찾아보기 어려울 정도로 남녀에게 동일한 성윤리를 적용해야 한다고 주장한 여성해방론자였다[4]. 이와 같은 이광수의 선구적 사상은 대체로 장편『무정』에 그대로 반영되어 나타난다.

> 여자도 사람이지요. 사람일진댄 사람의 직분이 많겠지요. 딸이 되고, 아내가 되고, 어머니가 되는 것도 여자의 기본이지요. 또 혹은 종교로 혹은 과학으로, 혹은 예술로, 혹은 사회나 국가에 대한 일로 인생의 직분을 다할 길이 많겠지요. 그런데 고래로 우리나라에서는 남의 아내 되는 것만으로 여자의 직분을 삼았고 남의 아내가 되는 것도 남의 뜻대로, 남의 말대로 되어왔어요. 지금까지 여자는 남자의 한 부속품, 한 소유물에 지나지 못하였어요. 영채 씨는 부친의 소유물이다가 이 씨의 소유물이 되려 하였어요. 마치 어떤 물품이 이 사람의 손에서 저 사람의 손으로 옮아가는 모양으로……. 우리도 사람이 되어야 합니다. 여자도 되려니와 우선 사람이 되어야 합니다.[5]

위의 인용문은 신여성 김병욱이 여주인공 박영채에게 말한 것으로, 작가가 이 작품에서 자유연애혼의 필요성과 함께 주장한 여성해방의 핵심적 골자이다. 남자의 소유물, 부속물로서의 삶이 아닌 주체적이고 독립적인 삶, 부모에 의해서 결정되는 타율적인 배우자 선

---

4. 송명희, 「'규한(閨恨)'과 1910년대의 혼인관」, 『여성문제연구』 제18집, 효성여자대학교 한국여성문제연구소, 1990, 256면.
5. 이광수, 『이광수전집』 제1권, 154면.

택이 아닌 자율적인 선택권, 결혼만이 인생의 최대목표가 될 수 없으며, 독립된 개체로서의 자아실현과 사회적 자아와의 통합을 이루는 삶을 살아야 한다는 것이야말로 근대적 여성이 성취해야 할 교양의 목표로 제시되었다.[6]

『무정』에서 작가는 구시대적 여성 억압의 대명사라고 할 수 있는 열녀와 삼종지도를 부정하며, 부속물로서의 삶을 청산하고, 여성도 한 명의 독립된 인격체가 되어야 한다는 주장을 김병욱의 입을 빌어서 제시하고 있다. 더욱이 작품의 전체적 구조에서 구시대적 여성에서 근대적 여성으로 변화하는 입체적 인물 박영채를 여주인공으로 등장시켜 구시대적 가치로부터 벗어나 근대인으로서의 자아각성을 이루며, 사회적 존재로서 자아실현을 완성하는 인물의 성숙과 성장을 유년기, 편력기, 성숙기를 통한 발전과정을 통하여 제시하고 있다.[7]

그러나 이광수의 여성해방과 자유연애에 대한 혁신적 이상은 1910년대를 벗어나면서 많이 바뀌고 있다. 이런 변화는 그가 1910년대에 근대지향의 민족주의적 이상을 강력하게 추구하던 데서 1920년대가 되자 인도주의적 민족주의로 방향을 선회하고 근대화의 이상을 포기한 사실과도 관련된다. 특히 1930년대 중반부터의 일제 식민체제에 동조하고 협력하는 친일적 자세로의 선회는 여성해방과 같은 진보적 사상 면에서도 보수적인 태도로 변화하는 데 결정적 영향을 미친 것으로 보인다.

---

6. 송명희,「이광수의 소설에 대한 여성비평적 고찰」,『비교문학』 제17집, 한국비교문학회, 1992, 349-350면.
7. 위의 논문, 355-356면.

1936년에 발표한 「여성교실」(『여성』, 1936.4.6)에서 여성에 관한 이광수의 보수주의적 태도는 잘 드러나고 있다. 그는 결혼에 대해 "이욕적(利慾的), 정략적(政略的) 동기를 포함하지 아니할 뿐더러 부나 처 자신의 향락보다도 자녀의 건전과 행복을 주로 한, 즉 순수한 생물학적, 도의적, 그리고 정신적 결합이라야 할 것입니다."라고 자녀의 건전과 행복을 중심한 결혼을 역설한다. 또한 "부부란 원래 일신(一身)이라 함은 동일 인격이란 뜻입니다. 부부를 양인의 공동생활이라고 보는 것은 중대한, 그리고 심히 불행한 그릇된 관념인데, 부부란 즉 가정이란 한 조직체요, 그중에도 권리의식을 제거하고 오직 사랑과 의무와 봉사로만 된 조직체여서 인생이 짓는 가장 신성한 조직체라고 믿습니다."라고 개인의 주체성과 평등이 아니라 부부의 일심동체, 사랑과 의무와 봉사의 조직체라는 가정과 결혼에 대한 신비화가 역설되고 있다. 나아가 "여자의 사명의 주체가 모성에 있고나."라고 모성에서 여성의 정체성을 발견하는 등 보수적 태도로의 변화도 보이고 있다.

> 모성은 다만 여자로서만 최고의 천직이 아니라 진실로 인류로서의 최고의 성직이다. 아무리 찬미하여도 지나쳐 찬미할 수 없는 모성의 거룩함이여! 연애의 기쁨 따위는 모성의 기쁨의 그림자의 정찬에 들어가는 냉채라고나 할까. 본곡(本曲)에 들어가는 줄 고름이라고나 할까.[8]

또한 「여자의 힘」(『일사일언』, 1934.2.16)에서도 "여자의 본능이

---

8. 이광수, 『이광수전집』 제10권, 234면.

요, 천직의 주되는 것 중에 하나는 그 모성과 보수성이다. 일 사회, 일 민족의 습관과 전통을 그가 가장 소중히 여기는 함 속에 봉하고 싸고 싸서 그의 모성의 특권을 후대에 전하는 것은 어머니와 할머니다."라고 전제하며, "이러하기 때문에 이상으로 말하면 여자는 그 민족, 그 시대의 문화 전부의 정수를 이해하도록 교육하여야 한다."라고 모성의 중요성과 이에 따른 여성교육의 필요성을 역설한다. 이는 루소가 「에밀」에서 모성의 중요성 때문에 소녀 소피아를 교육시켜야 한다고 역설했던 것과 마찬가지의 논리라고 할 수 있다. 여성 주체적 자아실현의 필요성 때문이 아니라 여성의 모성으로서의 중요성 때문에 여자교육이 필요하다는 논리를 폈다는 점에서 1910년대의 그의 진보적 주장과는 격세지감을 느끼게 만든다.

「신여성의 십계명」(『만국부인』, 1932.10)에서도 보면 "9. 처녀여든 배우자 선택에, 아내여든 일하는 남편에 정신적 협조를 주시기를 힘쓸 것. 10. 젊은 여성은 가정과 그 몸이 있는 곳에 평화와 빛을 주는 것이 천부의 성직이니, 항상 유쾌와 자애와 겸손의 덕을 가지고 분노, 질책, 질투, 투쟁의 형상을 보이지 말 것"처럼[9] 당시의 신여성이 지켜야 할 십계명과 같은 내용을 보면 전통적이고 보수적인 여성상을 신여성에게 요구하고 있으며, 여성을 철저히 가정적 존재, 남성의 조력자이며 부속적 존재로 파악하고 있음을 볼 수 있다.

그러나 시어머니가 아들과 협력하여 며느리를 인두로 단근질한 사건에 대해서는 "며느리는 시부모의 소유도 아니요, 노예도 아니다.

---

9. 이광수, 『이광수전집』 제8권, 607면.

아내도 남편의 소유도 아니요, 노예도 아니다."라고[10] 고부간의 인권침해나 남편의 아내에 대한 폭력문제에 대해서는 인도주의적 인권 차원에서 비판하는 태도를 보이고 있다. 「팔려가는 딸들」(『일사일언』, 1934.4.13)에서도 딸을 인신매매하는 부모와 그들을 사서 창부로 부리는 사람들에 대한 비판이 역시 인도주의적 인권 차원에서 이루어지고 있음을 읽을 수 있다. 이광수의 여성관에 대해 이준형은 톨스토이와의 비교에서 다음과 같이 논평하고 있다.

> 톨스토이와 이광수는 어머니로서의 여성을 중요하게 여기고 나아가 인류의 구원을 제시할 수 있는 역할을 어머니로서의 여성에게 맡기고 있었지만, 진정으로 여성문제를 여성 스스로 해결하고 여성이 남성과 일하게 사회문제에 관심을 두고 해결하려는 역량을 중요시하지 않았다.[11]

이준형의 논평은 이광수의 후기 여성관에는 적절한 평가가 될 것이다. 그렇지만 적어도 1910년대의 이광수는 근대화의 일환으로 여성해방을 주장했다. 그것은 남녀의 차별만을 문제 삼은 것이 아니라 구습으로부터의 해방, 유교적 가부장제로부터의 근대적 인간해방, 자유연애혼의 추구라는 근대화의 한 과제로서 제기되었으며, 보편적 인간해방을 추구했다는 점에서 여성 페미니스트와는 시각의 차이가 다소 존재했다고 말할 수 있다. 그리고 노동을 통한 여성의 자립을 논의한 것이 아니라 독립된 인격체로서의 주체성 회복과 여성

10. 이광수, 『이광수전집』 제9권, 380면.
11. 이준형, 「똘스또이와 이광수 문학의 비교연구」, 고려대학교 박사논문, 1995. 2, 80면.

에게도 신교육이 필요하다는 점을 역설한 점에서 부르주아적 성격의 페미니즘으로 분류할 수 있을 것 같다.

2) 이광수 페미니즘의 한계-『개척자』

『개척자』의 간단한 스토리라인은 '오빠 김성재의 실험 실패로 인한 파산→여주인공 성순이 화가 민에게 연애감정을 느끼지만 오빠와 어머니는 오빠 실험의 경제적 후원자 변과의 약혼 결정→성순은 결혼에 소극적으로 반대의사를 표현하다가 결혼 날짜가 다가오자 민의 격려로 완강한 반대의사를 표명하다가 어머니, 오빠와의 갈등 심화→집을 뛰쳐나온 성순의 자살 시도→뒤늦게 여동생 성순이 민을 사랑했음을 깨달은 오빠 성재는 민을 불러 죽어가는 성순과 화해를 이루는' 내용으로 되어 있다.

『개척자』는 성재의 실험실 팔각종 시계에 대한 묘사로부터 시작되고 있다.

> 화학자 김성재는 피곤한 듯이 의자에서 일어나서 그리 넓지 아니한 실험실 내를 왔다 갔다 한다. 서향 유리창으로 들이쏘는 석양빛이 낡은 양장판에 강하게 반사되어, 좀 피척하고 상기한 성재의 얼굴을 비춘다. 성재는 눈을 감고 뒷짐을 지고 네 걸음쯤 남으로 가다가는 다시 북으로 돌아서고, 혹은 벽을 연하여 실내를 일주하기도 하더니 방 한복판에 우뚝 서며 동벽에 걸린 팔각종을 본다. 이 종은 성재가 동경서 고등공업학교를 졸업하고 돌아오는 길에 실험실에 걸기 위하여 별택으로 사온 것인데, 화물로 부치기도 미안히 여겨 꼭 차중이나 선중에 손수 가지고 다니

던 것이다. 모양은 팔각목종에 불과하지만 시간은 꽤 정확히 맞는다. 이래 칠년 간 성재의 평생의 동무는 실로 이 시계였었다. 탁자에 마주앉아 유리 실험관에 기기괴괴한 여러 가지 약품을 넣어 흔들고 젓고 끓이고 하다가 일이 끝나거나 피곤하여 휴식하려 할 때는 반드시 의자를 핑 돌려 이 팔각종의 시계분침과 똑딱똑딱 하는 소리를 듣고는 빙긋이 웃는 것이 예였다. 칠년 간이나 실험실 내 고단한 생활에 서로 마주보고 있었으나 정이 들 것도 무리는 아니다. 칠년 묵은 목종은 벌써 칠이 군데군데 떨어지고 면의 백색 판에도 거뭇거뭇한 점이 박히게 되었다. 돌아가는 소리도 여전하고 시간도 맞되 기름이 다 함인지 금년 철 잡아서는 두어 번 선 적이 있었다. 성재는 시계가 선 것을 보고는 가슴이 두근두근 하도록 놀라고, 그의 누이 되는 성순도 그 형으로 더불어 걱정하였다. 그러다가 시계가 다시 돌아가기 시작하면 형매(兄妹)는 기쁜 듯이 서로 보고 웃었다.[12]

실험실과 시계에 대한 다소 지루한 장면묘사는 동경유학에서 돌아온 이후 7년간의 성재의 생활을 압축하고 있다. 더욱이 금년 들어 7년이나 되어 낡은 팔각종 시계가 두어 번 선 적이 있다는 것은 7년간의 길고 긴 실험에서 성재가 실패하고 말지도 모른다는 불안감을 예고하는 복선 기능을 띠고 있다. 실제로 작품이 전개되어 나가면서 성재의 실험은 아무 성과가 없이 실험비용으로 부모가 모아놓은 전 재산과 집까지 날리게 된다. 이러한 집안의 파산은 곧바로 여주인공 성순에게 결정적인 갈등을 야기시키는 작용을 하게 된다. 즉 성순이 연애감정을 느끼는 화가 민 대신에 돈이 많은 변과의 약혼이 오빠와

12. 이광수, 『이광수전집』 제1권, 210면.

어머니의 일방적 의사에 의해 결정되기 때문이다. 즉 시계가 선 것을 보고 느끼던 막연한 불안감이 집안의 파산, 이로 인한 아버지의 죽음, 성순으로 하여금 마음에도 없는 결혼을 하도록 강요하는 것과 같은 현실적 갈등으로 구체화되는 것이다.

여주인공 성순은 고등보통학교를 졸업하고 집에서 비서나 조교처럼 오빠의 실험을 돕는 역할을 수행한다. 그녀는 오빠를 존경하는 한편으로 연민을 느끼면서 거의 오빠에 대해서 동일시의 감정을 느낀다. 오빠의 괴로움은 그대로 성순의 괴로움으로, 오빠의 기쁨은 그대로 성순의 기쁨이 되는 것이다.

> 성재가 실험에 아주 실패하여 며칠 동안 음식도 잘 먹지 못하고 밤에도, 불을 켜놓고 방안에서 왔다 갔다 하며 괴로워하는 양을 보고는 성순도 잠을 이루지 못하고 눈물로 베개를 적시는 일도 흔히 있었다. 지난번 사월에 한번 실패하였을 적에는 성재가 어떻게 실망이 되고 상기가 되었는지 자살이라도 할까 두려워, 성순은 잠시도 오빠의 곁을 떠나지 아니하고 오빠의 침실에는 칼이나 끄나풀 같은 것이 떨어지지 아니 하기를 주의하였다. 그러다가 이번 구월부터 시작한 실험은 매우 경과가 좋았는지 그동안 성재는 대개 만족한 얼굴로 지내었다. 그래서 성순도 시름을 놓고 기쁘게 지내었다.[13]

오빠는 여동생 성순에게 동경에 유학을 보내주마 한 약속을 이행하지 못하는데, 그 이유는 실험으로 가산을 모두 탕진해버렸기 때문이다.

---

13. 위의 책, 212면.

> 성재도 주의상 여자 교육을 중히 여기며, 성순을 사랑하며, 또 성순의 재질을 믿는 고로 기어이 동경 유학을 시키려 하였다. 그래서 삼사 년 전부터 혹 부모를 대하여 성순의 유학에 관한 의논도 하였고, 성순도 졸업하기 전전해부터 부모께 졸랐다. 그러나 부모는 여자가 글을 그리 많이 배우면 무엇 하느냐 하는 것과, 성재도 모처럼 유학을 시켰더니 그다지 시원한 결과를 보지 못한 것과 또 성재가 졸업하고 귀국한 후로 무엇인지 사업에 재산의 대부분을 없이 한 것을 생각하며 농담 겸, "졸업하거든 시집이나 가지 무슨 공부–"(후략)[14]

인용문처럼 부모는 성재의 착실함과 방정함을 믿고 재산권을 온통 맡겼지만 실험은 7년 동안 실패의 연속이고, 그 결과 가산의 탕진은 물론이며, 삼사 년 전부터 약속해온 동생에 대한 유학 약속을 지킬 수 없게 된 것이다. 즉 여자의 유학에 대해서 편견이 없는 근대적 사고는 경제적 물질적 토대가 뒷받침되지 못함으로써 현실화하지 못하게 된 것이다. 그는 오직 실험에만 몰두하여 부모에 대한 의무, 형제에 대한 의무, 아내와 자녀에 대한 의무를 다하지 못하는 인물이 되고 만 것이다. 게다가 경제적 궁핍은 성재의 근대적 사고마저 그 뿌리를 흔들어버리고 만다. 즉 여동생을 자기 실험의 경제적 후원자가 된 변에게 약혼을 시키는 이기적이고 성차별적인 태도까지 노정한다.

> "오늘 약혼을 하였다. 먼저 네게 물어보아야 옳을 것이지마는, 아마 네 뜻도 어머니나 내 뜻과 다름이 없을 줄로 알고, 네 말을 들어보지도

14. 위의 책, 214면.

않고 작정하였다. 물론 네게도 반대는 없을 터이지?(이 말은 용하게 성재의 사상을 발표한 것이었다. 그는 성순에게도 독립된 인격을 인정하여야 옳은 줄을 안다. 알 뿐더러 남을 향하여 말까지 한다. 그러나 서양에서 들어온 지 얼마 아니 되는 이 인권이라는 새 사상은 가장 진보하였다는 성재에게까지도 아직 실행할 힘을 줄 이만큼 깊이 하지를 못하였다.)

성순은 이 말을 듣고 깜짝 놀랐다. 그래서 성재의 얼굴만 물끄러미 보았다. 성순의 대답 없음을 보고 모친은, "반대가 무슨 반대냐? 하나나 부족한 것이 있어야지. 변 서방으로 말하면 양반이것다, 부자것다, 사람이 잘났것다, 그뿐 아니라 여태까지 그의 신세를 우리가 얼마나 졌니? 아무리 생각하더라도 조금이라도 부족한 데가 있어야지."

그러나 모친이 완전한 요소로 꼽는 '양반', '부자', '여태까지 진 신세'는 성순에게는 아무 감동도 주지 못하였다. 그뿐더러 자기를 보은의 한 선물로 비기는 것이 도리어 불쾌하였다. 또 모친과 성재의 마음에 적당하니까 필연적으로 자기의 마음에도 적당하리라는 논리도 승인할 수가 없었다.[15]

전지적 화자는 성재를 실천이 뒤따르지 못하는, 피상적인 근대의식의 소유자로 논평함으로써 소설의 전면에 얼굴을 드러내는 미숙성을 노출한다. 여동생인 성순의 독립된 인격을 인정하지 않고 소유물로 취급하는 성재의 태도와 양반이고 부자이며 여태까지 진 신세가 있으며 오빠와 어머니의 마음에 들었기 때문에 혼인해야 한다는 어머니의 논리에 성순은 거부감을 보이지만 겉으로는 공부를 더 하고 싶기 때문에 아직 시집가고 싶지 않다고 완곡하게 거부감을 표현

15. 위의 책, 251면.

한다. 그러자 어머니는 여자가 더 공부할 필요가 없다는 차별적 논리를 펴고 다시 갈등은 치열해지는데, 오빠는 성순이 좋아하는 민이 이미 결혼한 기혼자임을 내세워서 혼인할 수 없는 대상임을 분명히 밝힌다.

이 작품에서 결혼관에 관한 인물들의 생각의 차이가 결국 핵심적 갈등을 형성한다. 사실 성순은 집안에서 결혼에 관한 말이 나오기 전에는 민에 대한 막연한 그리움을 가지는 정도에 불과했고, 결혼에 대한 확고한 신념은 없었다. 특히 자유연애에 대한 신념 같은 것은 존재하지 않았다. 다만 "참말, M 같은 사람이 세상에 또 있을까? 나는 지금토록 오빠를 세상에 제일가는 사람으로 알았더니 M은 암만해도 오빠보다 나은 것 같다. 이전에는 오빠만 있으면 일생을 행복하게 지낼 것 같고 오빠가 없으면 잠시도 살 것 같지 아니하더니, 지금은 웬일인지 M 없이는 살 것 같지 아니하다."와 같이 연애감정에 휩싸이는 정도였지 둘 사이에 무슨 대화가 크게 오고간 것도 아니었다.

전지적 화자는 성순에게 청혼한 변이 무해무독한 건전한 청년이며, 단순하면서도 소시민적 성격을 가진 청년이고, 결혼에 대해서 다음과 같은 소시민적 이상을 가졌다고 요약한다.

> 그의 이상은 단순하다 -
>
> 성순과 혼인을 하고, 자기가 호주가 되거든 양옥으로 깨끗한 집을 짓고, 방을 곱게 꾸미고, 거기다 피아노를 놓고, 성순더러 치라고 하고, 자기는 안락의자에 편안히 누워서 그것을 듣고, 가끔 둘이서 승경을 찾아 여행이나 하고…… 이것뿐이었다.(중략)

그가 성순을 취하는 이유도 따라서 극히 단순하다. 성순은 혈통이 좋고, 얼굴이 어여쁘고, 고등여학교의 우등 졸업생이요, 말이 적고, 온순하고…… 이것뿐이었다.[16]

일견 평범해 보이는 '변'의 부부관은 지극히 종속적인 여성관을 토대로 하고 있으며, 반면에 '민'은 여성의 독립된 인격의 권위와 자유를 인정하고 부부를 평등한 관계로 생각하는 가치관의 차이가 존재한다는 것을 논평적인 전지적 화자는 설명한다.

변의 부부관은 이러하다.

처란 용모가 미려하고 행지가 단아하며 성질이 온순하여 부의 기쁨이 되고 위로가 되며, 부를 위하여 가정을 잘 정리하면 그만이다. 처는 부를 위하여서만 의의가 있는 것이니 부에게서 떼어 놓으면 존재의 의의를 잃어버리는 줄 안다. 변은 아마 한 번도 여성을 독립한 존재로 생각하여 본 적이 없을 것이다. 기실 변은 이렇게 명확한 부부관을 가진 것도 아니라, 그의 의식 중에 희미하게 있는 생각을 글로 써놓으면 이러하단 말이다.

그러므로 변과 민과의 부부관계에는 현수한 차이가 있다. 민은 어디까지든지 여성의 인격의 권위의 자유를 인정하여, 부부를 완전한 양 개체의 완전한 대등의 관계요, 독립국과 독립국 간의 관계로되, 변은 처를 부의 여러 가지 소유물(재산, 명예, 지식, 양복, 시계 등) 중의 중요한 하나로 생각하므로, 부부의 관계는 주종의 관계요, 종주국과 속국의 관계라. 그러므로 변은 모친과 성재의 허락을 존중하되 민은 도리어 그것을 안중에 두지 아니하고 오직 성순의 허락을 중히 여긴다.[17]

---

16. 위의 책, 247면.
17. 위의 책, 253면.

부부관에 있어서의 두 사람의 현격한 차이, 즉 '변'의 여성을 종속물 소유물로 여기며, 당사자보다는 부모의 허락을 중시여기는 전근대적인 관념과 '민'의 여성의 독립적 인격의 자유를 인정하는 평등한 부부관을 가진 근대적 관념과의 대조는 단순히 '민'에 대해 성순이 연애감정을 느낄 뿐만 아니라 근대적 부부관을 가진 데서 '민'에 대한 호감을 가지는 것이다. 그리고 연애감정과 평등한 부부관은 이광수가 주장하는 자유연애혼의 가장 중요한 조건이 된다.

그러나 아직 이 단계에서 성순의 태도는 확고하지 않다. 전지적 작가는 역시 편집자적 논평을 통해 "성재도 성순은 확실히 장형되고 호주되는 자기의 소유물이라 하는 판단이 있는 것이 아니요, 성순도 나는 오직 내 소유물이다 하는 판단이 분명치 못한 것이다. 그러므로 이 사건은 분명치 못한 쟁점을 가지고 감정과 인습과 방편과 고집과 임시 임시의 단편적 생각을 가지고 진행할 것이다."라고 성순이 주체성 확립과 근대적 자아로서의 각성이 불확실한 상태라고 설명한다. 그러다가 민을 만난 성순은 개인으로서의 주체성은 물론이며, 사회적 자아에 대한 각성을 이룬다. 민은 성순에게 "성순 씨는 성순 씨의 성순이지요. 어머님의 성순입니까?" 또는 "암 전쟁이지요. 첫째 부모의 권력에 대하여, 둘째 사회인습의 권력에 대하여 전쟁을 해야지요."라고 격려하며, 성순의 주체적 의사를 무시한 혼인 결정에 도전하도록 부추긴다.

> 금일의 사회는 남자와 여자의 공통한 소유물이다. 남자와 여자가 각각 그 천품의 특장을 따라서 최선의 노력을 다하여 우리가 이상 하는 바 사회를 실현하여야 된다. 여자에게 남자 동양(同樣)의 교육을 해방하고, 직

업을 해방하고…… 물론 인격의 자유와 권위를 인정하는 것이 세계의 대세다. 더구나 남이 수백 년 간에 이루어 놓은 문명을 수십 년 간에 이루려 하는 금일의 조선인, 조선인은 더욱 남녀의 협동한 육력(戮力)이 필요하외다. 그러니까 조선여자도 주먹을 불끈 쥐고 일대 분발을 할 필요가 있고 의무가 있다.[18]

위의 인용문처럼 사회적 존재로서 여성도 조선을 위해서 무엇인가 해야 한다고 민이 역설하자, 이에 성순은 깊은 감명을 받는다. 이때 민은 교육자요, 성순은 피교육자로서 일방적으로 민의 주장에 영향을 받고 감화를 받는다. 또한 성순은 민과 일생을 같이할 굳은 결심을 하고 가슴속에 기쁨을 느낀다. 그러나 오빠와 어머니의 의사에 반기를 들 결심을 할 때에는 갈등을 아니 느낄 수 없다.

내가 사랑하는 모친이나 오빠에게 슬픔과 수치를 주는 것은 정에 차마 하지 못할 일이다. 그러나 민의 말과 같이 우리 조상이 부모나 가정을 위하여 자기를 희생하던 것과 꼭 같은, 또는 그보다 열렬한 의무의 염으로 자기를 위하여서는 부모나 가정도 희생하여야 한다. 자기를 위한다 함은 자기로서 대표하는 신시대를 위함이니, 장래에 무한히 길 신시대와 무한히 번창할 자손은 부모보다도 중하다. 아니 모든 과거를 온통 모아 놓는 것보다도 중하다. 자녀를 부모의 소유로 아는 도덕은 결코 신시대에 깨칠 것이 못 된다. 민의 말과 같이 우리는 부모중심, 과거중심이던 구시대의 대신에 자녀중심, 장래중심의 신시대를 세워야 한다. 그리하려면 우리는 우선 구시대를 깨뜨려야하고, 깨뜨리려면 깨뜨리는 사람들이 있어

18. 위의 책, 258면.

> 야 하고, 깨뜨리는 사람이 있으려면 맨 처음 깨뜨리는 사람이 있어야 한다. 민의 말과 같이 우리가 그 첫 사람이 되어야 할 것이다. 큰 전쟁의 첫 탄환이 되고 첫 희생이 되어야 할 것이다.[19]

위와 같이 각성된 내용은 성순의 친구들과의 대화에서 다시 한 번 확인된다. 과거의 남존여비의 관념과 여성에 대한 차별적 관념은 비판되며, 민에 대해 정신적으로 연애감정을 느낄 뿐만 아니라 육체적으로도 성숙하여 이성에 대해 그리움을 갖는 것으로 그려진다.

그러나 작가는 여성의 사회적 자아각성과 사회적 역할을 강조하면서도 여자에게는 혼인이 일생의 중대사인 반면, 남자에게는 국사 이외에 혼인이 중대사라 하여 남녀차별적 관념을 드러내기도 한다. 아무튼 민으로부터 교화를 받은 성순은 자신의 정체성에 대한 본질적 질문을 스스로에게 던지는데, 시집이란 무엇이냐, 아내란 무엇이냐 여자란 무엇이냐란 질문이다. 이 질문에 대해 그녀는 스스로가 알아야 한다는 해답을 얻는다.

그런데 현실적으로 이혼을 할 수 없는 기혼남성 민은 경제적 자립이 없는 독립은 무의미하다며 성순에게 변과의 혼인에 타협할 것을 회유한다. 또한 정신적 사랑만이 아니라 영과 육의 완전한 결합에 의해서만 연애가 완성되는 것임을 성순에게 가르치는데, 이것은 바로 이광수의 자유연애혼의 이상이기도 했다. "신적인 것이 아니 좋습니까? 아니, 우리는 사람이니까 인적이라야 하지요. 완전한 영육의 합치 이것이 우리의 이상이지요."라고 육체적 가치를 인정하지 않는 성

---

19. 위의 책, 261면.

순의 미숙함을 작가는 민의 시각을 통하여 지적한다. 정신과 육체의 문제는 모친과 오빠에게 자신이 이미 처녀가 아니라고 말하는 데서 다시 한 번 제기되는데, 그는 이미 민에게 마음을 허하였으므로 처녀가 아니라고 생각하고 이를 표현한다. 하지만 받아들이는 측에서는 육체적 순결이 상실되었다고 생각하고 분노함으로써 갈등은 절정에 달하고, 성순은 집을 뛰쳐나와 유산을 마시고 자살을 시도한다.

성순은 자살 직전까지도 사랑을 극도로 신비화하는 관념에 사로잡힌다. 여성을 사랑을 극도로 신비화하는 존재로 묘사한 것은 여성에게 혼인이 최고라는 관념과 맥락을 같이하는 것으로 결혼과 사랑에 대한 낭만적 신비화를 통한 가부장제의 유지에 관련된다 할 것이다.

> '내 몸이 다 타서 없어져-'
> 하고 성순은 생각하였다. 그러나 자기의 골육이 온통 다 타버리고 만다 하더라도 무엇이나 타지지 않고 남을 것이 있을 것 같았다. 그것은 성순의 생각에는 자기의 사랑이었다. 그렇게 미묘한 것이, 그렇게 신기한 것이 타버리고 말리라고는 생각할 수가 없었다. 자기의 육체가 소멸되고 만 뒤에, 그 사랑만이 뛰어나서 영원히 영원히 살아 있을 것 같았다.[20]

이 작품은 자유연애혼이란 이상을 추구하다 실패하는 여성, 주체성에 대한 자각을 내적으로 이루지만 외적 현실적으로 이를 실현할 수 없었던 과도기적 인물을 주인공으로 설정함으로써 근대 초기의 우리나라의 현실을 보다 리얼하게 보여주었다. 또한 그 당시 자유연

---

20. 위의 책, 292면.

애가 미혼 남녀 사이에서보다는 기혼남성과 미혼여성 사이에 발생하는 갈등적 사건이었음을 주인공을 통하여 보여줌으로써 사건 자체의 개연성을 높이고 작품에 생동감을 주고 있다. 작가는 이 작품에서 자유연애의 이상은 현실적으로 실현 불가능하고, 다만 죽음과 맞바꿈으로써 그 가치만이 구현되는 이상과 현실의 부조화를 표현하고 있다. 자유연애혼과 전통적 혼인제도 사이에서 갈등을 느끼던 주인공이 자살하는 결말로 작품을 끝맺은 것은 자유연애혼의 이상을 당시의 현실이 용납하지 않았기 때문이다. 작가는 현실에의 굴복이나 타협을 원하지 않았기 때문에 작중의 주인공으로 하여금 가치를 수호하기 위하여 자살이라는 극단적 방법을 선택하도록 설정한 것이다.

자살은 일종의 도피로서, 적극적 해결방법은 아니지만 적어도 가치의 수호라는 측면에서 자유연애를 주장하는 작가의 주제의식을 반영하는 것이라고 할 수 있다. 그리고 성순이 죽음과 맞바꾼 자유연애의 이상은 엘렌케이의 연애지상주의적 성격을 띤 것이다. 이광수 소설에서 결혼을 통한 현실적 결합보다는 정신적 연애가 승리를 거두는 연애지상주의는『사랑』,『유정』등에서 반복되고 있으며, 이 작품들은 모두 미혼여성과 기혼남성 사이의 이루어질 수 없는 사랑을 다루고 있다. 작가는 현실적 결혼의 가치보다 사랑에 있어서도 정신주의의 승리를 더 높은 차원에 두고 있으며, 이는『사랑』의 여주인공 석순옥의 경우에 가장 극단적인 자기희생의 이타적 사랑과 실천으로 나타나고 있다.

그런데 전지적 화자는 모든 인물 위에 군림하여 빈번하게 작중인물에 개입하는 교사적 태도의 논평과 해설을 함으로써 계몽주의적 한계를 드러내기도 한다. 김열규는 이광수의 소설에 나타난 매우 독선적이고 권위적이고 교만하며 확신에 찬 서술자를 '웅변적 서술자'라 명명하며, 웅변적 서술자는 미메시스, 장면제시, 행동화보다는 상대적으로 디게시스, 언술제시, 말풀이 등을 더 많이 하게 된다. 그리고 직접적인 말로 작중인물 내지 사건에 대해 발언함으로써 재단적 내지 판관적 입지를 강화하는 효과를 낳고 있다고 소설『무정』의 분석을 통해 결론내린 바 있는데,[21] 이러한 관점은『개척자』에도 그대로 적용된다고 생각된다.

작가는 자유연애혼의 주제와 함께 여성의 자아각성과 주체성 확립을 강조한 페미니스트로서의 면모를 보여주지만 남성중심적 관점에서 여성을 부속적 존재로 그렸으며, 남성의 교화 대상인 동시에 사랑의 신비화에 빠지는 존재로 설정함으로써 성차별주의를 드러냈다고 볼 수가 있다. 즉 오빠 성재와 성순, 화가 민과 성순과의 관계가 교육자와 피교육자의 관계로 설정된 점, 성순을 오빠 성재의 실험실의 비서나 조교와 같은 부속적 존재로 설정한 점, 특히 성재가 성순의 결혼을 자신의 실험 계속을 위해 수단화한 점 등에서 작가의 성차별주의가 엿보인 점도 부인할 수 없다.

그리고 성순이 주체성의 실현을 경제적 독립 등을 통해서 추구하기보다는 자유연애에 대한 추구를 통해 실현하고자 하는 태도에서 이광수가『개척자』에서 추구한 페미니즘은 여성의 주체성의 자각과 자유연애 등을 목표로 삼는 자유주의적이고 부르주아적 성격임을 알 수 있다.

---

21. 김열규,「이광수 문학의 문법 담화론적 접근을 위한 시도」, 연세대학교 국학연구원 편,『춘원 이광수문학연구』, 국학자료원, 1994, 83-121면.

3. 나혜석의 페미니즘과 「경희」

1) 자유주의 페미니즘에서 급진주의 페미니즘으로

1896년 경기도 수원에서 태어난 나혜석(羅蕙錫)은 활달한 성격과 명석한 두뇌로 일찍부터 뛰어난 재능을 보이기 시작했다. 그녀는 부유하고 개화된 집안의 분위기와 이미 외국 유학을 경험한 오빠들의 권유로 1913년 18세에 동경 유학의 길에 올랐다. 동경에 건너간 직후 동경에 와 있던 이광수 등과 교류가 활발히 이루어졌으며, 당시 동경 유학생들의 기관지인 『학지광』에 근대적 여성의 권리를 부르짖은 「이상적 부인」(1914)을 발표하여 페미니스트로서 두각을 나타내기 시작했다. 또한 여자 유학생들로 구성된 「조선여자친목회」를 조직하여 잡지 『여자계』를 발간하기도 했다. 동경여자미술학교에서 서양화를 전공한 나혜석은 최초의 여성 서양화가로서 여러 차례 입상 경력이 있다. 특히 「정원」은 1930년에 조선미술전람회에서 특선하였으며, 1931년 동경에서 열린 제전(帝展)에서도 입선하는 등 서양화가로서 탁월한 재능을 발휘했다.

나혜석은 소설과 시, 희곡, 그리고 논설 및 수필에 이르기까지 다양한 장르에서 비교적 많은 작품들을 발표하였음에도 그녀의 생애는 작가로서나 서양화가로서보다는 선각적 신여성이면서 동시에 실패한 신여성의 모델로서, 그녀의 화려하면서도 파란만장한 생애가 더 자주 호사가의 입에 오르내려 왔다.

권영민은 "라혜석은 시인이 아니다. 물론 소설가도 아니다. 그러기에 아무도 라혜석을 문학인이라고 말하지 않는다."라고 평가하면서, "그녀가 살았던 생 전체는 하나의 감동적인 문학 그 자체였음을 부인하기는 어려운 일이다."라고 나혜석의 예술보다도 생애 자체가 더욱 감동적인 허구성과 극적 파노라마였음을 지적하고 있다.[22]

실로 나혜석의 생애는 당시 남자로서도 드문 동경 유학생이었으며, 최초의 여성 서양화가였고, 동경시절 최승구와의 연애사건과 그의 사망, 상처한 김우영의 열렬한 구애와 결혼, 김우영과의 결혼조건으로 내세운 애인 최승구의 묘에 성묘를 요구한 것, 외교관의 부인으로 우리나라 여성으로서는 최초로 구미여행과 파리 유학을 한 점, 파리에서 민족지도자였던 최린과의 연애사건, 그 후의 이혼,「이혼고백서」사건, 최린을 대상으로 한 위자료 청구소송사건 등 생애의 대목 하나하나가 그대로 세인의 주목을 받는 센세이셔널리즘의 연속이었다. 그러나 파리에서의 최린과의 연애사건이 폭로되어 1930년에 35세의 나이로 이혼을 당하고 난 후로 몇 차례 재기의 노력을 보였으나 이에 성공하지 못하고, 모성마저 거부당한 극도의 비인간적 상황 속에서 그녀의 화려했던 삶은 광채를 잃어버리고, 고독과 고통, 게다가 경제적 궁핍까지 겹쳐 정신적으로나 육체적으로 극도로 피폐해진 나머지 1948년에 행려병자로 한 많은 생애를 마감하고 말았다.[23]

근대 초기의 선구적인 페미니스트로서 나혜석의 문학적 관심은 시, 소설, 희곡뿐만 아니라 논설, 기행문, 감상문, 가벼운 평론 등 광

---

22. 권영민,「날아간 청조의 꿈 라혜석의 문학과 인간」, 김종욱 편,『라혜석 날아간 靑鳥』, 신흥출판사, 1981, 48면.
23. 김종욱 편, 위의 책,「라혜석 연보」/『여성신문』322호,여성신문사, 1994년 4월 28일자.

범위한 에세이 양식에 포함될 수 있는 글에 이르기까지 여러 장르에 두루 미치고 있다. 지금까지 알려진 나혜석의 소설작품은 모두 6편이다.[24] 하지만 「총석정 해변」, 「이성간의 우정론」, 「독신여성의 정조론」 등은 일종의 소설양식으로 쓴 에세이이며, 나혜석의 자전적 생애를 기록한 글 「날아간 청조」, 「연필로 쓴 편지」, 「나의 동경여자미술학교 시절」, 「나의 여교원 시대」, 그리고 「이혼고백서」까지도 매우 자연스런 소설적 기술형태로 씌어졌음을 볼 수 있다. 지금까지 밝혀진 나혜석의 시는 「인형의 집」, 「냇물」, 「사(砂)」, 「인형의 집」(또는 「노라」), 「아껴 무엇 하리 청춘을」, 「광(光)」 등 6편이다. 하지만 「4년 전의 일기 중에서」(『신여성』, 1926. 6)에 남녀의 사랑을 주제로 한 시가 한 편 수록되어 있는 것을 볼 수 있으며, 「모된 감상기」에도 삽입시가 있다. 이밖에 희곡에는 「파리의 그 여자」와 희곡적 기술형태로 쓴 「부부간의 문답」이 있다.

나혜석의 문학작품으로 페미니스트 의식을 볼 수 있는 것은 시에서 「인형의 집」 두 편, 희곡 「파리의 그 여자」, 그리고 소설작품은 모두가 여성을 주인공으로 설정하고, 페미니즘에 입각한 창작태도를 나타내고 있다. 그리고 보다 많은 에세이에서 페미니즘을 본격적 주제로 삼은 글들을 쉽게 찾아볼 수 있다. 작품 「경희」에 대한 분석에 들어가기 전에 나혜석의 페미니즘의 특성을 살펴보고자 한다.

19C 말부터 시작된 여성들의 개화운동은 외세의 침략 위협으로

---

24. 이 글을 썼던 1995년에는 「경희」(1918), 「희생한 손녀에게」(1918), 「怨恨」(1926), 「玄淑」(1936) 등 4편만이 나혜석의 작품으로 논의되어왔다. 하지만 현재는 「경희」, 「희생한 손녀에게」, 「閨怨」, 「怨恨」, 「玄淑」, 「어머니와 딸」 등 총 6편의 작품이 발굴되었다.

위기에 놓인 국권을 지키려는 구국운동에서 출발했다. 여성교육의 필요성을 주장하여 사립학교를 세워 직접 운영한 여성단체의 지도자들은 구국운동에 남녀가 평등하게 참여하여야 한다는 의식하에 민족의식을 뚜렷이 하였다. 따라서 여성교육은 일부 개화여성들의 개인적 지위 향상만을 의식한 것이 아니라 민족의 주권상실을 막고 독립된 국권을 확립하기 위한 필요성에서 제창된 것이다. 전국적으로 일어난 국채보상운동에 여성들의 자발적 참여는 구국운동에 평등하게 참여려는 민족의식, 사회의식의 발로라고 할 수 있다. 일제가 우리의 주권을 강탈한 이후 여성운동은 의병들의 항일운동, 독립운동에의 직 간접적인 참여와 지원의 형태로 계속됐다. 이와 같이 한국여성운동은 개화기 및 일제치하의 사회적인 여건과 민족적인 요청으로 구국운동이나 독립운동과 같은 애국운동으로 시작되었다는 특수성을 갖고 있으며, 서양에서처럼 여성의 인권이나 민권을 주장하는 운동은 없었다. 19C와 20C 초반에 서양에서는 참정권 교육권 노동권을 주장하는 여권운동과 함께 '성의 해방', '자유연애', '자유결혼'을 외치는 여성해방운동이 널리 제창되고 실천되었다. 한국여성사에서도 이 영향으로 1920-1930년대에 이른바 사회주의적 여성해방론이 등장했고, '신여성'들 사이에서 자유연애가 활발히 논의되었으며, 소수이지만 실천자들이 있었다. 특히 여성 문인과 화가들 중에는 '자유연애'를 실천한 예가 있었으나 사회적으로 용납되지 못하고 대부분이 불행하게 일생을 마쳤다.[25]

나혜석은 위에서 말한 자유연애를 실천하다가 불행하게 일생을 마

25. 이효재, 『한국의 여성운동』, 정우사, 1989, 11-13면.

친 대표적 예라고 할 수 있다. 나혜석의 페미니스트로서의 각성과 주장은 그녀의 동경 유학에서 그 기초가 형성되었고, 그 후 구미 제국의 여행과 파리 유학 등에서 구체화되었으리라는 추정이 가능하다. 심정순도 나혜석의 페미니즘은 동경 유학생으로 일본을 통해 들어온 서구문화의 당대 조류를 접했던 데서 그리고 직접적인 서구체험에서 기안되었을 것으로 추측하고 있다.

> 1910년대와 1920년대에 이르는 시기는 서구에서 제1물결 페미니즘이 극에 달했던 때로 미국은 긴 여성참정권 투쟁운동의 결과 1920년 여성참정권을 획득하게 된다. 또한 이와 함께 전통 성모랄을 거부하고, 남성과의 동일한 평등을 부르짖으며 여성의 성형미까지 부인하고 나선 소위 미국판 신여성 '플래퍼(flapper)'의 등장과 함께 '성의 혁명시대'를 맞는다. 20세기 초 몇 안 되는 지식층 여성으로서 이러한 여성해방적 조류에 접했을 뿐만 아니라, 직접 구라파와 미국을 방문 체류하면서 접한 서구사회의 여성의 지위에 관한 관찰은, 나혜석의 여성관을 획기적으로 기안시키는 계기를 가져왔으리라 사료된다.[26]

1910년대 초기부터 1930년대 후반에 이르기까지 무려 삼십 년이 넘는 긴 세월 동안 나혜석의 인생관 및 페미니즘에 대한 태도는 변화되었을 것으로 추측되고, 더욱이 결혼 전과 후, 특히 이혼 후의 태도가 크게 달라졌을 가능성이 높다. 따라서 이혼 전후로 구분하여 나혜석의 페미니즘의 특징을 고찰해보겠다.

---

26. 심정순, 「나혜석 희곡에 나타난 페미니즘」, 『나혜석탄생 100주년 기념 나혜석 재조명 학술심포지엄』, 경기도 문예회관, 1995. 4. 15.

나혜석의 최초의 글「이상적 부인」은『학지광』(1914. 12)에 발표되었는데, 양처현모(良妻賢母)의 교육만 있고, 양부현부(良夫賢父)의 교육이 없는 교육의 차별성을 비판하며, 특히 여성을 노예화하기 위한 부덕과 부속물된 교육주의를 비난하고 있다.

> 남자는 부(夫)요, 부(父)라. 양부현부(良夫賢父)의 교육법은 아직도 듣지 못하였으니, 다만 여자에 한하여 부속물 된 교육주의라. 정신 수양상으로 언(言)하더라도 실로 재미없는 말이라. 또 부인의 온양유순으로만 이상이라 함도 필취할 바가 아닌가 하노니, 운(云)하면 여자를 노예 만들기 위하여 차 주의로 부덕의 장려가 필요하였었도다.
>
> 연(然)한 중 금일의 부인은 장장 시간에 남자를 위하여만 진무케 하는 주의로 양성한 결과 온양유순에 과도하여 그 이상은 태(殆)히 이비(理非)의 식별까지 부지(不知)하는 경우에 지(至)함이라. 연하면 여하히 각자 적(適)한 여자가 될까?[27]

나혜석의 시에는 두 편의「인형의 집」이 있는데, 두 편의 내용이 거의 유사하지만『매일신보』(1921.4.3.)에 발표한「인형의 집」보다 출전미상의「인형의 집」(「노라」)이 페미니즘 사상 면에서 훨씬 강렬한 톤으로 표현되었다. 이 시는 여성이 아버지, 남편, 자식의 종속적 삶, 인형화된 삶으로부터 벗어나서 사람으로서의 주체성을 바로 세울 것을 주창한 시이다. 아버지, 남편, 자식과의 관계하에서 파악되는 삼종지도 하의 여성의 삶이란 바로 여성의 사회적 지위나 신분의 예속성을 극명하게 드러내 준다. 이는 인간으로서의 독립적이고 주

27. 김종욱 편, 앞의 책, 193면.

체적인 삶이 아니라 인형화된 부속물로서의 예속적 무주체적 삶이므로 그러한 구속된 삶으로부터의 해방과 자유를 부르짖으며, 더욱이 시적 화자는 선각자적 의식에서 소녀들에게도 이와 같은 해방과 자유의 페미니즘 사상을 따르라고 고취하고 있다.

> (전략)
> 나는 사람이라네
> 남편의 아내 되기 전에
> 자녀의 어미되기 전에
> 첫째로 사람이라네
>
> 자유의 길이 열렸도다
> 나는 사람이로세
> 구속이 이미 끊쳤도다
> 천부의 힘은 넘치네
>
> 아아, 소녀들이여
> 깨어서 뒤를 따라오라
> 일어나 힘을 발하여라
> 새날의 광명이 비쳤네
> –「인형의 집」에서[28]

여성의 자아 주체성에 대한 강조는 여러 글들에서 산견되는 바로

---

28. 인용된 시는 출전 미상의 「인형의 집」이다. : 위의 책, 335-336면.

서「나를 잊지 않는 행복」(『신여성』, 1924.7)에서도 "자기를 잊지 않고서라야 남을 진심으로 사랑할 수 있을 것이요, 자기를 잊지 않는 가운데에 여자의 해방, 자유, 평등이 다 있는 것이요, 연애의 철저가 있을 것이며 생활개선의 기초가 잡힐 것이며 경제상 독립의 마음이 날 것이다."라고 자기 주체성과 자아 존엄성의 확립이야말로 여성해방의 가장 기초가 된다는 것을 강조하고 있다.

「생활개량에 대한 여자의 부르짖음」(『동아일보』, 1926.1.26-30)에서는 여성도 "나도 다른 사람과 같이 생명이 있다." 또는 "나도 사람이다"라고 인간으로서의 자신에 대한 사랑과 주체성을 가져야 한다고 강조한다. 한편, 인간은 남녀의 상호결합에 의해서 인간적 전인격적 실현이 이루어지며, 사회의 단위인 가정도 구성된다는 견해를 피력함으로써 남녀의 상호보완적 의존적 관계를 이상으로 주장한다. 하지만 현실에서 나타나는 남녀차별의 현상에 대해서는 비판적 시각을 견지한다.

> 요사이 남녀 문제를 들어 말하는 중에 여자는 남자에게 밥을 얻어먹으니 남자와 평등이 아니요, 훼방이 없고, 자유가 없다고 흔히들 말합니다. 이는 오직 남자가 벌어오는 것만 큰 자랑으로 알 뿐이요, 남자가 벌어지도록 옷을 해 입히고 음식을 해 먹이고, 정신상 위로를 주어 그만한 활동을 주는 여자의 힘을 고맙게 여기지 못하는 까닭입니다. (중략)
>
> 오직 남자 그 사람만 잘못이랄 수 없고, 여자 그 사람만 불쌍하다고 할 수 없이 사회제도가 그릇되었었고, 교육 그것이 잘못되었던 것이니 이에 누누이 말할 필요도 없거니와 그렇게 치더라도 남자는 너무 자기 일신밖에 모르는 극도의 이기적이었고, 여자는 너무 다른 삶만 위하여 사는 극도의 희생적이었습니다.

남자들의 변명이 이는 여자의 과실이라 할는지 모릅니다. 그렇다. 이는 꼭 여자 자신이 자기를 잊고 살아온 까닭이요, 그 여자들이 또 여전히 딸은 천히 기르고 아들은 길러 저만 잘난 줄 알게 교양해 온 까닭입니다.[29]

이 글에서 보면 남성의 가계부담자로서의 역할 분담, 여성의 가사노동자로서의 역할 분담의 인정, 즉 성별 분업에 입각한 가정생활을 주장하며, 단순히 경제적 사회적 능력 여부에 의해서 남녀의 차별을 할 수 없다는 입장을 분명히 한다. 그리고 개개인에게서 나타나고 있는 남녀차별은 사회제도와 교육, 또한 여성들에게 내면화된 아들과 딸의 차별의식으로부터 발생되는 것이라고 진단한다. 이 글에서 보면 나혜석은 결혼제도를 인정하는 가운데, 남녀의 역할 분담 및 성별 분업을 당연시한다.

20C 초반의 페미니즘 사상으로서는 남녀차별이 고정적인 성별 분업에서 기인된다는 사실을 통찰하기는 어려울 수밖에 없다. 남녀의 성별 분업 해소가 여성해방의 과제가 된다는 이념은 20C 후반에 와서야 형성된 것으로, 1975년 〈세계여성의 해〉의 국제회의에서 '가정 및 사회 속에서 전통적으로 할당된 기능 및 역할을 재검토해야 한다'[30]고 말한 데서부터 출발하였기 때문이다. 나혜석이 「영미부인 참정권운동자 회견기」(『삼천리』, 1936.1)에서 영미의 여권운동의 주론을 '노동문제, 정조문제, 이혼문제, 투표문제'라고 파악한 데서도 이

29. 위의 책, 223면.
30. 수전주지, 김희은 역, 『여성해방사상의 흐름을 찾아서』, 백산서당, 1983, 175-176면.

점을 잘 확인할 수 있다.[31] 그리고 세계여성운동사상 20C 초반의 여성운동의 최대과제는 무엇보다도 남성과 동일한 참정권의 획득에 있었다.

나혜석은 여성 자아의 주체성에 대한 자각을 강조하며, 남녀차별의 사회현상을 비판하고, 그 원인을 잘못된 사회제도와 교육에서 발견하고자 하지만 결혼제도를 통한 남녀의 역할 분담과 성별 분업을 인정했다. 따라서 나혜석의 초기 페미니즘은 비교적 온건한 부르주아적 페미니즘이라고 규정할 수 있다.

그러나 1930년 최린과의 연애사건이 빌미가 되어 그녀가 수긍하지 않는 가운데 일방적으로 남편 김우영으로부터 이혼을 당하여 11년간의 결혼생활에 종지부를 찍게 된 후 나혜석의 페미니즘은 다소 급진적이고 과격한 성격을 띠기 시작한다. 즉 「이혼고백서」(『삼천리』, 1934.8-9), 「독신여성의 정조론」(『삼천리』, 1935.10) 등에서 성의 자유에 대한 급진적 추구를 집중적으로 읽을 수 있다. 「이혼고백서」에서 나혜석은 남녀의 정조와 성에 대해 작용하는 이중규범과 불평등을 "이 어이한 미개명의 부도덕이냐"라고 통렬하게 비판한다.

> 조선 남성 심사는 이상하외다. 자기는 정조관념이 없으면서 처에게나 일반 여성에게 정조를 요구하고 또 남의 정조를 빼앗으려고 합니다. 서양에나 동경 사람쯤 하더라도 내가 정조관념이 없으면 남의 정조관념이 없는 것을 이해하고 존경합니다. 남에게 정조를 유인하는 이상 그 정조를 고수하도록 애호해주는 것도 보통 인정이 아닌가. 종종 방종한 여성이 있다면 자기가 직접 쾌락을 맛보면서 간접으로 말살시키고 저작시키

31. 김종욱 편, 앞의 책, 310면.

는 일이 불소하외다. 이 어이한 미개명의 부도덕이냐[32]

「이혼고백서」는 개방적이고 진보적인 남녀관계의 이상, 즉 결혼한 부부 사이에서도 개방적 남녀관계가 권장되고 있다.

> "다른 남자나 여자와 좋아 지내면 반면으로 자기 남편이나 아내와 더 잘 지낼 수 있지요" 하였습니다. 그는 공명하였습니다. 이와 같은 생각이 있는 것은 필경 자기가 자기를 속이고 마는 것인 줄은 모르나 나는 결코 내 남편을 속이고 다른 남자, 즉 C를 사랑하려고 한 것은 아니었나이다. 오히려 남편에게 정이 두터워지리라고 믿었사외다. 구미 일반 남녀 부부 사이에 이러한 공공연한 비밀이 있는 것을 보고, 또 있는 것이 당연한 일이요, 중심 되는 본 남편이나 본처를 어찌하지 않는 범위내의 행동은 죄도 아니요 실수도 아니라 가장 진보된 사람에게 마땅히 있어야 할 감정이라고 생각합니다.[33]

하지만 나혜석이 주장하는 개방결혼과 같은 진보적 관계는 당시 사회에서 용납되기 어려웠고, 특히 이해 당사자인 남편 김우영이 수긍하기는 더욱 어려웠을 것이다. 여행을 통해서 바라본 구미의 외적 현상과 근대 초기의 우리나라의 구체적 현실과의 차이를 이해하지 못한 데서 나혜석은 혼외의 성적 자유의 추구가 가능했고, 거기에 그녀의 불행은 존재했다고 볼 수 있다. 폐쇄적인 결혼생활에 대한 비판은 「독신여성의 정조론」(『삼천리』, 1935.10)에서도 반복해서 주장되고 있다.

---

32. 위의 책, 126면.
33. 위의 책, 107면.

> 서양사람의 스위트 홈이 결코 그 남편이나 아내의 힘으로만 된 것이 아니라 남녀 교제의 자유에 있습니다. 한 남편이나 한 아내가 날마다 조석으로 대면하니 싫증이 나기 쉽습니다. 그러기 전에 동부인을 해가지고 나가서 남편은 다른 집 아내, 아내는 다른 집 남편과 춤을 추든지 대화를 하든지 하면 기분이 새로워집니다. 그러기에 어느 좌석에 가든지 자기 부부끼리 춤을 추든지 대화를 하는 것은 실례가 되는 것입니다.[34]

폐쇄적인 결혼과 가정 내에서는 부부가 서로의 감정을 이해하지 못하는 데서 권태가 생기고 무미건조한 가정생활이 영위될 수밖에 없음을 강조하고, 결혼한 부부들은 개방적 모임을 통해서 결혼생활의 권태를 극복해 나가야 한다고 주장한다. 또한 같은 글에서 나혜석은 독신자들이 "정조관념을 지키기 위하여 신경쇠약에 들어 히스테리가 되는 것보다 돈을 주고 성욕을 풀고 명랑한 기분으로 살아가는 것이 아마 현대인의 사고상 필요할 걸요."라고 주장하며, 여자공창과 마찬가지로 남자공창의 필요성까지 제기하는 등 남녀의 성적 자유와 평등에 대한 진보성을 표명하고 있다.

또한「우애결혼 시험결혼」(『삼천리』, 1930.5)에서는 요즘의 개념으로 계약결혼에 대한 찬성까지 나타내고 있다. 또한 나혜석은 "요컨대 인생의 창작성은 남녀교제에서 납니다."라고 남녀교제가 인생에 미치는 창작성과 진취성을 강조하면서도 "조선의 결혼생활은 이중 삼중의 부담이 있어서 구속이 너무 심하지요. 말하자면 자기희생이라고까지 말할 만큼 자기 개성은 꺾여지고 마니까요."라고 결혼생

---

34. 위의 책, 461면.

활의 부담과 구속, 자기희생과 개성의 상실 때문에 결혼생활로 다시 들어가고 싶은 마음이 없다고 고백한다. 그리고 단지 인간으로서의 자유스러움과 예술창작에의 정진이 그의 소망일 뿐이라는 견해를 표명한다.(「그 뒤에 얘기하는 제 여사의 이동좌담회」, 『중앙』, 1935.2)[35]

결혼과 성에 대한 급진적 사상으로의 변화는「이혼고백서」에서 그 이유를 잘 찾아볼 수 있다. 그녀는 조선의 유식계급의 남녀가 똑같이 불행한 사람들이라고 논평한다.

> 조선의 유식계급의 남자 사회는 불쌍합니다. 제1 무대인 정치방면에 길이 막히고 배우고 쌓은 학문은 용도가 없어지고 이 이론 저 이론 말해야 이해할 사회가 못되고 그나마 사랑에나 살아볼까 하나 가족제도에 얽매인 가정, 몰이해한 처자로 하여 눈살이 찌푸려지고 생활이 신산스러울 뿐입니다. 애매한 요리 집에나 출입하여 죄 없는 술에 투정을 다하고 몰상식한 기생을 품고 즐기거나 그도 역시 만족을 주지 못합니다. 이리 가보면 나을까, 저 사람을 만나면 나을까 하나 남는 것은 오직 고적뿐입니다.
>
> 유식계급 여자, 즉 신여성도 불쌍하외다. 아직도 봉건시대 가족제도 밑에서 자라나고 시집가고 살림하는 그들의 내용의 복잡이란 말할 수 없이 난국이외다. 반쯤 아는 학문이 신구식의 조화를 잃게 할 뿐이요, 음기를 돋을 뿐이외다. 그래도 그대들은 대학에서 전문에서 인생철학을 배우고 서양에나 동경에서 그들이 가정을 구경하지 아니하였는가, 마음과 뜻은 하늘에 있고 몸과 일은 땅에 있는 것이 아닌가. 달콤한 사랑으로 결혼하였으나 너는 너요 나는 나대로 놀게 되니 사는 아무 의미가 없어지고

---

35. 위의 책, 478면.

> 아침부터 저녁까지 반찬 걱정만 하게 되는 것이 아닌가. 급기야 신경과민, 신경쇠약에 걸려 독신 여자를 부러워하고 독신주의를 주장하는 것이 아닌가.[36]

그 이유는 개인적 문제가 아니라 사회적이며 민족적 문제라고 원인을 분석하는데, 남성의 경우 사회적으로 남성적 자아실현이 차단된 식민지적 현실로부터 사랑에 취하고자 하지만 가족제도에 얽매인 가정과 몰이해한 처자로 인해 향락적인 생활에 몸을 내맡긴다고 진단한다. 여성의 경우에는 봉건적인 가족제도의 억압과 구속 속에서 현실과 이상의 극심한 격차와 사랑의 부재로 인하여 신경쇠약에 걸리고 독신여성을 선망하게 된다는 것이다. 그리고 부부간에는 3단계의 시기가 있는데, 연애의 시기, 권태의 시기, 이해의 시기가 그것이다. 이 세 시기를 잘 보내야만 정말 새로운 사랑의 의미 있는 부부생활이 가능하다고 말한다. 인생에서는 가정만도 예술만도 전부가 아닌 둘의 조화를 역설하고 있다. 그리고 모성애는 여성에게 있어 최고의 행복인 동시에 최고의 불행, 즉 자신의 인생에 구속을 주는 존재라고 말한다.

나혜석의 페미니즘은 남녀가 모두 공적 노동에 참여함으로써 차별을 벗어날 수 있다는 주장을 편, 1920년대 중반에 우리나라를 강타했던 마르크스주의적 페미니즘과는 그 성격을 달리한다. 일찍이 마르크스가『경제학비판』에서 인간의 의식이 존재를 규정하는 것이 아니라, 그들의 사회적 존재가 의식을 규정한다고 했듯이 그녀는 부유

36. 위의 책, 125-126면.

한 집안 출신의 예술가였고, 자유연애의 이상에 따라 지식인 남성과 결혼하였으며, 외교관의 부인으로 부족함이 없는 생활을 영위했다. 이와 같은 부르주아 여성으로서의 계급적 기초는 그대로 그녀의 페미니즘 사상의 형성에 영향을 미친 것으로 보인다. 일반적으로 부르주아 또는 쁘띠 부르주아적 페미니즘에서 추구하는 자아의 확립, 연애의 자유, 결혼의 자유에 대한 추구의 맥락에서 나혜석 역시 크게 벗어나지 않은 것으로 보인다.

대별해 보건대, 나혜석의 페미니즘은 초기에 여성 자아의 주체성에 대한 자각을 강조하며, 남녀차별의 사회현상을 비판하고, 그 원인을 잘못된 사회제도와 교육에서 발견하고자 하며, 결혼제도를 통한 남녀의 역할 분담과 성별 분업을 인정하는 비교적 온건한 부르주아적 페미니즘이라고 성격을 규정지을 수 있다. 하지만 이혼 후에는 성의 이중규범에 대한 통렬한 비판, 남녀의 공평한 성적 자유, 폐쇄적 결혼제도의 문제점 등에 대해서 집중적으로 관심을 표명하며, 그 대안으로 개방결혼과 독신주의, 개방적 남녀교제 등을 대안으로 제시하는 데서 온건성을 벗어나 보다 급진적이고 과격한 성격의 성 해방을 주요한 주제로 삼는 급진적 페미니즘으로 변화해 갔음을 알 수 있다. 이는 혼외의 성적 자유를 추구한 대가로 이혼을 했고, 이러한 실존적 삶의 경험으로부터 여성 억압의 현실을 보다 극명하게 파악하게 된 데 따른 결과라고 할 수 있을 것이다.

나혜석은 이혼 후 1933년에 「여자미술학사」을 열어 미술연구생을 모집하여 경제적 자립을 추구하고자 했으나 성공하지 못했다. 나혜석은 실존적 삶의 기반이 노동을 통한 자립과는 거리가 멀었으므로 마르크스적 페미니즘과는 차이가 있는 자아의 확립, 급진적 성의 해방 등을 주장하는 부르주아적 성격의 자유주의 내지 급진주의 페미니즘의 테두리 안에서 여성해방을 주장하다가 이혼으로 부르주아적인 계급의 기반이 무너져버리자 해방은커녕 인생 자체가 점차 황폐해져 갔다고 할 수 있다.

2) 나혜석의 자유주의 페미니즘-「경희」

1918년 작「경희」는 동경 유학생인 주인공 경희가 아버지로부터 결혼을 종용받지만 이에 승복하지 않고 인간으로서 주체성의 자각을 이룬다는 내용으로 되어 있다. 여학생 경희의 결혼이냐, 공부를 계속하느냐의 문제를 둘러싼 갈등을 다룬「경희」는 작품이 발표되었던 1910년대에 있음직한 신구 가치관의 갈등을 다뤘다는 점에서 소재적 측면에서 사실적 생동감이 뛰어나다고 하겠다.

작품의 내용에서 볼 때,「경희」는 나혜석의 자전적 요소가 강하게 반영된 소설로 읽혀진다. 자전적 요소로서 먼저 주인공 경희의 아버지가 철원군수를 지냈다고 설정된 점, 아들의 권유로 일본에 경희를 유학 보냈다고 설정된 외적 조건 등에서 찾아볼 수 있다. 실제 나혜석의 부친은 경기도 시흥군수, 용인군수를 역임했고, 나혜석의 동경 유학은 이미 일본과 중국 등지에 유학했던 오빠들의 권유에 의해서 이루어졌다고 한다. 무엇보다도 이 작품이 나혜석의 자전적 요소를 반영했다는 점은 작품이 발표된 1918년을 전후해 나혜석이 처한 상황에서 유추할 수 있다. 1913년에 동경에 건너간 나혜석은 학문 탐구뿐만 아니라 선각자적 정신으로 새로운 문물을 터득하여 유학생들 가운데서도 선두에 서서 활약했다. 그런데 1917년에 결혼까지 약속했던 최승구가 갑자기 사망함에 따라 실의에 빠졌고, 1918년에는 교토제대 법과 출신의 김우영이 접근하여 결혼을 신청하자 집안에서는 그가 첫 부인과 사별한 처지라는 데 반대하고 중매결혼을 강권하던 시기였다. 그 당시의 사정은 소설체로 기술된 「나의 여교원 시대」(『삼천리』, 1935.7)란 회고록에 자세하게 기록되어 있다.

> 지금부터 20년 전 일이다.
>
> R이 동경 유학 때이었다.
>
> R의 아버지는, 양반이고 부자고 위인이 똑똑하다는 바람에 M과 혼인 말을 건네고 R에게 속히 귀향하라 하고 심지어 학비까지 주지를 아니하여 할 수 없이 귀향을 하였으나 R에게는 이미 애인이 있어 철석같은 약속이 있던 때이었다.
>
> R이 귀향한 후, R의 아버지는 날마다 M에게 시집가라고 졸랐고, 심지어 회초리를 해가지고 때리며 시집가라고 하였다. 그러나 R은 감히 엄한 아버지 앞에서 언약한 곳이 있다는 말은 못하고,
>
> "저는 혼자 살아요." 하면,
>
> "이년, 혼자 어떻게 사니?"
>
> "제가 벌어서 저 혼자 살지."
>
> "기가 막힌 세상이다."
>
> 하시고, 기가 막히고 들을 것 같지 아니하여 그만 흐지부지하는 때였다.[37]

결혼을 강권 받는 실제상황은 소설 「경희」의 창작 동기로 작용한 듯하며, 이와 같은 상황은 「경희」 제3장에서 경희의 결혼문제에 대한

37. 나혜석, 「나의 여교원시대」, 위의 책, 90면.

아버지의 태도에 잘 반영되고 있다.

> "경희 혼인일 말이오. 도무지 걱정이 되어 잠이 와야지."
> "나 역시 그래요."
> "이번 혼처는 꼭 놓치지를 말고 해야지 그만한 곳이 없소. 그 신랑 아버지 되는 자하고 난 전부터 익숙히 아는 터이니까 다시 알아볼 것도 없고 당자(當者)도 그만하면 쓰지 별 아이 어디 있나. 장자이니까 그 많은 재산 다 상속될 터이고 또 경희는 그런 대갓집 맏며느리감이지……."
> "글쎄, 나도 그만한 혼처가 없을 줄 알지마는 제가 그렇게 열 길이나 뛰고 싫다는 것을 어떻게 한단 말이요, 그렇게 싫다고 하는 것을 억지로 보내었다가 나중에 불길한 일이나 있으면 자식이라도 그 원망을 어떻게 듣잔 말이오……."
> "아…… 니 불길할 일이 있을 까닭이 있나. 인품이 그만하겠다. 추수(秋收)를 수천 석 하겠다. 그만하면 고만이지 그러면 어떻게 하잔 말이요. 계집애가 열아홉 살이 적소?"
> 김 부인은 잠잠히 있다. 이철원 씨는 혀를 톡톡 차며 후회를 한다.
> "내가 잘못이지 계집애를 일본까지 보내다니 계집애가 시집가기가 싫다니 그런 망칙한 일이 어디 있어. 남이 알까봐 무섭지. 벌써 적합한 혼처를 몇 군데 놓쳤으니 어떻게 하잔 말이야— 아이……."[38]

「경희」는 모두 4장으로 구성되어 있는데, 이에 대해 서정자는 단편소설의 구성을 유념한 분장인 듯하다고 말했다.[39] 즉 발단, 전개, 위기, 절정의 4단계 구성법에 의해 이 작품이 쓰여졌다는 것이다.

---

38. 서정자 편, 『한국여성소설선1』, 갑인출판사, 1991, 27-28면.
39. 서정자, 「나혜석 연구」, 『문학과 의식』 제2호, 221면.

제1장은 경희 어머니와 사돈 마님(경희 언니의 시모) 사이의 대화로 시작된다. "아이구, 무슨 장마가 그렇게 심해요."라는 사돈 마님의 대화는 이 작품의 계절적 배경 설정과 함께 장마철, 즉 여름방학이 되어서 주인공 경희가 일본으로부터 귀향했음을 알려준다. 또한 사돈 마님은 경희 또는 경희 모와는 가치관의 차이가 있는, 즉 여자는 시집가는 것이 최고라는 구시대적 가치관의 소유자로서 경희나 경희 모와의 가치관의 갈등을 빚는 인물로 설정되어 있다.

> "또 거기를 가니? 이제 그만 곱게 앉았다가 부잣집으로 시집가서 아들딸 낳고 재미드랍게 살지 그렇게 고생할 것 무엇 있니?
>
> 아직 알지 못하여 그렇게 하지 못하는 것을 일러주는 것같이 경희에 대하여 말을 하다가 마주 앉은 경희 어머니에게 눈을 향하여 "그렇지 않소. 내 말이 옳지요." 하는 것 같았다.
>
> "네, 하던 공부 마칠 때까지 가야지요."
>
> "그것은. 그리 많이 해 무엇 하니, 사내니 고을을 간단 말이야? 군주사(郡主事)라도 한단 말이야? 지금 세상에 사내도 배워가지고 쓸 데가 없어서 쩔쩔 매는데……."[40]

이러한 신구의 가치관의 차이는 제1장의 후반으로 갈수록 신가치관의 일방적 승리로, 사돈 마님에 대한 경희 어머니의 설득이 주효하여 가치관의 변화가 일어나는 방향으로 설정되어 여성의 교육에 대한 필요성을 강조하는 작가의 가치의식이 철저하게 반영되고 있음을 읽을 수 있다. 앞의 인용문에서 여성이 교육받는 일은 남자와도

---

40. 서정자 편, 앞의 책, 15-16면.

달라 아무런 '쓸 데', 즉 실용적 가치를 지니지 못한다는 편견은 경희 모의 설득에 의해서 깨어진다.

> "좀 가르치면 어디든지 그렇게 쓸 데가 있더구먼요. 그뿐 아니라 그 점잖은 일본사람들에게도 어찌 존대를 받는다고요. 그 애가 왔단 말을 어디서 들었는지 감독이 일부러 일전에 또 찾아왔어요. 일본서 졸업하고는 기어이 자기 회사의 일을 보아달라고 하더래요. 처음에는 월급 천오백 냥은 쉽대요. 차차 오르면 3년 안에 이천오백 냥을 받는다는데요. 다른 여자는 제일 많은 것이 칠백쉰 냥이라는데 아마 그는 일본까지 가서 공부한 까닭인가 보아요. 저것도 그 애가 재봉틀에 한 것입니다."[41]

그러나 작가는 일방적으로 신가치관을 독자들에게 주입시키고자 하지는 않는다. 경희 모와 사돈 마님과의 대화를 통하여 당시 여학생들에 대한 세간의 분위기를 충분히 드러내는 사실성을 유지하는 한편, 구시대의 여성인 경희 모가 어떻게 경희의 신가치관을 이해하고 경희의 협력자가 되었는가를 세간의 편견과는 다른 경희의 부지런한 외적 행동의 관찰과 경희 모의 내적 서술에 의하여 독자에게 치밀하게 설득시킨다. 여학생에 대한 세간의 편견이란 "여학생은 바느질을 못 한다든가, 빨래를 아니 한다든가, 살림살이를 할 줄 모른다든가" 하는 전통적인 가사 종사자로서의 여성 역할에 대한 부정적 인식을 의미한다.

제1장의 뒷부분에서 경희 모가 "이제부터는 의심 없이 확실히 자기 아들이 경희를 왜 일본까지 보내라고 애를 쓰던 것, 지금 세상에

---

41. 위의 책, 19면.

는 여자도 남자와 같이 많이 가르쳐야 할 것을 알았다."라고 주저 없이 확신하며, 남에게 자신감 있게 설득까지도 할 수 있게 된 것도 모두 "공부를 많이 할수록 존대를 받고 월급도 많이 받는 것을" 신교육을 받은 경희의 부지런한 행동과 경희에 대한 일본인의 대우에서 직접 깨달았기 때문이다. 또한 사돈 마님이 " '내가 여학생을 잘못 알아 왔다. 정말 이 집 딸과 같이 계집애도 공부를 시켜야겠다. 어서 우리 집에 가서 내외시키던 손녀딸들을 내일부터 학교에 보내야겠다.'고 꼭 결심을 했다."처럼 고정관념이 변화하게 된 것도 경희의 행동에 대한 직접 관찰의 결과에서 비롯된 것이다.

이 작품에서 경희는 바느질 등 살림살이에 신교육을 받지 않은 어떤 여자들보다 능할 뿐만 아니라 노동의 즐거움까지도 향유하는 여성으로 그려진다. 이 점은 이 작품의 제2장에서 경희와 떡 장사와의 대화, 옆집 수남이 어머니의 서술 등에 의해서 잘 드러나고 있다. 더욱이 수남 어머니는 살림살이에 도무지 무능한 며느리와 경희를 대조할 때 철천지한에 싸이는데, 작가는 수남 어머니가 며느리를 잘못 본 것이 "그래 며느리 선을 시어머니가 보면 아들이 가난하게 산다고 하는 고로 수남이 어머니는 일체 중매에게 맡기고 궁합이 맞는 것으로만 혼인을 정하였다."에서 보듯이 중매결혼의 결과인 것으로 제시한다. 작가는 수남 어머니와 그 집안의 불행을 개인적 불행으로 파악하지 않고, 조선 안의 집단적 불행으로 파악하며, 경희로 하여금 조선 사회 전체의 불행에 대한 집단적인 사명감을 갖도록 의도한다.

> 머리를 숙이고 골몰히 칼질하던 경희는 이미 아주머니의 설움의 원인을 아는 터라 그 한숨소리가 들리자 온몸이 찌르르 하도록 동정이 간다.

> 경희는 이 자극을 받는 동시에 이와 같이 조선 안에 여러 불행한 가정의 형편이 방금 제 눈앞에 보이는 것 같았다. 힘 있게 칼자루로 도마를 탁 치는 경희는 무슨 큰 결심이나 하는 것 같다. 경희는 굳게 맹세하였다. "내가 가질 가정은 결코 그런 가정이 아니다. 나뿐 아니라 내 자손 내 친구 내 문인(門人)들이 만들 가정도 결코 이렇게 불행하게 하지 않는다. 오냐, 내가 꼭 한다." 하였다. 경희는 꺵충 뛴다.[42]

이 대목에서 보면 결코 경희는 결혼과 가정 자체를 부정하는 것이 아님이 드러나며, 무지하고 못 배운 여성은 가정생활조차 불행하게 만듦을 보이고자 한 것으로 생각된다. 즉 여자가 신교육을 받아야 가정생활도 행복하고 살림살이도 잘 할 수 있다는 작가의식의 작용이라고 볼 수 있다.

이러한 작가의식은 경희가 느끼는 노동의 즐거움에 의해서 잘 표현되고 있다. 즉 노동의 즐거움은 강요에 의해서가 아니라 자발성에 의해서 노동하는 자만이 향유할 수 있는 즐거움이라는 것이다. 작가는 여성이 신교육을 받는다는 일이 결코 전통적 역할 수행을 부정하는 일이 아니며, 오히려 그러한 역할을 보다 잘 할 수 있게 만드는 기능을 띤다는 점을 경희의 행동을 통해서 설득한다. 특히 가사노동을 자발적으로 수행할 뿐만 아니라 즐거움까지 향유하는 구체적 행동을 보여줌으로써 여성 교육의 필요성을 주장한다. 그런데 이때 작가는 계몽적 교시적 설교가 아니라 독자 스스로가 그러한 가치관에 도달하도록 만드는 세련된 소설기법을 구사하고 있다. 즉 인물 시각

---

42. 위의 책, 26면.

적 서술자에 의한 작중인물의 담화로 이야기가 전달되고, 대화, 극적 독백, 내적 독백, 심리서술 등의 기법을 적절히 구사함으로써 훨씬 설득력 있는 소설로 형상화하고 있다.[43]

> 경희는 불을 때고 시월이는 풀을 젓는다. 위에서는 '푸푸' '부글부글' 하는 소리, 아래에서는 밀짚이 탁탁 튀는 소리, 마치 경희가 동경 음악학교 연주회석에서 듣던 관현악주 소리 같기도 하다. 또 아궁이 저 속에서 밀짚 끝에 불이 댕기며 점점 불빛이 강하게 번지는 동시에 차차 아궁이까지 가까워지자 또 점점 불꽃이 약해져가는 것은 마치 피아노 저 끝에서 이 끝까지 칠 때에 붕붕하던 것이 점점 띵띵하도록 되는 음률과 같아 보인다. 열심히 젓고 앉은 시월이는 이러한 재미스러운 것을 모르겠구나 하고 제 생각을 하다가 저는 조금이라도 이 묘한 미감을 느낄 줄 아는 것이 얼마큼 행복하다고도 생각하였다. 그러나 저보다 몇 십 백 배 묘한 미감을 느끼는 자가 있으려니 생각할 때에 제 눈을 빼어버리고도 싶고 제 머리를 두드려 바치고도 싶다. 빨건 불꽃이 별안간 파란 빛으로 변한다. 아 이것도 사람인가 밥이 아깝다 하였다.[44]

불을 때며 밀짚이 탁탁 튀는 소리를 관현악주 소리에 비유하며, 이러한 미감을 못 느낄 하녀 시월과 비교하여 경희는 더욱 행복감을 느끼는가 하면 상대적으로 몇 십 백 배 묘한 미감을 느낄 자 생각건대 더 교육받은 자와 비교하여 "내 눈은 언제나 그렇게 밝아지고 내 머리는 어느 때나 거기까지 발달될는지 불쌍하고 한심스럽다."라고

43. 정순진, 「정월 나혜석의 초기단편소설고」, 『한국문학과 여성주의 비평』, 국학자료원, 1992, 264면.
44. 서정자 편, 앞의 책, 27면.

여긴다. 즉 생활 속의 노동의 즐거움과 미감을 느낄 수 있는 감각까지도 결국은 교육의 많고 적음에서 기인된다는 논리를 전개한 것이며, 자신에게는 더 많은 배움이 필요하다는 것을 강조한 셈이다. 아무튼 제2장은 가사노동자로서의 여성의 역할을 인정하는 가운데 여성의 교육은 가사노동을 더 잘 하게 하며, 또는 돈을 더 잘 벌기 위한 실용주의적 교육관과 가치에 입각하여 그 필요성이 강조되었다.

제3장은 경희 부모의 대화를 중심으로 경희의 결혼문제가 구체적으로 거론된다. 경희의 결혼 문제에 대하여 부모는 서로 입장의 차이를 드러낸다. 여동생을 앞세워 결혼시키면서까지 경희는 기어이 하던 공부를 마저 마치고 결혼하겠다는 의지를 표명하지만 아버지는 경희의 나이가 열아홉이나 된 점을 걱정하며, 김 판서 댁의 문벌 있고, 재산 있는 혼처를 놓칠까봐 강제로라도 결혼시킬 결심이다. 하지만 어머니는 아버지의 생각과는 다른 입장이다.

경희 아버지가 나이, 문벌, 재산 등을 결혼의 중요한 조건으로 인식하고 있는 데 반하여 경희 어머니는 본인의 의사가 더 중요하다는 인식 차이를 드러내고 있다. 나아가 어머니는 "김 부인은 자기도 남부럽지 않게 이제껏 부귀하게 살아왔으나 자기 남편이 젊었을 때 방탕하여서 속이 상하던 일과 철원군수로 갔을 때도 첩이 두셋씩 되어 남몰래 속이 썩던 생각을 하고 경희가 이런 말을 할 때마다 말은 아니 하나 속으로 딴은 네 말이 옳다 한 적이 많았다."에서 보듯이 경제적으로 부유하다는 조건이 바로 마음의 행복과 직결되지 않음을 자신의 경험에 비추어 암시한다.

아버지의 또 다른 근심은 일본에 보내서 사람을 버리지 않았는가 하는 점이다. 이 점에 대해서는 어머니가 경희가 전보다 더 부지런해졌다고 말함으로써 안심을 한다. 그런데 더 부지런해졌다는 의미는 단순히 일을 많이 즐겨한다는 의미가 아니라 청소를 하는 데 있어서도 기계적으로 하는 것이 아니라 "건조적이고 응용적이다. 가정학에서 배운 질서, 위생학에서 배운 정리, 또 도화시간에 배운 색과 색의 조화, 음악 시간에 배운 장단의 음률을 이용" 하며, 가족에게 칭찬이란 보수를 받으려 함이 아니라 자발적으로 재미가 있어서 하는 것으로 서술된다. 즉 신교육이 주부로서의 전통적 역할에 부정적 영향을 끼치기보다는 보다 유능한 가사수행자로서의 역할에 긍정적임을 강조함으로써 신교육에 대한 가치를 역설하고자 하는 작가의 태도가 나타나고 있다.

지금까지의 갈등이 여성의 신교육과 결혼문제를 두고 경희와 사돈마님, 또는 아버지와의 사이에서 벌어지는 외적 인물 간의 가치관의 차이에서 빚어졌다면 제4장에서 갈등은 한층 심화된 차원을 보여준다. 즉 외적 인물과 빚는 갈등이 아니라 아버지의 결혼 강권에 이제껏 저항해온 경희 자신의 내적 갈등으로 국면은 전환되어 극적 긴장감은 더해간다.

> 아버지가 "계집애라는 것은 시집가서 아들딸 낳고 시부모 섬기고 남편을 공경하면 그만이니라." 하실 때에 "그것은 옛날 말이에요. 지금은 계집애도 사람이라 해요, 사람인 이상에는 못할 것이 없다고 해요, 사내와 같이 돈도 벌 수 있고, 사내와 같이 벼슬도 할 수 있어요. 사내가 하는 것은 무엇이든지 하는 세상이에요." 하던 생각을 하며 아버지가 담뱃대를 드시고 "뭐 어쩌고 어째, 네까짓 계집애가 하긴 무얼 해. 일본 가서 하라는 공부는 아니 하고 귀한 돈 없애고 그까짓 엉뚱한 소리만 배워가지고

왔어?" 하시던 무서운 눈을 생각하며 몸을 움찔 한다.[45]

결혼을 강권하는 아버지와 대립하는 경희의 갈등은 이제 내적인 갈등으로 바뀌면서 더욱 복잡한 국면으로 치닫는다. 이제까지는 여성에게도 교육이 필요하다는 당위성에 거의 일방적으로 가치적 우월성과 신념을 보여 왔다면, 상황은 전환되어 결혼문제에 대한 경희의 내적 신념이 흔들리는 것이다. 즉 아버지가 권하는 결혼을 수용하느냐 그렇지 않느냐의 두 길이 그녀의 삶에 "가기도 쉽고 찾기도 어렵지 않은 탄탄대로"의 길과 "물도 건너야 하고 언덕도 넘어야 하고 수없이 꼬부라진 길이요, 갈수록 험하고 찾기 어려운 길"로 인식되기에 그녀의 신념은 흔들리고, 선택의 결단은 더욱 어려워진다. 아버지가 권하는 결혼을 받아들이고도 싫고 회피하고도 싶은 접근 회피의 갈등이 여섯 차례나 반복되는데, "아이구, 어찌하나…….", "아이구 어찌하면 좋은가!", "아이구, 어찌하나 내가 그렇게 될 줄 알았을까"라고 마음을 결정할 수 없는 갈등상태를 노정한다.

「경희」의 작품적 핍진성은 경희가 아버지가 제의하는 혼인을 거절하고 난 뒤 다시 번복하고 싶은 마음이 들 정도로 스스로의 결정에 대해 자신감을 갖지 못한 채 갈등하고, 자기 앞에 펼쳐질 험난한 길에 대해 두려워한다는 데 있다.[46] 경희의 여섯 차례나 반복되는 탄식과 망설임은 부귀의 안락과 안일에 유혹되기 쉬운 인간의 나약한 마음의 단면을 적절히 보여준다. 그리고 전통적인 여성의 정체성을 벗어나서 독립적이고 주체적 여성으로서의 새로운 정체성 확립이 얼마

45. 위의 책, 37-38면.
46. 정순진, 앞의 책, 251면.

나 어려운가가 망설임을 통해 설득력 있게 제시된다. 가령 그는 이제껏 가져온 신념에 대해서 "과연 그렇다. 나 같은 것이 무얼 하나. 남들이 하는 말을 흉내내는 것이 아닌가. 아아 과연 사람 노릇하기가 쉬운 것이 아니다. 남자와 같이 모든 것을 하는 여자는 평범한 여자가 아닐 터이다. 사천 년 내의 습관을 깨뜨리고 나서는 여자는 웬만한 학문, 여간한 천재가 아니고서는 될 수가 없다."[47]라고 자기비하적인 자신감 부재의 감정을 노출하기도 한다.

> 이제까지 비녀 쪽 찐 부인들을 보면 매우 불쌍히 생각하였다. '저것이 무엇을 알고 저렇게 어른이 되었나. 남편에 대한 사랑도 모르고 기계같이 본능만으로 저렇게 금수와 같이 살아가는구나. 자식을 귀애하는 것은 밥이나 많이 먹이고 고기나 많이 먹일 줄 알았지 좋은 학문은 가르칠 줄을 모르는구나. 저것도 사람인가.' 하는 교만한 눈으로 보아왔다. 그러나 웬일인지 오늘은 그 부인네들이 모두 장하게 보인다. 설거지 하는 시월이 머리에도 비녀가 쪽 쪄진 것이 저보다 훨씬 나은 것도 같이 보인다.[48]

또한 인용문과 같이 결혼한 부인네들의 인습적 삶에 대해서 갑자기 선망하는 등 가치관의 교착상태에 빠지게 된다. 결국 그녀는 "그 부인네들이 장한가? 내가 장한가? 이 부인네들이 사람일까? 내가 사람일까?"라는 이분법적이고 양가적 갈등상태에 휩싸인다. 그 갈등의 열기는 다음의 묘사문에서 잘 드러나고 있다.

---

47. 서정자 편, 앞의 책, 38면.
48. 위의 책, 39면.

> 동시에 경희의 머리끝이 우쩍 위로 올라간다. 그리고 경희의 뻔뻔한 얼굴, 넓적한 입, 길쭉한 사지의 형상이 모두 스러지고 조그마한 밀짚 끝에 깜박깜박 하는 불꽃같은 바람에 떠 있는 것 같다. 방안은 후끈후끈하다. 부지중에 사방 창을 열어젖혔다.
> 뜨거운 강한 광선이 별안간에 왈칵 대드는 것은 편싸움꾼의 양편이 육모방망이를 들고 "자……." 하며 대드는 것 같이 깜짝 놀랄 만치 강하게 쪼여든다.[49]

경희의 고민의 열기, 그 고민으로부터 벗어나고자 하는 심적 상태를 창을 열어젖히는 행위의 묘사를 통해서 외면화하고 있으며, 편싸움꾼의 양편이 육모방망이를 들고 대드는 것 같다는 것은 두 가지 가치 사이에서 치열하게 고민하고 갈등하는 경희의 심적 상태를 묘사를 통하여 드러내주는 것으로, 당시로서는 뛰어난 소설기법을 나혜석이 구사했다는 것을 알 수 있다. 그러다가 경희는 갈등상태를 벗어나 자신의 사람으로서의 주체성을 각성하는 상태에 이르게 된다.

> 저것! 저것은 개다. 저것은 꽃이고 저것은 닭이다. 저것은 배나무다. 그리고 저기 매달린 것은 배다. 저 하늘에 뜬 것은 까치다. 저것은 항아리고 저것은 절구다.
> 이렇게 경희는 눈에 보이는 대로 그 명칭을 불러본다. 그 옆에 놓인 머릿장도 만져본다. 그 위에 개어서 얹은 명주이불도 쓰다듬어본다. "그러면 내 명칭은 무엇인가? 사람이지! 꼭 사람이다."[50]

---

49. 위의 책, 40면.
50. 위의 책, 40면.

모든 사물에 자신의 고유한 명칭과 주체성이 존재하듯이 자신의 사람으로서의 존엄성과 정체성을 깨달음으로써 그녀는 아버지의 결혼 강요에 대해서 반대의사를 표명한 사실에 대해서 확고한 신념을 가지게 된다. 즉 갈등상태를 벗어나서 자신의 주체성 실현에 대한 확신을 가지게 된다.

> 경희도 사람이다. 그 다음에는 여자다. 그러면 여자라는 것보다 먼저 사람이다. 또 조선사회의 여자보다 먼저 우주 안 전 인류의 여성이다.
>
> 이철원 김 부인의 딸보다 먼저 하느님의 딸이다. 여하튼 두말할 것 없이 사람의 형상이다. 그 형상은 잠깐 들씌운 가죽뿐 아니라 내장의 구조도 확실히 금수가 아니라 사람이다.
>
> 오냐, 사람이다. 사람으로 보이지 않는 험한 길을 찾지 않으면 누구더라 찾으라 하리! 산정에 올라서서 내려다보는 것도 사람이 할 것이다. 오냐, 이 팔은 무엇 하자는 팔이고 이 다리는 어디 쓰자는 다리냐[51]

결혼보다는 교육을 선택하고, 여자로서보다는 사람으로서의 주체성을 각성해야 한다는 것이 바로 이 작품의 주제이며, 나혜석이 당시의 조선여성을 향하여 외치고 싶었던 여성해방의 명제라고 할 수 있다. 비록 새로운 여성으로서 가야할 길이 안정되고 보장된 길이 아니라 험난하고 불확실한 길이라고 하더라도 여자이기 이전에 사람으로서, 그것도 금수와는 다른 존엄성을 가진 인간으로서 마땅히 받아들여야 할 길이라는 확신이 선 것이다. 새로운 여성의 정체성에 대한 확신은 "경희의 정신은 황홀하다. 경희의 키는 별안간 엿 늘어

---

51. 위의 책, 42면.

지듯 부쩍 늘어진 것 같다. 그리고 목(目)은 모든 얼굴을 가리는 것 같다. 그대로 푹 엎드리어 합장으로 기도를 올린다."라고 황홀한 엑스타시의 정신상태를 묘사하며, 그리고 자아의 확대감과 확장감을 키가 엿 늘어지듯 부쩍 늘어진 듯하다고 비유하고 있다.

이 작품은 교육을 마치기도 전에 결혼을 강권하는 아버지에게 저항하는 주인공을 통해서 여성에게도 결혼보다는 인간으로서의 주체성 확립을 위한 교육의 필요성을 내세운다. 결말에서 두 길 사이에서 치열한 내적 갈등을 겪던 주인공으로 하여금 갈등을 청산하고 새로운 여성자아의 선택을 하게 함으로써 이 작품은 일종의 내적 각성과 성숙을 지향한 성장소설적 구조를 제시했다고 할 수 있다.

비록 이틀간의 짧은 시간적 배경이지만 이 시간 속에서의 주인공의 경험은 당시 여학생에 대한 사회적 편견과 여학생이 사회적 편견 속에서 겪어야 할 갈등을 적절히 드러내어 주었다.「경희」는 새로운 가치의 혁신이 일어나는 시대의 신구의 가치관의 갈등을 보여주면서 새로운 가치의 승리, 즉 여성해방이란 주제의 형상화에 성공한 소설로서 내적으로 각성하는 주인공이 인물들과의 외적 갈등에서도 승리하게 함으로써 여성해방에 대한 작가의 확신을 더욱 분명히 했다.

「경희」는 지식인 여성의 주체성 자각, 남성과 동등한 교육권의 보장 등을 주제로서 취급했으며, 신교육이 여성의 취업에 도움이 된다는 견해가 제시되지만 경제적 자립과 직업의 문제가 핵심적으로 다루어지지는 않았다. 따라서 이 작품은 나혜석 초기 페미니즘의 자유주의적이고 부르주아적인 성격을 잘 나타냈다고 볼 수 있다.

이 작품은 단순히 인물들 간의 외적 갈등만을 다루거나 심리소설로서 내적 심리적 갈등만을 다루지 않고, 과도기적 주인공이 겪는 외적 내적 갈등의 양 측면을 적절히 혼합하는 데 성공했다. 그리고 소설적 기교나 주제의 치열성이라는 점에서 나혜석의 다른 소설과는 비교가 되지 않는 탁월성을 보여었다. 「경희」는 1910년대 후반의 소설사적 목록에서도 가치적 재평가가 이루어져야 할 수작이라고 하지 않을 수 없다.

4. 두 작품의 비교-결론을 대신하여

본고는 근대 초기 대표적인 남성 페미니스트였던 이광수와 대표적인 여성 페미니스트였던 나혜석의 동시대 작품인 『개척자』와 「경희」를 중심으로 작품상에 나타난 페미니즘 의식의 비교와 이 의식이 작품의 인물과 서사구조, 그리고 심층적인 의미구축에 어떤 영향을 미치고 있는가를 고찰해보는 것을 목적으로 했다.

근대화의 일환으로 여성해방을 추구한 이광수는 『개척자』에서 자유연애혼이란 이상을 추구하는 여주인공을 중심으로 오빠, 어머니의 동조를 얻지 못하고 갈등하다 자살하는 결말을 설정하고 있다. 또한 여주인공이 연애감정을 느낀 상대방은 기혼자로서 여주인공의 독립된 인격체로서의 주체성 각성과 자유연애혼의 신념 형성에 도움을 주는 교사와 같은 역할을 하지만 현실적으로는 별로 책임의식이 없는 인물이기에 그 이상은 실패할 수밖에 없다. 내적으로 각성한 여주인공의 외적 세계에서의 실패는 『개척자』가 이상주의적 측면만을 부각시킨 소설이 아니라는 평가를 하게 만든다. 자유연애혼을 현실에서 실현할 수 없는 데 절망하고, 특히 어머니, 오빠와 치열한 갈등 끝에 유산을 마시고 자살을 하는 여주인공의 죽음은 무엇을 의미하는가? 현실과의 타협 대신에 주인공의 죽음을 통하여 자유연애혼의 이상과 가치를 수호하는 한편으로 그 이상이 좌절하는 현실도 동시적으로 보여주고자 한 작가 이광수의 주제의식을 반영한 것이라 할 것이다.

반면에 나혜석의「경희」는 결혼이냐 교육의 지속이냐는 가치의 충돌에서 외적 내적 갈등을 겪게 되지만 여주인공 자신의 확고한 신념과 결단에 의해서 이러한 갈등을 청산하고, 여성으로서보다는 인간으로서의 주체성을 확립하기 위해서 결혼을 거부하고 공부를 지속하겠다는 신념을 나타낸다. 이는 작가 나혜석의 뚜렷한 페미니즘에 의한 주제의식의 구현이라고 하지 않을 수 없다.

주변 인물들과 주인공과의 관계에서도『개척자』의 오빠는 여동생의 동경 유학 등 신교육의 필요성을 역설하고 근대인으로서의 의식을 가졌지만 정작 자신의 실험 실패로 경제적 곤경에 부딪치자 돈 많은 남성 변에게 여동생의 의사도 묻지 않고 일방적으로 약혼을 선언해버리는 등 실천이 뒤따르지 않는 인물이다. 또한 성순의 역할은 오빠 실험실의 조수와 같은 부속적 존재라고 할 수 있다. 어머니 역시 오빠의 의견에 동조하며 구시대적 가치에 사로잡힌 인물일 뿐이다. 성순과 혼인하기를 희망하는 변은 동경 유학에서 철학까지 전공했지만 단순한 소시민적 성격의 종속적 여성관을 가진 인물이다. 또한 성순이 연애감정을 느끼는 민이란 화가는 자유주의적이고 낭만적 성격의 인물로 성순에게 부모의 권력과 사회 인습의 권력으로부터 벗어나 자아를 해방하고 자유연애를 실천할 것, 사회적 자아로 각성할 것을 촉구하는 인물이다. 하지만 성순이 변과의 결혼에 대해 심각한 갈등에 빠지게 되자 슬쩍 물러나서 성순에게 결혼을 회유하는 무책임한 기혼남성이다. 즉 성순의 자아각성에 영향을 미치지만 현실적 문제에 대해서는 책임의식이 결여된 인물이다. 특히 성순에 대한 그의 태도는 학생을 가르치는 교사와 같은 존재로 제시된다. 즉 남성은 교육자, 여성은 피교육자의 이미지로 그려짐으로써 부모가 강권하는 혼인이란 구습으로부터 탈피하여 자아의 주체성 확립과 해방을 추구하는 과정에서마저 여성은 여전히 종속적 존재로 그려졌다는 점을 지적하지 않을 수 없다. 이 점은 「경희」의 여주인공이 실천적 행동을 통하여 주변 인물들을 감동시킴으로써 자신의 신념을 보다 확고히 해나가는 태도와 대조된다.

그리고 『개척자』에 등장하는 주변 여성들, 성순의 어머니, 성재의 처, 둘째아들 성훈의 처 모두가 무식하고 교양이 없는 천박한 인물로, 부부간의 관계도 불평등하며, 가족 서로 간에 화합하지 못하는 부정적 이미지의 인물로 그려진 점도 「경희」의 주변 여성들, 즉 어머니, 올케, 하녀가 경희의 가치에 동조하며 화해로운 인간관계를 유지하는 긍정적 이미지로 묘사되고, 심지어 여학생에 대해 편견을 가졌던 사돈 마님까지도 의식 변화가 일어나는 인물로 그려진 것과는 아주 대조를 이룬다.

「경희」의 오빠는 작품의 전면에 등장하지는 않지만 부모를 설득하여 경희의 동경 유학을 권장한 인물이며, 어머니 역시 경희의 의사를 존중하며, 실용주의적 관점에서 여성 교육의 필요성을 인정하고, 결혼을 강권하는 아버지를 설득하기 위해 결혼에서 당사자의 의사가 중요하다는 의견을 개진하는 협력자로 등장한다. 아버지는 전통적 관념을 가진 인물로 경희의 결혼에 대해 어머니와 의논하며, 결혼을 강권하지만 당사자의 의사를 묻는 절차를 거친다는 점에서『개척자』의 오빠보다는 개선된 태도를 보이고 있다. 또한 여성의 교육에 통속적 편견을 가진 사돈 마님마저도 작품이 전개되는 가운데 의식의 변화를 일으킨다는 점 등을 종합해볼 때에「경희」에 나타난 여성해방의 주제의식이 훨씬 투철하고 확고하다고 할 수 있다.

반면에『개척자』는 여성의 독립된 인격체로서의 주체성 자각과 자유연애라는 이상 추구에도 불구하고 실패하는 결말을 통해 이상이 좌절될 수밖에 없는 현실을 그린 리얼리즘 소설로 평가할 수 있다. 그리고 여성해방보다는 구습으로부터의 해방(자유연애혼)이란 주제의식이 더 앞서 있으며, 부분적으로 작가의 성차별적 태도가 인물의 설정과 묘사에 반영되고 있음도 부인할 수 없다.

그리고 소설적 기법 면에서『개척자』는 빈번한 전지적 화자의 개입과 편집자적 논평, 해설 등을 통한 설교조의 계몽의식을 직접적으로 드러내어 주제를 설득하는 효과를 반감시키고 있다. 이에 반해「경희」는 인물 시각적 서술자에 의한 작중인물의 담화로 이야기가 전달되고, 대화, 극적 독백, 내적 독백, 심리서술 등의 다양한 서술기법을 구사함으로써 훨씬 설득력 있는 소설로 형상화되었다고 말할 수 있다.

그러나 두 작품 모두 여성의 경제적 자립과 이를 통한 해방을 주장한 사회주의 페미니즘과는 거리가 먼, 여성의 주체성의 자각, 자유연애, 평등한 교육권 등을 추구한, 우리나라에서 20C 초반에 조성된 자유주의적이고 부르주아적인 페미니즘을 담고 있는 소설이라는 공통점을 가진다.(『비교문학』 제20호, 한국비교문학회, 1995)

제2부

대화주의와 상호텍스트성

03

나혜석의 「어머니와 딸」과 대화주의

1. 뉴밀레니엄, 나혜석의 화려한 복권

지난 20C까지 나혜석은 지나치게 첨단적이어서 실패한 신여성의 전형으로서 영욕의 양극단을 치달은 그녀의 생애가 세간의 화젯거리로 대중들의 흥미를 자아내 왔다. 하지만 2000년 2월의 나혜석의 문화인물 지정은 그녀를 스캔들의 주인공에서 뉴밀레니엄의 여성의 귀감이 되는 모델로 복권시킨 대전기가 되었다. 작가로, 화가로, 페미니스트로 빛나는 광휘와 세인의 선망 속에 놓였던 나혜석의 전반기의 삶과 이혼으로 얼룩지고 행려병자로 쓸쓸히 사망(1948년)하기까지 후반기 삶의 영욕을 모두 불식하고 21C에서는 일찍이 그녀가 주장하던 '이상적 부인'의 모델로 새로운 역사적 평가를 받게 된 것이다. 뉴밀레니엄이 되기까지 문화인물로 지정된 여성이 신사임당 정도에 불과했던 것을 상기한다면 나혜석의 문화인물 지정은 우리

사회가 이상적 여성의 모델을 '현모양처'에서 '자아를 적극적으로 실현하는 여성'으로 바꾸었다는 상징적 의미로 받아들여진다. 나혜석이 평생을 통해서 주장하고 실천했던 이상적 여성의 삶은 지난 20C까지는 너무도 첨단적인 삶의 형태로 여겨졌으며, 한 세기를 넘긴 21C, 그것도 뉴밀레니엄을 맞아서야 비로소 정당한 역사적 평가를 받을 수 있을 만큼 시대를 앞선 것이었다.

실로 20C를 거쳐 2000년대를 살아가는 후배 여성으로서 오늘날 우리 여성들이 누리고 있는 이만큼의 자유와 권리가 결코 거저 얻어진 것이 아니라 선배들의 피나는 투쟁의 산물이었다는 확신을 나혜석의 생애와 문학을 연구해 볼 때에 갖지 않을 수 없다. 더욱이 페미니즘 사상가로서의 나혜석의 진보성과 선구성은 오늘날 우리가 페미니즘이라고 할 때에 서구의 사상과 사상가만을 떠올리는 것이 정말 무지의 소치라고 하는 것을 인정하지 않을 수 없게 한다. 나혜석의 글에서 만나게 되는 페미니즘은 오늘날에도 여전히 페미니즘의 새로운 쟁점으로 살아있는, 시대를 앞선 눈부신 새로움을 보여주는 것이기에 더욱 놀랍지 않을 수 없다.

2. 대화체와 대화적 상상력

내가 인형을 가지고 놀 때
기뻐하듯
아버지의 딸인 인형으로
남편의 아내 인형으로

그들을 기쁘게 하는
위안물 되도다

(후렴)
노라를 놓아라
최후로 순순하게
엄밀히 막아놓은
장벽에서
견고히 닫혔던
문을 열고
노라를 놓아주게
– 「인형의 가(家)」 부분[1]

입센의 희곡 「인형의 집」을 패러디한 시 「인형의 가」(『매일신보』, 1921)에서 시적 화자는 선각적 신여성으로서 소녀들을 향해 사람이 되라고 촉구한다. “아버지의 딸인 인형으로/남편의 아내 인형으로/그들을 기쁘게 하는/위안물”로서의 인형적 · 종속적 삶을 거부하고 ‘사람이 되는’ 길을 따르라고 소녀들에게 강력한 어조로 권고하는 것이다.

나혜석은 소설 「경희」(1918)에서도 가부장적 결혼제도로 들어가길 거부하고 근대교육을 받음으로써 인간 주체로 바로 설 것을 자각하는 신여성을 그린 바 있다. 그리고 「규원(閨怨)」(1921)과 「원한(怨恨)」(1926)과 같은 1920년대 소설에서는 가부장제하의 구여성으로서의

1. 이상경 편, 『나혜석 전집』, 태학사, 2000, 113면.

삶이 얼마나 불행한 것인가를 반복해서 보여주고 있다. 즉 소설 「경희」와 시 「인형의 가」에서 주장한 신여성으로서의 주체적 삶에 대한 신념을 가부장제의 피해자인 두 명의 구여성을 등장시켜 다시 한 번 확인시킨 셈이다. 즉 여성의 주체적 삶의 실현에 있어 봉건적이고 가부장적인 가족제도와 아버지(남성)는 타파해야 할 적대자로, 구여성은 변화해야 할 대상으로 형상화되어 있다.

나혜석이 초기작 「경희」에서 보여준 계몽주의적 페미니즘은 1930년대의 작품에서는 변화된 모습을 보이고 있음에 본고는 주목한다. 즉 「현숙」(1936)과 「어머니와 딸」(1937)에서 아버지의 존재는 삭제되어 있으며, 가부장적 집 대신에 여관이 공간적 배경으로 설정됨으로써 억압적이고 폐쇄적인 가부장적 가족제도와 적대적인 아버지는 소설의 전경에서 사라지고 만다. 즉 「현숙」에서는 억압적 아버지 대신에 가족제도 밖의 남성이 자본으로 여성을 통제하며, 「어머니와 딸」에서는 가부장적 의식을 내면화한 어머니가 남성우월적 아버지를 대체하는 적대자로 등장한다. 그리고 두 작품은 우연인지 여관을 공간적 배경으로 설정하고 있다. 하지만 이것은 우연이 아니다. 이혼 이후 나혜석은 체험 공간으로서의 집을 상실함으로써 여기저기 여관을 떠돌며 생활했고, 1937년께부터는 김일엽 스님이 출가한 수덕사를 찾아가 그 아래 수덕여관에서 오랫동안 기거했던 구체적 사실과 관련을 맺고 있는 것이다.

「어머니와 딸」은 여관을 배경으로 한 대화체 소설이며, 다섯 명의 인물이 등장한다. 이 작품의 주된 갈등 역시 「경희」와 마찬가지로 딸의 근대교육 문제를 놓고 야기되는데, 그 갈등이 아버지－딸의 갈등이 아니라 어머니(여관 주인여자)－딸(영애) 사이의 갈등으로 제시된 점이 흥미롭다. 즉 어머니는 고등여학교를 졸업한 딸을 자신의 여관에 하숙하고 있는 도청 공무원인 한운이란 청년과 결혼시키고 싶어 한다. 하지만 딸은 그가 싫을 뿐만 아니라 결혼 자체도 싫고, 다만 공부를 더 하고 싶을 뿐이다. 이 작품의 어머니는 여러 모로 「경희」의 어머니와 비교된다. 「경희」의 어머니가 딸 '경희'의 조력자로 등장함으로써 딸의 근대적 주체성 실현을 돕는 역할을 맡았다면, 「어머니와 딸」에서는 아버지의 존재가 드러나지 않는 가운데 어머니가 딸의 적대자로 등장한다. 즉 「경희」의 어머니는 딸의 근대화 기획에 동참함으로써 「경희」가 '딸의 서사'라기보다 어머니－딸의 서사이며, "신여성/구여성의 대립에서 출발하여 신여성/남성의 대립으로 서사가 전개되고, 이러한 구성이 계몽의 효과를 한층 고조시키는 동시에 아버지 세계의 부당함을 역설하는 효과를 자아낸다."[2]

반면에 「어머니와 딸」에서 어머니는 딸과 대립하는 존재이며, 딸의 근대화 기획(신여성이 되기 위한 교육)에 찬성하지 않는 가부장제 이데올로기를 내면화한 모습으로 제시된다는 점에서 차별성을 드러낸다. 「경희」의 어머니가 자신의 경험, 즉 남편의 축첩으로 인해서 마음고생이 심했던 것, 일본인이 경희를 찾아와 존대를 하고 월급을 많이 주겠다고 했던 사실, 그리고 실제 경희의 부지런해진 행동거지의 목격 등을 근거로 딸의 조력자가 될 수 있었던 데 반하여 「어머니와 딸」의 어머니는 그저 주워들은 풍월로 신여성을 타기한다. 즉 "이 여관집 마누라는 여러 번 좌석에서 신여자 논란이라는 것을 많이 주

---

2. 김복순, 「'딸의 서사'에 나타난 타자의 이중성」, 『나혜석 바로알기 제4회 심포지엄 발표집』, 나혜석기념사업회, 2001, 123-124면.

워들었”는데, 그것을 토대로 신여성에 대한 부정적 관념을 형성했던 것이다.

그녀가 형성한 여성관이란 “여자는 잘나면 남편에게 순종치 않고”, “여자란 침선방적을 하여 살림을 잘하고 남편의 밥을 먹어야 하는 것”인데, 신여성은 “침선방적”을 못하는 존재, 즉 ‘현모양처’가 되지 못할 뿐만 아니라 남편에게도 순종하지 않는 존재라는 것이다. 그래서 제2장에서 ‘어머니’는 신여성의 구체적 모델인 소설가 김 선생이 자신의 딸에게 나쁜 영향을 미친다고 판단하여 여관에서 나가라고 종용하는가 하면, ‘어머니－딸’과의 대화로 이루어진 제4장에서는 “이년, 한나절까지 자빠져 자고, 해다 주는 밥 먹고, 밤낮 책만 들여다보면 옷이 나니 밥이 나니? 이년 보기 싫다. 어디로 가버려라”와 같은 악다구니로 딸과 감정적으로 대립한다. 하지만 어머니의 여성관이란 그저 주워들은 풍월인 만큼 어떤 신념체계를 형성하고 있는 것은 아니다. 따라서 신여성에 대해 우호적인 하숙생 이기붕의 반발에 어머니는 반항할 힘을 잃거나 “나야 무식하니 무얼 알겠소마는”이라고 하며 짐짓 물러나 버림으로써 상대방과의 대화를 지속시켜 나간다.

가) :

“왜요? 신여성은 침선방적을 못하나요. 남편의 밥보다 자기 밥을 먹으면 더 맛있지.”

일 년 전에 이혼을 하고 다시 신여성에게 호기심을 두고 있는 이기붕은 이렇게 반항하였다. 이에 대하여 다시 주인마누라는 처음과 같이 강

한 어조로 반항할 힘이 없었다.[3]

나) :

"주인, 대체 여자나 남자나 잘나면 못 쓴다니 왜 그렇소? 말 좀 들어봅시다."

"나야 무식하니 무얼 알겠소마는 여자가 잘나면 남편에게 순종치 아니하고 남자가 잘나면 계집 고생시켜."[4]

어머니는 딸을 비롯하여 주변 사람들에게 자신의 생각을 말하기는 하지만 이를 논리적으로 설득하는 위치에 있지 않다. 왜냐하면 다른 등장인물들보다 지적으로 더 열등하기 때문이다. 상대방을 설득하지 못한다는 점에서는 딸도 마찬가지이다. 이 점 또한 「경희」와의 차이점이다. 즉 「경희」에서 작가의 자전적 모델로 보이는 '경희'는 신여성에 대한 모든 오해를 불식시킬 만큼 부지런하다. 작가는 경희의 부지런한 행동을 보여줌으로써 그동안 신여성에 대해 형성된 편견을 말끔히 불식시키고자 한다. 즉 신여성이 결코 당시 국가 · 사회적 모델이 된 현모양처상과 크게 배치되지 않을 뿐만 아니라 근대교육이 현모양처의 역할 수행에도 도움이 된다고 설득하는 것이다.[5] 하지만

---

3. 이상경, 앞의 책, 166-167면.
4. 위의 책, 167면.
5. 「경희」는 여성도 주체적 인간으로 바로 서기 위해서는 근대교육을 받아야 한다는 주제를 표방하고 있다. 그럼에도 불구하고 신여성에 관한 기존의 편견을 불식시키기 위해 '경희'를 현모양처와 배치되지 않는 인물로 그린 점에서 「경희」의 근대성에 대한 의문이 제기될 수 있다. 즉 근대교육을 받은 '경희'는 결국 일본이 여성교육의 목표로 삼은 현모양처가 되고자 하는 것인가의 문제이다. 하지만 이것은 나혜석의 글 전체를 읽지 않은 채 「경희」 한 편만 읽을 때에 나올 수 있는 편협한 시각이라고 생각한다. 즉 「경희」는 여성의 근대교육에 찬성하지 않는 사람들을

「어머니와 딸」에서 딸은 작가의 자전적 모델이 아니며, 오히려 김 선생이 자전적 모델에 가깝다. 딸은 기존에 신여성에 대해 가져온 편견 그대로 행동함으로써 어머니로 하여금 자신의 편견을 확신하게 만든다. 즉 게으르고 아무런 생산성이 없이 책만 들여다보는, 현모양처와는 거리가 먼 모습을 보여줌으로써 어머니를 설득하는 데 실패한다. 작품의 5개의 장 가운데서 '어머니-딸'의 대화로 이루어진 제4장이 길이 면에서 가장 짧으며, 나누는 대화도 서로가 서로를 이성적으로 설득하는 대화라기보다는 어머니가 일방적으로 딸에게 욕설을 퍼붓는 폭력적 언어구사로 일관되어 있다. 결국 어머니와 딸은 서로를 설득하지 못한 채 감정적으로 첨예한 대립을 할 뿐이다. 어머니의 '시집을 가야 한다'라는 명제와 딸의 '더 공부해야 한다'는 명제 사이에는 전혀 대화의 가능성이 차단된 듯이 보이며 어머니의 목소리만이 높아져 있다. 따라서 제4장의 길이가 가장 짧은 것은 필연적이다.

오히려 제3장의 '김 선생-딸'의 대화에서 딸은 더 공부를 하여 문학을 전공하겠다고 말하는가 하면, 한운이란 청년이 싫은 이유를 말하기도 하고, 어머니의 강요에 죽고만 싶은 심정을 노출하기도 한다. 「어머니와 딸」에서 '실제의 어머니'가 단지 육체상의 '생물학적 어머니'라면 '김 선생'은 딸 영애의 '정신적 어머니'이다. 딸이 김 선

설득하기 위해 신여성이 현모양처와 배치되지 않는다는 것을 강조했을 뿐 현모양처가 되기 위해 근대교육을 받자는 것이 아닌 것이다. 즉 여성도 주체적 인간으로 바로 서기 위해서는 근대교육을 받아야 한다는 것이지 종속적인 현모양처가 '경희'의 목표는 결코 아닌 것이다. 즉 기술적으로 살림살이를 잘한다는 것과 주체적 인간(신여성)의 길이 이분법적으로 양자택일해야 할 것은 아니지 않은가. 실제 나혜석은 '경희'처럼 살림살이를 아주 잘하는 신여성이었다고 한다.

생을 존경하고 따르자 어머니는 바로 김 선생 때문에 자기 딸이 시집을 안 가고 공부를 계속하겠다고 고집을 피운다고 생각하여 자신의 여관에서 나가줄 것을 종용하게 된다.

"아니 글쎄 말이에요. 근묵자흑(近墨者黑)으로 선생이 온 후로는 우리 영애란 년이 시집 안 가겠다 공부를 더 해지라니 대체 여자가 공부를 더 해 무엇 한답니까?"

이 작품은 서술과 묘사가 생략된 채 화자에 의해 매개되지 않는 순수한 발화, 즉 인물 간의 대화로 거의 일관하고 있다. 나혜석의 1910년대와 1920년대의 소설 가운데 「경희」만이 서술(narration), 묘사(description), 대화(dialogue)가 어느 정도 균형을 갖추었을 뿐 「회생한 손녀에게」, 「규원」, 「원한」은 오직 서술만이 우세한 소설이다. 특히 「회생한 손녀에게」와 「규원」은 독백체의 서술로 일관함으로써 작품의 생동감과 극적 긴장감이 크게 떨어지는 소설이다.

그런데 희곡인 「파리의 그 여자」(1935)는 말할 필요가 없으며, 소설 「현숙」(1936)과 「어머니와 딸」(1937)까지도 서술과 묘사가 거의 생략된 채 대화체로 씌어졌다. 그리고 이러한 대화체는 희곡과 소설에 한정되지 않고 있다. 즉 대화체는 1930년대의 수필, 논설 등 글쓰기 전반에 확산되는데, 이에 대해서 다음과 같은 평가가 있다.

나혜석 산문의 이와 같은 대화체 형식은 당대의 어느 작가의 소설보다 대화 장면을 많이 삽입하고 서술자의 목소리를 억제함으로써 근대소설의 면모를 내보이는 한편, 작가적 메시지 또한 강하게 전달하는 나혜석

소설의 특징으로 연결된다.[6]

즉 1930년대의 소설뿐만 아니라 에세이 「이성간의 우정론」(1935), 「나의 여교원 시대」(1935), 「독신여성의 정조론」(1935) 등 나혜석의 글쓰기 전반에 확산된 대화체는 화자의 개입이 없이 순수하게 인물들 간에 발생하는 발화형식이다. 대화는 작가의 주관적이고 설명적인 개입을 차단시키고 사건을 극화, 장면화시킴으로써 이야기의 사실감을 높이는 역할을 한다. 바흐친(M. M. Bakhtin)에 의하면 총체로서의 소설은 다음과 같은 다섯 가지의 문체 구성적 단위체로 구성된다.

1. 작가에 의해 직접적으로 이루어지는 문학적 · 예술적 서술 및 그 변형들.
2. 다양한 형태의 일상구어체 서술의 양식화(스까즈(skaz, 이야기)).
3. 다양한 형태의 준(準) 문학적 (문어체의) 일상서술의 양식화(편지나 일기 등).
4. 작가에 의한 다양한 형태의 비예술적 문예문체(윤리적, 철학적, 과학적 진술이라든가 수사학적, 인종학적 묘사, 비망록 등).
5. 작중인물들의 독특한 개성이 담긴 발언.[7]

---

6. 이호숙, 「위악적 자기방어기제로서의 에로티즘」, 한국여성소설연구회, 『페미니즘과 소설비평』, 한길사, 1995, 92면 : '서술자의 목소리를 억제함으로써 근대소설의 면모를 내보이는' 견해에 대해서는 필자는 의견을 같이 하지만 작가의 메시지를 강하게 전달한다는 견해에 대해서는 필자는 의견을 달리한다.
7. 미하일 바흐친, 전승희 외 공역, 『장편소설과 민중언어』, 창작과비평사, 1988, 67면.

생동감 넘치는 대화체를 구사하고 있는 「어머니와 딸」은 바흐친의 분류에 의하면 "작중인물들의 독특한 개성이 담긴 발언"이라는 문체 구성적 특징을 나타낸다고 할 수 있다. 작품에서 작가는 다섯 명의 인물을 등장시킴으로써 화자의 개입을 배제한 채 서로 다른 다수의 관점, 의식, 목소리가 공존하도록 만들고 있다. 제1장은 '어머니－하숙생 이기봉 · 한운' 세 사람의 대화, 제2장은 '어머니－김 선생'의 대화, 제3장은 '김 선생－딸'의 대화, 제4장은 '어머니－딸'의 대화, 제5장은 '김 선생－한운'의 대화로 제시된다. 이처럼 각 장에서 서로 다른 인물들 간의 대화는 자연스럽게 각자의 개성과 입장의 차이를 드러내면서 작가의 일방적 가치의 주입을 차단하고 다성성과 대화성을 강조하는 다성적(polyphony) 소설로 작품을 만들고 있다.

대화라는 개념을 매우 확장된 개념으로 사용하고 있는 바흐친에 의하면 대화는 '차이 있는 것들의 동시적 현존'에 중요한 의의가 있다. 대화적 관계는 이것이냐 저것이냐의 상호배타적 관계가 아니라 상호포용적 관계이다. 독백적인 단성적 소설은 여러 목소리나 의식들이 작가의 목적이나 의도하에 엄격히 통제되어 작가가 의도하는 하나의 신념체계만이 존재할 따름이다. 하지만 다성적 소설은 대화적이며, 그 대화는 늘 현재적인 것이어서 최종적인 결론을 유보하는 열린 속성을 갖는다.[8]

독자는 어머니의 입장/ 딸의 입장/ 김 선생의 입장/ 이기봉의 입장/ 또는 한운의 입장의 차이를 이해하며 진정한 대화적 관계에 이르게 된다. 철저히 봉건적 가치의 수호자인 어머니/ 근대교육을 더

---

8. 김욱동, 『대화적 상상력』, 문학과지성사, 1988, 230면.

받아 문학가가 되고 싶은 딸/ 소설 창작을 위해 여관에서 하숙하고 있는 신여성 김 선생/ 신여성에 대해서 우호적이며 여자도 전문교육을 받아야 한다고 말하는 이혼남 이기붕/ 딸 영애와 결혼하고 싶어 하며 그녀를 위해 학비를 절반쯤 대줄 수도 있다고 생각하는 공무원 한운 등 서로 다른 가치와 입장의 인물들을 서로 대화하게 만들고, 특히 교육이냐 결혼이냐 하는 양자택일의 결말을 유도하는 대신에 결론을 유보하는 열린 결말을 통해 작가의 일방적 가치의 주입이 아니라 대화를 통해 독자 스스로 판단에 이르게 만든다.

특히 작품은 다섯 명의 인물들이 나누는 외적 대화의 배후에서 내적 대화를 통해 주제를 드러내고 있다. 즉 작품을 면밀하게 읽어 볼 때, 보수적인 가부장주의의 신봉자인 어머니를 제외한 김 선생 · 이기붕 · 한운의 발언을 분석해 보면, 이들은 모두 신여성과 여성의 교육에 우호적임을 알 수 있다. 특히 이혼남인 이기붕은 “여자도 전문교육을 받아야 해요. 여자의 일생처럼 위태한 것이 있나요.” 하는 열린 의식을 보여준다. 하지만 그는 “주인이 큰 철학가거나 문학가거든.”이라고 비행기를 태우며 주인여자(어머니)에게 겉으로 동조하는 척하지만 속으로는 “알아들을 것 같지 아니하여 고만두고 비행기만 태운 것이었다.”라고 이중적 태도를 나타낸다. 또한 “이기붕은 더 말해야 알아들을 것 같지 아니하여 이렇게 간단히 말해버렸다.”처럼 주인여자와의 대화에서 진지한 설득의 형태를 취하지 않는다. 김 선생도 마찬가지로 주인여자와의 대화에서 진지하지 않은 태도를 드러낸다.

가) :

"내야 무식하니 무얼 알겠소마는 여자가 잘나면 남편에게 순종치 아니하고 남자가 잘나면 계집 고생시켜"

"그건 꼭 그렇소. 인제 아니까 주인이 큰 철학가요 문학가거든."

한참 비행기를 태웠다. 그리고 그것은 상대자의 인격이 부족한 때 생기는(원문은 남기는) 현실이요, 도회지나 문명국에는 다소 정돈이 되었으나 과도기에 있는 미문명국이나 지방에서는 아직도 사실로 있다는 설명을 하고 싶었으나 알아들을 것 같지 아니하여 고만두고 비행기만 태운 것이었다.

나) :

"공부를 해가지고 다 김 선생같이 되려면 누가 공부를 아니 해요."

"왜요?"

김 선생은 어젯밤 윗방에서 하던 말을 들은 터이라 '이 마누라가 무슨 또 변덕이 생겼나' 하고 이렇게 물었다.

가)는 어머니—이기붕의 대화, 나)는 어머니—김 선생의 대화인데, 둘 다 주인여자를 대하는 태도에서 겉과 속이 다른 이중적 태도를 취하고 있다. 그들은 외적으로 주인여자와 대화를 계속하지만 진정한 대화적 관계에 이르지 못한다. 가)의 이기붕의 태도에는 주인여자의 인격적 · 지적 수준에 대한 멸시가 담겨 있고, 나)의 김 선생에게는 주인여자의 말을 신뢰하지 않겠다는 태도가 깔려 있다. 결국 인용문에서 화자의 개입이 없이도 인물 상호 간의 태도의 대비와 발화의 이중성을 통하여 내포작가의 태도를 드러내는 한편 내포독자를 향해서도 신여성에 대해 부정적인 어머니의 신념체계를 조롱하며,

결국 내포독자의 공감을 끌어내고 있음을 볼 수 있다. 이것이 이 작품의 내적 대화성[9]이다. 즉 작품은 객관적인 보여주기 방식인 대화체뿐만 아니라 인물들이 나누는 외적 대화의 배후에서 작용하는 내적 대화성을 통해 주제를 드러내는 전략을 사용한다.

서술과 묘사가 거의 생략된 대화체의 지문은 인물중심의 객관적 성격화로 인해 「경희」에서의 신념에 차있던 주관적 화자와는 다른 입장을 나타낸다. 또한 뚜렷한 결말을 제시하지 않음으로써 결혼이냐 공부냐 하는 쟁점에 관하여 작가는 판단을 유보하고 있는 듯이 보인다. 즉 「어머니와 딸」의 대화체 및 열린 결말은 작가의 주관적 가치를 일방적으로 주입하는 것이 아니라 독자 스스로의 판단에 맡기겠다는 계산된 의도로 읽혀진다. 즉 「경희」를 썼던 1910년대의 나혜석은 결혼보다는 근대교육을 받아 인간 주체로 우뚝 서야 한다는 확신에 차 있었기 때문에 「경희」는 인물의 목소리나 의식들이 작가의 의도 하에 엄격히 통제되며, 작가는 독자의 봉건적 신념체계를 논쟁적으로 공략하여 설득시키겠다는 열정으로 인해 주제의식이 배음(overtone)[10]으로 강하게 주장되고 있다. 그리고 이로 인해 작품은 독백적인 단성적 소설이 되고 있다. 하지만 1930년대의 나혜석은 보다 현실의 구체성에 발을 딛게 됨으로써 1910년대의 「경희」와 같은 단성적인 결말을 내리려고 하지 않는다. 작가는 「어머니와 딸」에서 작중인물들과 일정한 거리를 유지하며 인물들 간의 대화를 통하여 독자 스스로의 판단에 맡기려는 객관적 인식과 태도를 보인다. 뿐만

---

9. 미하일 바흐친, 앞의 책, 88-94면.
10. 위의 책, 92면.

아니라 초기의 계몽주의적 정열이 크게 약화되는 대신에 현실인식이 증가되며, 다성적 소설로의 변화를 나타내고 있다.

현실의 복잡성을 인식하게 된 1930년대의 나혜석은 「어머니와 딸」에서 「경희」처럼 딸의 근대교육을 지지하는 어머니가 아니라 가부장제의 수호자가 되어서 딸을 억압하고 구속하는 어머니를 등장시킨다. 이런 설정은 페미니즘의 후퇴라기보다는 나혜석의 현실인식에 구체성이 확보된 것으로 파악하는 것이 더 정확할 것이다.

즉 나혜석은 이혼을 거치면서 여성의 적은 가부장제나 차별적 의식을 가진 봉건적 남성뿐만 아니라 가부장적 의식에 깊게 내면화된 여성이라는 또 하나의 집단이 존재한다는 것을 구체적으로 깨닫게 된 것 같다. 물론 「경희」에서도 사돈 마님이나 떡 장사와 같은 인물들이 가부장제 이데올로기의 수호자로 등장하지만 그들은 작품 내에서 경희의 부지런한 행동을 보고 오히려 경희에게 설득되는 변화를 나타내며, 어머니는 처음부터 경희의 지지자로 등장하는 낙관주의에 작품은 지배되어 있다. 하지만 직접 결혼도 해보고, 이혼까지 경험하는 20여 년의 우여곡절의 세월이 지나는 동안 나혜석은 젊은 시절의 열정적 신념이 붕괴하는 부정적 현실을 깨우치면서 한층 여성문제에 대한 시각이 복잡해졌으며, 그것이 「어머니와 딸」에 반영된 것으로 보인다. 즉 작가의 인식의 복잡성이 작품에서 대화중심의 객관적 제시와 결말의 유보 등으로 반영되었다고 생각된다.

3. 제3의 길 모색

「경희」에서 '경희'는 신여성을 향한 기성세대의 편견을 불식시키기 위해서 열심히 일하는 모습을 보여줌으로써 봉건적 기성세대를 설득하는가 하면 아버지와 직접 대화 및 내적 갈등 묘사를 통해서 신여성의 우월성을 입증하고자 노력한다. 반면에 「어머니와 딸」에서 딸은 어머니와 갈등을 빚을 뿐 어머니를 조력자로 만들지 못한다. 그녀는 어머니의 물리적 · 언어적 폭력을 고스란히 당할 뿐 '경희'와 같은 당당함을 갖지 못한다. 그리고 신여성으로 제시되는 김 선생도 어머니(주인여자)에게는 "횡포한 남자만 믿고 살 세상이 못됩니다."라고 하여 여성도 교육을 받아 독립적 주체로 서야한다고 말하지만 영애에게는 "돈이 없어서 공부 못하게 되니 시집가야 할 것 아닌가."라고 설득하는 양면성을 보여준다. 즉 여성이 남자만을 믿고 살 수는 없지만 공부를 하기 위해서는 학비문제가 해결되어야 한다는 것이 근대교육의 필요성과 함께 중요한 쟁점의 하나로 제시되고 있다. 「경희」에서는 결혼보다는 근대적 교육을 받아 인간 주체로 당당히 바로 설 것이 당위로서 제시되며, 경희는 아버지로 표상되는 봉건적이고 가부장적인 편견과 싸우지만 학비문제가 전면에 등장한 적은 없다.[11]

하지만 「어머니와 딸」에서는 가부장적 의식을 내면화한 어머니라는 적과 싸워야 할 뿐만 아니라 돈이라는 현실적 문제에도 직면하게 된다. 즉 공부를 하기 위해서나 인간으로 바로 서는 데 돈의 필요

11. 실제 나혜석은 1915년에 아버지의 결혼강요에 부딪혀 도쿄로 돌아가지 못하고 여주공립보통학교에 교편을 잡으며 학비를 모아 복학한 일이 있다.(서정자 편, 『정월 라혜석 전집』, 국학자료원, 2001, 740면)

성, 즉 경제가 뒷받침되지 않는다면 그것은 사상누각과도 같다는 현실인식이 작용하고 있는 셈이다. 딸 영애는 학비를 "누가 좀 대주었으면. 졸업하구 벌어 갚게."라고 의존성을 나타내며, 자신이 직접 벌어 공부하겠다는 생각을 갖지 못한다. 그리고 「경희」에서는 결혼 상대자 남성이 직접 등장하지 않으며, 다만 아버지의 언술 속에서만 등장하는데, 「어머니와 딸」에서는 당사자인 청년 한운이 직접 등장하여 학비문제에 대해서 "내가 좀 대고, 자기 어머니가 좀 대고 하면 되지 않겠어요."라고 말함으로써 「어머니와 딸」은 남성이 신여성의 조력자가 될 수 있다는 가능성을 조심스럽게 모색하고 있다. 이처럼 남성에게 의존적인 태도는 「현숙」에서 남성 후원자를 모집하여 끽다점(커피숍)을 운영하려 하는 '현숙'에게서도 찾아볼 수 있다. 여성의 자립과 돈의 문제는 소설 「현숙」에 이어 「어머니와 딸」에서 반복된 셈이다.

마지막 제5장에서 딸이 결혼하고 싶지 않은 남성 '한운'이 오히려 딸의 근대교육의 조력자가 될 가능성을 제시함으로써 결혼과 공부가 결코 하나만을 선택해야 할 양자택일의 문제가 아니라 양립할 수도 있다는 제3의 길에 이르게 된다. 즉 제5장에서 김 선생은 한운과의 대화에서 독신보다는 결혼의 가치를 우위에 두는 가치관을 표명한다.

> "혼자 사는 것이 제일 편할 것 같아요."
> "그래도 남녀가 합해야 생활통일이 되고 인격통일이 되는 걸 어째요."
> "그럴까요."
> "그렇지요. 독신자에게는 침착성이 없는 걸 어쩌구."
> "그건 그런가 봐요. 고적하긴 해요."
> "어서 장가를 들으시오."

따라서 영애가 한운과 결혼을 하게 된다면 결혼과 공부를 동시에 할 수 있는 제3의 길이 모색되는 셈이다. 즉 어머니가 주장하는 결혼이나 딸이 주장하는 공부라는 두 개의 가치를 통합하는 절충적인 제3의 길이다. 「경희」에서는 공부와 결혼이 양립할 수 없는 대립적 가치였지만 「어머니와 딸」에서는 양립할 수 있는 가치라는 제3의 길을 가능성으로 제시함으로써, 또한 남성이 여성의 주체적 자아실현을 방해하는 적대자가 아니라 조력자가 될 수도 있다는 가능성을 한운이라는 남성과 신여성과 여성의 교육에 대해 우호적인 남성 이기붕을 등장시킴으로써 조심스럽게 모색했다.

결국 「어머니와 딸」은 김 선생, 이기붕, 한운 등 제3자의 개입에 의해서 여성의 근대교육에 반대하는 어머니의 편견이 잘못되었다는 것을 보여준 셈이다. 뿐만 아니라 공부를 하는 데 있어 '돈'의 중요성을 부각시켰다. 여성의 근대교육에 있어 돈이 필요하다는 현실인식은 「경희」보다는 한발 나아간 의식이다. 하지만 그것이 남성의 경제적 후원에 의존함으로써만 해결 가능한 것이라면 여성의 주체로서의 진정한 자립은 어려워질 것이다. 즉 남성의 경제적 도움은 결국 여성으로 하여금 남성에의 종속을 완전히 떨쳐버릴 수 없게 만들기 때문이다. 이 작품에서 경제적 자립능력이 없는 여성에게 남성의 후원이라는 대안, 결혼과 교육의 병행이라는 절충적 대안은 매우 현실적이다. 하지만 인형화된 삶을 탈피하여 여성도 근대교육을 받음으로써 인간적 주체성을 회복해야 한다는 것이 페미니즘의 목표라면 이런 절충적 결말은 페미니즘의 주제를 퇴색시키는 다분히 타협적인 것이라고 하지 않을 수 없다. 그리고 이러한 결말은 나혜석의 페미니즘이 후기에 보여준 성적인 측면에서의 급진주의적 성향[12]에도 불구하고 여전히 자유주의적 성격을 띠고 있음을 재확인시켜 준다.

4. 맺음말

본고는 그동안 나혜석의 소설 연구가 「경희」 한 편에만 거의 집중되어 온 사실을 반성하면서 '여성의 근대교육'이라는 제재를 다루었다는 점에서 「경희」와 여러 모로 비교되는 「어머니와 딸」을 분석해 보았다. 「경희」와 「어머니와 딸」은 동일한 제재에도 불구하고 많은 차이를 나타내는데, 초기작 「경희」가 나혜석의 계몽주의적 정열을 반영하는 단성적 소설이라면 후기작인 「어머니와 딸」은 나혜석의 현실의식의 증가를 엿볼 수 있는 다성적 소설이다. 즉 「어머니와 딸」은 대화체와 바흐친이 말한 대화적 상상력을 통해 계몽주의적 페미니즘 대신에 여성의 적은 여성일 수도 있으며, 남성이 조력자가 될 수도 있고, 결혼과 공부를 양립할 수도 있다는 제3의 가능성을 모색한 열린 결말을 보여주는 다성적 소설이라는 결론을 얻었다. 하지만 남성이 신여성의 조력자가 될 수도 있다는 결말은 여성에게 경제적 의존이라는 올가미를 덮어씌움으로써 교육을 통한 여성의 주체성 회복이라는 페미니즘의 주제를 퇴색시키는 타협적인 측면도 동시에 지닌다. 그리고 이 점에서 나혜석 페미니즘의 자유주의적 성격을 다시 한 번 확인시켜 준다.(『내러티브』 제8호, 한국서사학회, 2001)

---

12. 송명희, 『섹슈얼리티 · 젠더 · 페미니즘』, 푸른사상, 2000, 151-166면.

04

나혜석의 미술과 문학의 상호텍스트성

1. 미술과 문학의 상호텍스트성

나혜석은 문학가이면서 동시에 화가였다. 그녀는 일본 유학에서 문학을 전공하지 않고 미술을 전공하여 우리나라 최초의 여성 서양화가가 되었다. 물론 화가가 되기 이전부터 그녀는 문명을 떨치기 시작했다. 동경 유학시절 「이상적 부인」(1914)을 발표하여 페미니스트로서 두각을 드러내기 시작했고, 1918년에는 「경희」라는 소설을 발표함으로써 김명순, 김일엽 등과 함께 근대여성문학가 1세대로서 확고히 자리매김되었다. 우리나라 최초의 근대소설인 『무정』이 1917년에 발표되었다는 사실에 비추어볼 때에 문학가로서 나혜석의 선구성은 의심의 여지가 없다. 나혜석은 화가로서만 아니라 문학가로서도 매우 선구적인 존재였다.

그런데 문학을 연구하는 학자들이나 비평가들은 나혜석이 문학가

이면서 동시에 화가였다는 사실에 크게 주목하지 않는다. 즉 나혜석의 화가로서의 면모가 그녀의 문학에 어떤 영향을 미쳤을 것이라는 상호텍스트성에 대해서 거의 관심을 기울이지 않는다.[1] 미술연구자들이 나혜석이 페미니스트 문학가였다는 사실에 주목하여 그녀의 그림에서 페미니즘의 요소를 찾으려는 노력을 기울이는 것과는 매우 대조적인 태도이다. 그리고 그동안 나혜석 문학연구는 페미니스트 문학가라는 측면만이 지나치게 부각된 나머지 그녀의 문학을 다각적으로 다루려는 시도는 등한시되어 왔다. 본고는 이 점들을 반성하며 화가 나혜석의 미술적 경향(화풍)이 그녀의 문학에도 일정한 영향을 미쳤을 것이라는 가정하에 논의를 출발시키고자 한다.

오늘날 예술 텍스트는 다원성과 복합성을 피할 수 없게 되었다. 문학 텍스트 속에 이미지들이 있으며, 이미지 텍스트 속에 문학적 서술이 교차되어 있다.[2] 그야말로 상호텍스트성의 시대이고, 탈장르화의 시대, 장르 확산의 시대이다.

상호텍스트성(intertextuality)이란 개념을 처음 사용한 줄리아 크리스테바(Julia Kristeva)는 모든 텍스트는 모자이크와 같아서 여러 인용문들로 구성되어 있으며, 모든 텍스트는 어디까지나 다른 텍스트들을 흡수하고 변형시킨 데 지나지 않는다고 했다. 상호텍스트성

---

1. 지금까지 2편의 논문이 발표된 것 이외에는 없다. 안숙원, 「나혜석 문학과 미술의 만남」, 제3회 『나혜석 바로알기 심포지엄 발표집』, 나혜석기념사업회, 2000, 81-104면./ 서정자, 「나혜석의 문학과 미술 이어 읽기」, 『현대소설연구』 제38호, 한국현대소설학회, 2008, 153-179면.
2. 신혜경, 「문학과 조형예술 간의 상호텍스트성에 관한 연구」, 『미학예술학연구』 제1호, 한국미학예술학회, 2007, 415면.

이란 한 텍스트가 다른 텍스트와 맺고 있는 상호관계를 의미한다.[3] 하나의 텍스트는 그 자체로 존재하는 것이 아니라 과거의 텍스트나 현재 진행 중에 있는 텍스트와 불가분의 관계를 맺고 있다는 상호텍스트성 이론에서 볼 때에 나혜석의 조형 텍스트(그림)와 문학 텍스트(문학작품)는 서로 불가분의 관계를 맺고 있다고 보아야 할 것이다.

그런데 본고에서는 상호텍스트성이란 개념을 구체적인 작품 상호간의 전이나 영향이 아니라 화가이자 문학가였던 나혜석의 그림 텍스트에 나타난 미술적 경향(화풍)이 문학 텍스트의 경향에 전이 또는 영향을 끼쳤을 것이라는 관점에서 사용하고자 한다.

2. 나혜석의 미술적 경향

1913년 진명여자고등보통학교를 최우등으로 졸업한 나혜석은 동경여자미술학교 서양화부에 입학하여 1918년에 졸업했다. 우리나라 서양화가 1기들은 1910년대 초기에 일본에 유학하기 시작했다. 고희동(1910년 유학), 김관호(1911년 유학), 김찬영(1912년 유학), 나혜석(1913년 유학) 등이 그 예이다. 이 사실은 우리나라의 초기 서양화가 당시 일본에 유행하던 화풍의 절대적 영향하에 놓였었다는 것을 의미한다.

나혜석은 1921년에 경성일보사 내청각에서 제1회 개인전을 개최

3. Julia Kristeva, *The Revolution in Poetic Language*, New York: Colombia University Press, 1984, p.60.

함으로써 우리나라 최초의 여성 서양화가가 되었다. 김관호가 1916년에 평양에서 열었던 개인전에 이어 두 번째의 서양화 개인전이었다. 이때 5천 명의 인파가 몰려들었고, 60-70점의 그림이 매우 비싼 값에 팔렸다고 한다. 그 후 나혜석은 조선미술전람회(선전)에 제1회(1922)부터 제11회(1932)까지 9회 출품하여 9회 입선했고, 이 가운데 특선 2회, 3등 입상 1회, 4등 입상 2회 등[4] 5회의 입상 실력을 과시했다. 그중 3회는 조선인으로서는 최고상을 받았다. 출품하지 못한 경우는 구미 여행을 한 2년과 작품 접수기일 변경을 제대로 전달받지 못한 제12회(1933) 등 세 차례뿐이었다. 특히 1931년에는 그림 「정원」으로 선전에서 특선, 동경에서 열린 제전에서 입선을 하는 영광을 누렸다.[5]

나혜석은 화가로서 자신의 그림에 대해 「미술 출품 제작중에」(1926.5.20)에서 '후기인상파적 자연파적 경향'으로 분류한 바 있다.

> 즉 나는 학교시대부터 교수받은 선생님으로부터 받은 영향상 후기인상파적 자연파적 경향이 많다. 그러므로 형체와 색채와 광선에만 너무 중요시하게 되고 우리가 절실히 요구하는 개인성 즉 순예술적 기분이 박약하다. 그리하여 나의 그림은 기교에만 조금씩 진보될 뿐이요. 아무 정신적 진보가 없는 것 같은 것이 자기 자신을 미워할 만치 견딜 수 없이 괴로운 것이다.[6]

---

4. 윤범모, 「나혜석의 조선미전 출품작 고찰」, 『제3회 나혜석 바로알기 심포지엄 발표집』, 나혜석기념사업회, 2002, 43-77면.
5. 구광모, 「우인상(友人像)과 여인상-구본웅 이상 나혜석의 우정과 예술」, 『신동아』 제518호, 동아일보사, 2002.11, 630-665면.
6. 나혜석, 「미전 출품 제작 중에」, 서정자 편, 『원본 정월 나혜석 전집』, 국학자료원,

즉 그녀는 학교시절 은사의 영향으로 후기인상파적 자연파적 경향의 그림을 그리게 되었다고 고백했던 것이다. 그 선생님은 동경여자미술학교의 고바야시 만고(小林萬吾)를 가리킨다. 하지만 그 후 『신가정』과의 대담(1933.5)에서는 입장을 바꿔 고바야시 만고(小林萬吾)로부터 가장 오래 배웠지만 별로 그 영향을 자신의 그림에서 찾는다거나 그의 것을 모방한 것 같지는 않다고 다르게 진술한다.[7] 1927년에 나혜석은 파리 유학을 통해 새로운 경향의 그림을 배웠으므로, 1926년과 1933년에 각기 다르게 말했다고 해서 크게 이상할 것은 없다.

어쨌든 나혜석은 1926년까지는 자신의 그림을 후기인상파적 자연파적 경향으로 인식하고 있었다. 그리고 이를 '형체와 색채와 광선'을 매우 중시하는 화풍이지만 '개인성, 즉 순예술적 기분이 박약한 화풍'으로 이해했다. 그리고 그러한 화풍으로 인해 자신의 그림이 '기교의 진보만이 있을 뿐 정신의 진보가 없는' 것이 화가로서의 괴로움이라고 고백한 것이다.

그렇다면 과연 나혜석의 초기 화풍은 그 스스로 생각했듯이 후대의 미술사가들에 의해서도 후기인상파나 자연파로 평가받았을까?

오광수는 나혜석을 "서양화의 비교적 여러 경향을 편력한 개성적인 작업으로, 서양화 도입기에 있어서는 빼놓을 수 없는 존재"로[8] 평가했다. 그리고 나혜석의 선전 제1회 출품작 「춘(春)이 오다」, 「농가」, 제2회 출품작 「봉황성의 남문」, 「봉황산」 을 외광묘사로 그 경향을

507면.(현대어 표기로 필자가 바꾸었으며, 이후 인용문도 마찬가지임.)

7. 나혜석, 「서양화가 나혜석 씨」, 위의 책, 553면.

8. 오광수, 『한국현대미술사』(1995년 개정판), 열화당, 1997, 31면.

분류한 바 있다.[9] 나혜석의 작품은 제3회의「초하의 오전」,「가을의 뜰」, 제4회의「낭랑묘」, 제5회의「천후궁」,「지나정」 등의 작품에서 보이는 단속적인 필촉의 중첩과 이를 통해 파악되는 폭넓은 시각체험, 소재 선택에 있어 도시적 감각 등은 인상파적 감각과 이해를 가장 잘 보여주는 것으로 평가했다.[10] 안동시절의 중국 풍경을 소재로 한 작품들인「낭랑묘」,「지나정」,「천후궁」의 짧게 끊어지면서도 연결되는 분할적인 필법은 인상파 화가들의 전형적인 묘법이지만 이국적인 풍경이 주는 웅대하면서도 이채로운 소재의 탐닉은 단순한 표피적인 인상파를 뛰어넘는 면모를 보여준 것으로 보았다.[11] 그리고 서양 유학 후 귀국한 시점에서는 인상파에서 벗어나 야수파, 표현파적인 대담한 화풍을 보여주는 진전이 있었던 것으로 파악했다.[12] 결론적으로 오광수는 나혜석의 초기 작품은 후기인상주의가 아니라 외광파적 인상주의이며, 후기의 작품은 인상파에서 벗어나 야수파, 표현파적 화풍을 보여준 것으로 평가했다.

김홍희는 나혜석 유화의 양식적 변화를 일본식 관학파 인상주의에서 프랑스 야수파풍의 인상주의로 해석했다.[13] 박영택도 나혜석의 그림을 초기의 삽화를 제외하고는 일본식 인상주의와 프랑스 인상주의의 양축을 왕래하면서 풍경화가로서 자신의 작품세계를 구축한 최

9. 위의 책, 45면.
10. 위의 책, 46-47면.
11. 오광수,『이야기 한국현대미술 한국현대미술 이야기한국현대미술』, 정우사, 1998, 47면.
12. 위의 책, 48면.
13. 김홍희,「나혜석 미술작품에 나타난 양식의 변화: 일본식 관학파 인상주의에서 프랑스 야수파풍의 인상주의로,『제2회 나혜석 바로알기 심포지엄 발표집』, 나혜석 기념사업회, 2003, 17-35면.

초의 여성 서양화가로 평가했다. 즉 그녀의 그림은 20년대 초중반의 삽화에서는 간접적으로 민족주의와 페미니즘의 색채가 엿보이지만 구미행 이전의 유화는 관학파적 인상주의 풍경화로, 구미여행 이후는 야수파적 인상주의 풍경화와 인물화의 시기로 구분하였다. 그리고 조선미전에 출품한 작품들에 대해서는 평범한 풍경화 양식과 일반적인 기량에 머무는 수준에서 크게 벗어나지 못하는 것으로 평가했다. 물론 몇 점의 풍경화는 탄탄한 구성과 밀도 있는 재현의 성과를 보여주었다고 보았다.[14]

오광수, 김홍희, 박영택 등 여러 미술사가들의 견해를 종합하건대, 파리 유학 전 나혜석의 초기 그림은 일본 관학파의 외광파적 인상주의로, 유학 후의 그림은 야수파적 표현파적 화풍으로 변화한 것으로 평가된다. 하지만 나혜석의 그림이 1930년대 전반까지 유럽에서 영향받은 야수파적 성향과 선전에 출품키 위한 관학파의 성향이 병존한다는 견해[15]와 1920년대 후반까지 일본 외광파의 영향권 안에 있었다는 견해도 있다.[16] 실제 남아 있는 그림을 볼 때에도 이 견해는 설득력이 있는 것으로 보인다.

따라서 유학 이후 나혜석의 그림은 인상파에서 벗어나서 야수파적 표현파적 화풍을 나타내지만 여전히 일본 관학파의 외광파적 인상주의 화풍도 일정 기간 병존했던 것으로 보는 것이 타당할 것이다.

---

14. 박영택, 「한국 근대미술사에서의 나혜석의 위치」, 『제6회 나혜석 바로알기 심포지엄 발표집』, 나혜석기념사업회, 2003, 5-34면.
15. 박계리, 「나혜석의 회화와 페미니즘」, 『제7회 나혜석 바로알기 심포지엄 발표집』, 나혜석기념사업회, 2004, 70면.
16. 김용철, 「나혜석 유학기의 일본미술계와 여자미술학교」, 『제12회 나혜석 바로알기 심포지엄 발표집』, 나혜석기념사업회, 2009, 19면.

1930년대에도 나혜석이 인상파에서 완전히 벗어난 것은 아니었다는 것은 「여자미술학사-화실의 개방」(『삼천리』, 1933.3)라는 글에서도 드러난다.

> 광(光)과 색(色)의 세계(世界)! 어떻게 많은 신비(神秘)와 뛰는 생명(生命)이 거기만이 있지 않습니까. 갑갑한 것이 깨서 시원해지고 침침하던 것이 거기서 환하여지고 고달프던 것이 거기서 기운을 얻고 아프고 쓰리던 것이 거기서 위로와 평안을 받고 내 맘껏 내 솜씨 내 정신(精神)과 내 계획(計劃)과 내 희망(希望)을 형(形)과 선(線)의 상(上)에 굳세게 나타내는 미술의 세계를 바라보고서 우리의 눈이 떠지지를 않습니까. 우리의 심장이 벌떡거려지지 않습니까.(후략)[17]

인용문은 나혜석이 '여자미술학사'를 연 취지를 밝힌 취의서(趣意書)로서 이 대목에서 그녀의 인상주의적 미술관이 밝혀져 있다. 그것은 바로 미술을 '광(光)과 색(色)의 세계'로 파악했다는 점이다. 이는 바로 인상주의 미술관을 피력한 것이라고 할 수 있다. 이 글에서 나혜석은 미술의 위무적 기능에 대해서도 언급하고 있으며, 그림을 통해서 인간 정신과 계획과 희망을 나타내는 표현주의적 미술관도 일부 피력하고 있다. 따라서 나혜석의 그림에는 1930년대까지 인상주의와 표현주의적 야수파적 경향이 공존하고 있었음을 실제 그림에서뿐만 아니라 글에서도 확인할 수 있다.

나혜석이 동경미술학교를 졸업하던 1918년의 일본은 인상주의의 외광파가 영향을 끼치던 시기였다. 여기서 외광파란 일본의 쿠로다

17. 나혜석, 「여자미술학사」, 서정자 편, 앞의 책, 550면.

세이키(黑田清輝)를 정점으로 하는 감미로운 주제와 평면적인 외광 묘사를 주류로 하는 일본 양화의 아카데미즘을 가리킨다. 당시 일본의 메이지 화단은 쿠로다가 프랑스에서 돌아온 것을 계기로 새로운 시대의 전개를 보게 되는데, 그것이 외광파의 도입이다. 이들은 메이지미술회의 양화와는 전혀 대조적인 작풍과 테마가 서서히 화단의 중심세력으로 자리를 잡아가는데, 그림자 부분까지도 광선을 고려하여 자색과 청색을 많이 사용했기 때문에 '자파(紫派)'라고 불렀다. 쿠로다의 외광파는 그의 스승인 라파엘 콜렝과 같이 철저한 인상주의가 아니라, '사실주의에 철저하지 못한 프랑스 아카데미즘의 상상적 화취(畵趣)가 외광파[18]의 기법을 원용한 중간적인 외광파'에 지나

18. 외광파는 태양광선 아래서 자연을 묘사한 화가들, 즉 실내광선이 아닌 야외의 자연광선에 비추어진 자연의 밝은 색채효과를 재현하기 위해 야외에서 그림을 그린 화파(畵派)의 총칭이다. 이 운동이 일어난 것은 19세기 후반으로 그때까지 유럽의 화가들은 대부분 광선의 변화가 적은 화실에서 그림을 그리는 것을 당연한 일로 생각하였으며 자연 그대로를 그리려고 한 사실주의자 쿠르베도 유화는 아틀리에에서 그렸는데, 색채는 다갈색의 나뭇가지, 녹색의 나뭇잎 등 이렇게 고정된 색채개념에 지배되어 야외광선에 비친 변화하는 색채의 아름다움을 포착하지 못했다. 다시 말해 화가들은 설혹 야외에서 스케치한 경우라도 본그림만은 화실에서 작업했고 따라서 한 물건의 고유색을 신봉하는 고정관념에서 좀처럼 벗어나지 못했는데 19세기 사실주의 사조가 일어나면서 자연관찰이 정밀하고도 객관적이 된 결과 야외의 밝은 빛의 효과를 의식하게 되니 이것을 실제로 나타내기 위해서 직접 야외에서 제작하는 방법을 택하게 되었다. 이 운동에 동조한 화가로는 이탈리아의 마키아이올리파의 화가들을 위시하여 스위스에서 활약한 세간티니, 프랑스에서는 물 위에서 엇갈리는 빛을 잡기 위해서 물 위에 띄운 배에서 제작했다는 퐁텐블로파 화가들과 도비니, 네덜란드의 용킨트, 그리고 색채분해와 여러 가지 색채의 병치(竝置)에 의해 태양빛에 비친 색채현상을 묘사하려고 한 마네, 훗날 그의 영향을 받고 이 파 특유의 화법을 끌어내는 데 성공한 모네, 피사로, 시슬레 등이 있으며, 그들에 의해 정점에 달하였다. 이들과 그 일파의 인상파 화가를 외광파의 시작으로 본다. 그러나 일반적인 의미에서의 외광파는 인상파와 같은 것은 아니고 보다 폭넓은 개념으로서, 인상파의 수법에 의하지 않더

지 않았다.[19]

쿠로다의 일본식 외광파에 대해 최몽룡은 인상파의 신선한 색채 감각과 사실주의의 명확한 묘사성을 절충시킨, 1890년대와 1900년대의 일본화단에 크게 유행하던 주류적 화풍으로 평가했다.[20] 바이징도 쿠로다를 "프랑스 인상주의의 영향을 받은 화가로서 평생 동안 인상파의 외광 표현과 사실주의을 추구하던 화가"로서 그가 프랑스에서 도입한 것은 아카데미즘의 사실주의 기법과 인상파의 화풍을 접목한 절충적 양식이었다고 했다.[21]

나혜석이 '동경여자미술학교'에서 그림을 배웠다는 스승 고바야시 만고(小林萬吾, 1870-1947)는 프랑스 유학파로서 일본 외광파 쿠로다가 근무했던 동경미술학교 출신이며, 후에 이 학교의 교수가 된 인물이다. 그는 인상파의 기법을 구사한 대표적 화가였다. 고바야시 만고뿐만 아니라 나혜석이 일본에 유학하는 동안 동경여자미술학교의 서양화과의 교수였던 쿠메 케이이치로, 이소노 요시오, 오카다 사부로스케 등도 백마회 계열의 일본식 외광파로 분류되는 화가였다.[22]

인상주의(인상파)란 빛의 화파로서, 19C 후반, 주로 1860-1890년대에 프랑스를 중심으로 일어난 미술상의 주의로서 이 일파가 지향한 것은 자연을 하나의 색채현상으로 보고, 빛과 함께 시시각각으로

라도 외광에 의한 밝은 색채표현을 목표로 한 당시의 사실적 화가를 포괄적으로 일컫는다. (네이버 지식백과 : 지식백과)

19. 오광수, 『한국현대미술사』, 29면.
20. 최몽룡, 『한국미술의 자생성』, 한길아트, 1999, 155면.
21. 바이징, 한혜경 역, 『지도로 보는 세계미술사』, 시그마북스, 2008, 293면.
22. 김용철, 앞의 논문, 3-18면.

움직이는 색채의 미묘한 변화 속에서 자연을 묘사하는 데 있다. 이들은 사물에 고유한 색이 있다는 것을 부정하고, 화가가 사물을 볼 때 느껴지는 인상과 감정으로 그림을 그린다. 그래서 자유로우며, 순간의 이미지를 포착하기 때문에 그리다 만 것 같은 느낌을 주며, 야외광의 그림이 많다.

후기인상주의(후기인상파)는 인상파에 속하거나 또는 그 영향을 받았으면서도 차츰 그 영향에서 벗어나 개성적인 방향을 모색함으로써 내부에서 인상주의를 수정하려고 한 사람들의 경향을 가리킨다. 전기 인상주의 화가의 경우 최소한 구체적인 대상을 모델로 삼고, 그 대상에서 얻은 인상과 느낌을 표현했다면 후기인상주의에서는 그 '형체'마저 무너져서 대상의 형체마저도 임의대로의 형태와 색으로 표현하였다. 대표적인 화가 세잔, 고흐, 고갱의 경우 공통적 경향이 있다기보다 뚜렷한 화가 개인의 주관과 개성을 바탕으로 각각 입체파, 야수파 등의 모태가 되었다. 특히 고흐의 강렬한 색채, 살아서 꿈틀거리는 듯한 화풍은 너무나 유명하다. 그는 대상의 고유한 형체와 색보다는 자신이 좋아하는 형체로, 색채로 사물을 표현했다. 특히 노란색에 집착한 고흐는 「해바라기」와 「밤의 까페 테라스」 등에서 그림자와 사물의 색채 전부를 노란색 계열로 처리하였다. 인상파는 시각적 리얼리티에 충실하려고 했다. 즉 그 순간에 보이는 대로 그리려했다. 야수파는 그림이 대상으로부터 독립된 조형질서로 보고 자신의 정신과 주관을 표현하려고 형태나 색을 왜곡하였다.[23]

---

23. 송명희, 「서정자 교수의 「나혜석의 문학과 미술 사이」에 대하여」, 『제11회 나혜석 바로알기 심포지엄 발표집』, 나혜석기념사업회, 2008, 122-127면.

자연주의(자연파)는[24] 자연 관찰에 바탕을 둔 방법론이나 예술형식을 말한다. 이 단어는 1860년대와 1870년대에 쥘 앙투안 카스타냐리와 에밀 졸라가 사실주의를 대신할 중립적 용어로 사용하였다. 카스타냐리는 이 용어를 확고한 기반과 활력을 가진 프랑스 풍경화의 전통에 연결시켜, 비논쟁적인 예술적 토대를 인상주의에 제공했다. 졸라는 분석적이고 묘사적인 자신의 문체를 가리키는 용어로 이 낱말을 사용하여, 변덕스러운 사회적 주제를 다루는 자신의 방식이 과학적이고 냉정해 보이게 했다.[25]

나혜석이 자신의 그림을 자연파적인 것으로 이해했을 때, 그것은 아카데미즘 화풍에서 자주 등장한 인상주의 외광파 양식과 같은 경향을 지칭한 것이다. 즉 대상을 보이는 대로, 있는 그대로 묘사하는 외광파의 이념과 자연주의 문학은 공통점을 갖고 있기 때문이다.[26] 그리고 그것은 내면적으로 빈약하고 단순한 풍경화를 지칭한 것으로 이해할 수 있다.

---

24. 자연주의란 명제는 19세기 중엽 다윈 이후의 생물학의 산물로서 사람은 전적으로 자연 질서의 일부여서 영혼이 없으며, 자연을 초월한 종교적 또는 영적 세계와 어떤 다른 관계도 지니고 있지 않다는 것이다. 그러므로 인간은 단지 고등동물에 불과하므로 그의 성격과 운명은 두 종류의 자연적, 즉 유전과 환경에 의해 결정된다는 것이었다.(이명섭, 『세계문학비평용어사전』, 을유문화사, 1996, 217면.)
유럽 자연주의의 기본정신은 인간의 생태를 자연현상으로 보려는 사고방식이다. 따라서 작가의 태도도 자연과학자와 같아야 한다. 자연현상으로 본 인간은 당연히 본능이나 생리의 필연성에 강력하게 지배된 것으로 그려진다. 외부로부터 그려지기 때문에 내면적으로는 빈약하고 단순할 수밖에 없다. 졸라뿐만 아니라 자연주의 문학은 대체로 세기말적 분위기를 반영하고 전체적으로 어둡고 염세적이다.(네이버백과사전 '자연주의' 항목.)
25. 제임스 H 루빈, 김석희 역, 『인상주의』, 한길아트, 1998, 427면.
26. 문정희, 「여자미술학교와 나혜석의 미술」, 『제8회 나혜석 바로알기 심포지엄 발표집』, 나혜석기념사업회, 2005, 62-63면.

따라서 나혜석이 후기인상파, 자연파로 이해했던 형체와 색채와 광선을 매우 중시하는 화풍이지만 개인성, 즉 주관성과 순예술적 기분이 박약한 화풍이란 후기인상파가 아니라 실은 인상파(인상주의) 화풍, 특히 일본 관학파의 외광파를 지칭한 것으로 해석하는 것이 타당할 것이다.

나혜석이 쓴「파리의 모델과 화가생활」(1932.3-4)을 보면 파리 유학 이후 인상파와 신인상파, 그리고 후기인상파는 정확하게 변별되고 있다. 즉 인상파 내지 신인상파는 일광과 공기를 중시하고 광선 묘사에는 성공했으나 인간성을 잊은 객관적 화풍으로, 후기인상파는 자아의 표현과 예술의 본질을 잊지 않은, 즉 예술의 정신을 창조적으로 개체화하려고 한 주관적 화풍으로 이해하고 있다.

> 인상파 및 신인상파 화가들이 일광 공기를 중시하여 자연에서 어떤 찰나의 인상을 표현한 반면으로 후기인상파 화가들은 그것을 다 밟아 넘어서 전체적으로 자연을 감명하여 그것을 종합적으로 표현하려고 하였다. 즉 전자는 객관적이라 할 수 있고 후자는 주관적이라고 할 수 있다. 다시 말하면 인상파나 신인상파는 광선 묘사에는 성공하였으나 인간성을 잊었었다. 이와 같이 후기 인상파의 화가들은 자아의 표현과 예술의 본질을 잊지 아니하였다 즉 예술의 정신을 창조적으로 개체화하려고 하였다.[27]

그런데 1926년까지 나혜석은 자신의 그림을 후기인상파로 인식하는 오류(아니면 오기인가?) 속에 놓여 있었다. 하지만 그러한 인

---

27. 나혜석,「파리의 모델과 화가생활」, 서정자 편, 앞의 책, 526면.

식의 오류보다는 나혜석이 그림을 그려나가는 가운데 개인성, 주관성, 순예술적 기분이 박약한 화풍, 즉 인상파적 경향에 대해서 갈등에 빠져 있었다는 것이 중요하다. 다시 말해 그녀는 자신의 그림을 통해서 개인성, 주관성을 표현하고 싶은 강한 내적 욕구를 유학 이전부터 이미 가지고 있었다. 따라서 그녀에게 파리 유학은 화가로서 자신의 그림에 대해 가졌던 갈등을 해소하고, 야수파, 표현파의 화풍을 바로 익힐 수 있었던 절호의 기회가 되었던 셈이다.

야수파란 인상파와 신인상파의 타성적인 화풍에 반기를 든, 외계질서를 그대로 화면에 재현하려는 것이 아니라 주정적이고 개성적인 자아표출에 목적을 둔 화풍이다. 표현파 역시 작가 개인의 내부 생명, 자아 혼의 주관적 표현을 추구하는 감정 표현의 예술이다. 따라서 파리 유학 후 나혜석의 그림이 야수파적 표현파적 화풍으로 변화했다면, 그것은 그녀가 단순히 화가 로제 비시에르가 지도하는 미술연구소에서 공부했고, 대표적인 야수파 화가 마티스에 심취했던 결과만은 아니었다고 생각한다. 즉 유학 이전부터 나혜석은 "개인성, 즉 순예술적 기분"을, 즉 내면의 주관적 감정세계를 표현하고 싶은 강한 내적 동기를 가지고 있었고, 파리 유학은 그녀에게 그 출구를 열어주었다고 할 수 있다.

따라서 오광수가 나혜석이 안동시절(유학 이전)에 그린 중국 풍경의 그림에서 표피적인 인상파를 뛰어넘는 면모를 보여주었다는 평가는 결코 우연이 아니었다고 할 수 있다. 즉 이국적인 중국풍경의 그림들 - 「천후궁」(1926), 「지나정」(1926) - 속에 '개인성, 주관성, 순예술적 기분'이 자신도 모르는 사이에 표현되었던 것이다. 그러다가 파리 유학을 통해 표현파와 야수파의 화풍을 제대로 배움으로써 표현주의 기법에 의해 우울한 내면풍경이 잘 표현된「자화상」(1928년 추정)[28]과 같은 작품을 그릴 수 있었던 것이다.

3. 나혜석의 미술적 경향과 문학작품

1) 인상주의와 시「광(光)」과「냇물」

나혜석의 문학작품 중에서 인상주의 경향을 강하게 반영한 작품으로『여자계』제2호(1918.3)에 실린「광(光)」이란 시와『폐허』제2호(1921.4)에 발표했던 시「냇물」을 들 수 있다.

그는 벌써 와서 내 옆에 앉았었으나 나는 눈을 뜨지 못하였다.
아아! 어쩌면 그렇게 잠이 깊이 들었었는지

그가 왔을 때에는 숙수중(熟睡中)이었다
그는 좋은 음악을 내 머리맡에서 불렀었으나
나는 조금도 몰랐었다
이렇게 귀중(貴重)한 밤을 수(數)없이 그냥 보내었구나

아아 왜 진즉 그를 보지 못 하였는가
아아 빛아! 빛아! 정화(情火)를 켜라.

---

28. 이구열,「영욕의 삶과 빛」,『제3회 나혜석 바로알기 심포지엄 발표집』, 나혜석기념사업회, 2000, 10면.

언제까지든지 내 옆에 있어다오
아아 빛아! 빛아! 마찰(摩擦)을 식혀라
아무것도 모르고 자는 나를 깨운 이상(以上)에는
내게서 불이 일어나도록 뜨겁게 만들어라.
이것이 깨워준 너의 사명(使命)이오
깨인 나의 직분(職分)일 것이다
아! 빛아! 내 옆에 있는 빛아!
–「광(光)」 전문 (각주)

「광(光)」에 대해 송지현은 "자신의 마음속에 있는 열정과 미지의 신문물에 대한 동경의 일치와 염원을 호소한" 시로 파악했으며,[29] 구명숙도 빛의 의미를 "근대적 정신에 눈을 뜬 근대인의 자각과 사명을 알게 하는 힘"으로 해석했다.[30] 시대와 관련하여 신문물 또는 근대화에 대한 힘과 열정으로 해석하는 것은 작품 외적 문맥에 의한 해석이다. 그런데 이러한 해석은 빛이 이미 화자의 곁에 와 있었음에도 그것을 진즉 보지 못했다는 것을 개탄하는 시의 내용과는 맞지 않는 해석이라 할 수 있다. 왜냐하면 근대화가 이미 우리 곁에 와 있는데도 그것을 알아보지 못했다는 것은 나혜석과는 일치하는 말이 아니기 때문이다. 김효중은 빛은 어둠을 밝히는 본질을 지닌, 시적 화자인 나를 일깨우는 의미 있는 존재로 해석했다.[31] 그런데 그 빛이 진정 무엇이며, 화자의 무엇을 일깨우는지에 대한 구체적 해석이 없다.

29. 송지현, 『한국여성시인연구』, 시와사람, 2003, 33면.
30. 구명숙, 「나혜석의 시를 통해 본 여성의식 연구」, 『여성문학연구』 제7호, 한국여성문학학회, 2002, 169면.
31. 김효중, 「나혜석 시연구」, 『문학비평』 제7호, 한국문학비평가협회, 2003, 149면.

최동호는 이 시를 "빛은 가까이 다가와 있었지만 그것을 깨닫지 못하고 그냥 흘러 보낸 자신에 대한 질책과 더불어 예술가로서 새로운 출발을 다짐한 시"로 해석했다.[32] 최동호의 해석이야말로 시의 문맥에 충실한 해석이다. 그런데 예술가로서 새로운 출발의 결의를 보여주고 있는 화자는 자신의 예술가로서의 아이덴티티를 어디에서 찾았을까? 즉 문인, 또는 화가 어느 쪽에서 아이덴티티를 발견했을지 참으로 궁금해지는 대목이라 하지 않을 수 없다. 그것은 과연 '빛'이란 대상이 무엇이냐에 따라 달라질 것이라고 생각한다.

이 시는 인상주의와 관련하여 화자가 '빛' 그 자체에 대한 새로운 인식과 발견을 이룬 데 대한 기쁨을 노래한 것이라 생각된다. 왜냐하면 인상주의란 빛의 화파이기 때문이다. 「광(光)」은 빛의 발견을 통한 그림에의 열정을 노래한 시로 읽혀지는 작품이다. 과거에도 '빛'은 자신의 곁에 머물렀으나 화자는 깊은 잠에 빠져 그 빛을 제대로 보지 못했다는 것, 하지만 그 빛이 이제 화자의 깊은 잠을 깨웠으므로 그의 내면에서도 불이 일어나도록 뜨겁게 만들어줄 것을 촉구한 시이다. 즉 「광(光)」은 인상파 화가로서 빛을 통해 사물을 새롭게 인식하게 된 화가로서의 주목할 만한 자기발견과 인식이 어떤 깨달음처럼 온 것을 기뻐하며 그림에 열정을 바칠 것을 다짐하는 시로 해석할 수 있다. 나혜석은 이 시를 발표했던 1918년(동경여자미술학교 졸업)부터 인상파 화가로서 뚜렷한 정체성을 갖고 창작에 임했다고 할 수 있다. 서정자도 나혜석을 빛의 화가로 파악하며 이 「광(光)」

32. 최동호, 「나혜석의 선각자적 삶과 시-그 문학사적 의미를 중심으로」, 『제4회 나혜석 바로알기 심포지엄 발표집』, 나혜석기념사업회, 2001, 39면.

이란 시에 주목한 바 있다.[33] 그런데 서정자는 빛에 대한 발견을 인상파가 아니라 후기인상파로 해석했다. 하지만 빛의 화파는 후기인상파가 아니라 인상파라는 것은 재론할 여지가 없다.

졸졸 흐르는 저 냇물
흐린 날은 푸르죽죽
맑은 날은 반짝반짝

캄캄한 밤 흑색(黑色)같이
달밤엔 백색(白色)같이
비 오면 방울방울
눈 오면 녹여 주고
바람 불면 무늬 지어
아침부터 저녁까지
밤부터 새벽까지
춥든지 덥든지
싫든지 좋든지
언제든지 쉼 없이
외롭게 흐르는 냇물

냇물! 냇물!
저렇게 흘러서
호(湖)되고 강(江)되고 해(海)되면

---

33. 서정자, 앞의 논문, 169-170면.: 여기서 서정자는 나혜석을 후기인상파로 파악했다.

흐리던 물 맑아지고
맑던 물 퍼레지고
퍼렇던 물 짜지고
—「냇물」 전문[34]

「사(砂)」와 함께 『폐허』 제2호(1924.1)에 실렸던 이 작품은 인상파 화가의 눈으로 파악한 냇물을 그리고 있다. 냇물의 빛과 함께 시시각각으로 움직이는 색채의 미묘한 변화를 화자는 포착해 낸다. 즉 흐린 날의 냇물은 푸르죽죽하고, 맑은 날의 냇물은 반짝반짝거린다. 캄캄한 밤엔 흑색, 달밤엔 백색으로 변한다. 비 오면 방울방울, 눈 오면 녹여주고, 바람 불면 무늬 짓는 다양한 변화를 냇물은 나타낸다. 즉 냇물이라는 대상 그 자체에 고유의 색깔과 형체(무늬)가 있는 것이 아니라 바라보는 순간순간에 따라 다른 색깔과 무늬를 만들어 내고 있다는 것을 관찰한 것이다. 인상파 화가의 눈이 아니라면 도저히 그려낼 수 없는, 순간순간 변화무쌍한 냇물의 색채와 무늬를 시 「냇물」은 표현하고 있다.

그러나 이 시는 이러한 외적 관찰에서 머물지 않는다. 즉 냇물은 아침부터 저녁까지, 밤부터 새벽까지, 춥든지 덥든지, 싫든지 좋든지 쉼 없이 흐른다고 화자는 진술하고 있다. 날씨의 변화와 밤낮의 시간 변화 속에서 냇물의 색채와 무늬는 변화하지만 냇물의 쉼 없이 흐르는 내재된 속성은 변화하지 않는다는 것이다. 잠시 화자는 냇물이 '외롭게' 흐른다고 감정이입을 한다. 하지만 곧 그 감정은 절제된

34. 나혜석, 「냇물」, 서정자 편, 앞의 책, 198-199면.

다. 쉼 없이 흘러 결국 냇물이 다다른 곳은 호수이며, 강이며, 궁극적으로는 바다이다. 그리고 호수와 강과 바다로 흘러가면서 흐리던 물은 맑아지고, 맑던 물은 퍼렇게 변하며, 다시 그 물은 짠 바닷물이 된다.

이 시는 형식상 2개의 연으로 구성되어 있다. 즉 첫 연에서 의미 구성상 냇물의 시시각각 변화하는 빛깔과 무늬(외적 형체)가 쉼 없이 흘러가는 내적 속성과 대비된다. 제2연에서는 냇물이 흘러서 호수가 되고, 강이 되고, 바다가 되는 공간적 확장과 함께 그 성질도 흐리던 물에서 맑은 물로, 더욱 퍼레진 물로, 그리고 짠 바닷물로 정화되고 변화되어가는 단계가 표현되고 있다. 냇물의 변화하는 표면적 색채와 형체를 넘어서서 시간이 흘러감에 따라 공간적으로 호수, 강, 바다로 확대되는 측면, 그리고 흐린 물에서 맑은 물로, 더욱 퍼레진 물로, 마침내 짠 바닷물로 내적 속성마저 정화되는 단계를 이 시는 그리고 있다. 이렇게 볼 때에 「냇물」은 의미적 차원에서도 매우 깊은 철학적 사색을 담고 있는 시로 보아야 한다.

정영자는 이 시의 일부가 수필 「원망스런 봄밤」(1933)에 인용되며 죽은 첫사랑의 애인이었던 최승구를 회억하고 있다는 점에서 "주권을 상실한 민족적 비애와 애인 최승구를 사별한 정서적 비애가 『폐허』 동인들의 허무주의적 색채와 어울려 암울한 분위기"를 이루었다고 평가했다.[35] 하지만 이 시에서 허무주의적 색채를 파악할 만한 근거는 '외롭게'란 시어 이외에서는 찾아볼 수 없다. 냇물이 흐르고 흘러 바다에 이르러서 짠 바닷물이 된다는 것이 왜 허무적인가? 결국

35. 정영자, 『한국현대여성문학론』, 지평, 1988, 52면.

잡지『폐허』의 허무주의적 성격과 이 시를 동일시한 데서 나온 의도 비평의 오류라고 할 수 있다.

나혜석은 시「광」에서 인상파 화가로서 빛에 대한 재발견을 이루며, 시「냇물」에서는 인상파 화가로서의 섬세하고 탁월한 시선에 의해 포착된 시시각각으로 색채와 명암이 변화하는 냇물을 형상화했다.

2) 수필「원망스런 봄밤」에 반영된 표현주의적 요소

나혜석의 수필 가운데「원망스런 봄밤」(1933),「총석정 해변」(1934),「해인사의 풍광」(1938) 같은 수필은 묘사적 문체가 탁월성을 발하는 작품이다. 이 3편의 수필 가운데「원망스런 봄밤」은 시「냇물」과 상호텍스트성을,「총석정 해변」은 스케치「총석정 어촌에서」(1932)와 상호텍스트성을,「해인사의 풍광」은 유화「해인사 석탑」(1938)과 상호텍스트성을 갖는다. 특히 표현파 화가로서 나혜석의 면모가 잘 반영된 작품은「원망스런 봄밤」이다.

나혜석의 첫사랑 최승구가 유명을 달리한 것은 1917년의 일이고,[36] 시「냇물」이 발표된 것은 1921년이다. 그리고 수필「원망스런 봄밤」

---

36. 이상경과 서정자가 작성한 나혜석의 연보에는 최승구의 사망년도가 1916년으로 되어 있다. 하지만 최승구 연구자에 따르면 최승구는 1917년에 사망했다고 되어 있다.(이성우,「근대자유시의 형성과 모국어의 의의」,『어문논집』제45호, 민족어문학회, 2002, 196면.) 따라서 본고에서는 최승구의 사망연도를 1917년으로 보고자 한다.『학지광』(1917.7)에 최승구의 사촌동생 최승만이 최승구를 추도하는 시「소월」(1917.4.23 작성)을 발표한 것으로 보아 최승구는 1917년에 사망한 것으로 보는 것이 타당할 것 같다.

이 발표된 것은 1933년으로, 최승구의 죽음으로부터 16년의 긴 시간이 흐른 뒤에 쓴 작품이다. 시 「냇물」은 '화홍문루상(華虹門樓上)에서'에서 지었다고 되어 있다. '화홍문'이란 수원 화성의 북수문으로 남북으로 흐르는 수원천의 범람을 막아주는 동시에 방어적 기능까지 갖추고 있는 문이다. 즉 시 「냇물」은 지역적으로 수원을 배경으로 수원천에 흐르는 냇물을 소재로 삼아 쓴 작품이다. 이 시를 나혜석의 첫사랑 최승구의 죽음과 연관 짓는 해석이 있지만 시의 문맥에서는 최승구의 죽음을 암시하는 어떤 표현도 찾아볼 수 없다. 다만 「원망스런 봄밤」에서 시 「냇물」을 인용하며 최승구의 호를 부르고, 그의 죽음에 대한 안타까움과 그리움을 표백하고 있기 때문에 시 「냇물」도 최승구의 죽음과 관련하여 창작되었을 것이라고 유추하는 것이다.[37]

시 「냇물」이 수원에서 지어졌듯 수필 「원망스런 봄밤」도 수원에서 지어졌을 가능성이 있다. 「원망스런 봄밤」에서 시 「냇물」의 일부를 인용한 것은 「냇물」이 최승구의 죽음에 대한 슬픔의 정서를 노래한 시여서가 아니라 최승구를 회억하며 잠 못 이루는 밤에 들려온 냇물소리 때문이 아니었을까? 그래서 "저것이 무슨 소리일까 졸졸졸"이라고 하며 시 「냇물」의 일부를 인용한 것이다. 그리고 냇물이 흘러 호수가 되고 강이 되고 바다가 될 정도로 많은 세월이 흘렀으며, 흐리던 냇물이 맑고 파란 물이 되고 짠 바닷물로 변할 정도로 긴 세월이 흘렀듯이 최승구와의 기억도 이제 많이 변했다는 의미에서 시

37. 이 시에 대해 1916년 2월 최승구의 죽음 이후 1920년 결혼 이전 시점에 작시된 것으로 1916년 여름 수원에 와 있을 당시 지은 시로 보는 추측이 있다. (한동민, 「나혜석과 수원-고향 수원과 지동에서의 생활」, 『제12회 나혜석 바로알기 심포지엄 발표집』, 나혜석기념사업회, 2009, 59면.)

「냇물」을 인용했을 것이다. 특히 그의 죽음은 긴 세월이 흘렀음에도 짠 바닷물처럼 아린 정서로 그녀의 가슴에서 일렁이고 있다는 의미에서 시 「냇물」을 인용했다고 생각한다.

나혜석은 봄이지마는 "청천의 일광이 반짝하였다가는 홀연히 흐려지고 한풍이 불어 들어오는" 변화무쌍한 봄밤에 밤 1시가 넘도록 잠 못 이루고 전전반측한다. 그러다가 무의식중에 최승구가 죽었을 때도 같은 때였다는 사실을 상기한다. 나혜석은 14일 밤이니 '소명(素明)한 월색(月色)'을 기대하고 창밖을 내어다보지만 달은 흐린 구름에 가려서 보이지 않는다. 하지만 보이지 않는 것은 달이 아니라 소월(素月) 최승구다. 사실 최승구의 호인 '소월(素月)'이란 '소명(素明)한' 달, 즉 흰 달이란 뜻이다. 소월의 부재를 확인한 나혜석은 "슬퍼아아, 슬퍼, 해가 가고 날이 가니 슬픈가? 그 얼굴 그 몸이 재 되고 물 되어가는 것이 슬픈가? 그 세계와 내 세계의 거리가 멀리 갈수록 그는 점점 냉정해 가고 나는 점점 열중해 가는 것이 슬프다"라고 깊은 슬픔을 토로한다. 그리고 자신의 슬픔이 덧없는 세월의 흐름에서 오는 것인지, 죽은 최승구의 얼굴과 몸이 세월이 흐름에 따라 재가 되고 물이 되어가는 풍화작용을 하는 사실이 슬픈 것인지 자문한다. 그리고 최승구와 자신의 거리, 즉 시간이 흘러감에 따라 이승과 저승의 거리가 멀어지고, 그는 점점 더 냉정해지지만, 자신은 점점 더 그에게 열중해 가기 때문에 슬프다고 말한다.

슬픔에 복받친 나혜석은 "아, 그는 나를 버리고 갔다. 그는 내게 모든 풍파를 안겨주고 멀리멀리 가버린 때가 이 봄밤이다."라고 흐느낄 때에 보름달은 구름에 가려 그 얼굴이 보일 듯 보일 듯하지만 보이지 않는다. 보일 듯 보일 듯 보이지 않는 것은 달뿐만 아니라 죽은 소월 최승구의 얼굴이고 그의 존재이다. 이 수필에서 구름에 가려 보일 듯 보일 듯 보이지 않는 달로 표상된 것은 바로 소월 최승구의 얼굴(존재)이다. '원망스런 봄밤'이란 나혜석의 첫사랑 최승구에 대한 원망과 회억들을 불러내는 주관적인 밤이며, 다시금 그의 부재를 안타깝게 확인하는 밤인 것이다.

나혜석의 수필로서는 찾아보기 드물게 개인적 감상이 흘러넘치는 수필「원망스런 봄밤」에서 '봄밤'과 '달'은 외적 자연이 객관적으로 재현된 대상이 아니라 첫사랑 최승구에 대한 한스런 회억을 환기시키는 주관적 내면이 표현된 대상이다. 그림으로 치자면 인상파의 그림이 아니라 표현파의 그림이다.

표현주의의 특색은 작가 개인의 내부생명, 즉 자아(自我), 혼(魂)의 주관적 표현을 추구하는 감정표출에 있다. 이 운동은 우선 회화에서 시작되어 다른 조형예술을 거쳐 문학 연극 영화 음악에까지 미쳤다. 1905년 독일 엘베강변의 드레스덴에서 후기 인상파 계열의 새로운 미술단체 브뤽케가 결성되는데, 킬히너 등 젊은 미술가들은 과거의 전통으로부터 벗어나 새로운 예술을 개척하겠다고 선언하였다. 과거의 인습을 청산하고 참신한 생의 감정을 강력하게 표출하고자 한 그들의 화풍은 신선한 충격을 주었다. 예술의 모사원칙을 무시한 주관적 비전의 표현, 강력한 색채의 추상적 사용, 굵은 윤곽선의 강조, 또는 내적 이미지의 집중 표현 등으로 표현주의 시대를 예감케 했던 것이다.[38]

---

38. 박찬기,「표현주의의 발생과 본질 및 문학사적 의의」, 박찬기 편,『표현주의 문학론』, 민음사, 1990, 11-12면.

표현주의는 주로 인상파나 자연주의파 화가들에 대한 강한 반발을 나타내는 화풍으로서 정확한 관찰만을 앞세우는 과학만능을 혐오하고, 니체나 쇼펜하우어 같은 독일 철학자들의 영향하에서 내면의 진실을 표현하려는 새로운 운동이었다. 표현주의는 표현주의 화가들의 내면세계를 표현한 강한 내적 표현주의와 자연과 외부세계를 표현한 외적 표현주의로 구분된다.[39] 형식적으로 보자면 표현주의는 인상주의, 신낭만주의, 상징주의, 자연주의에 대한 반동이었다. 표현주의자들에게 중요한 것은 피상적인 사실 묘사가 아니라 문학적인 직관이었으며 외부세계가 아니라, 이 세계가 반영되고 있는 개인의 영혼, 정신이었다.[40]

우리나라에 표현주의가 소개된 것은 1920년대 초부터였다. 이들은 대체로 일본 유학생들로서 현철을 비롯해서 영문학과 독문학을 공부한 김우진, 김진섭, 서항석 등과 박영희, 임장화, 서연생, 최학송 등이었다. 현철은 표현주의가 처음 회화에서 왔다고 지적하면서 그 개념을 다음과 같이 정의했다.

> 즉 외(外)로부터 내(內)로 향하는 것이 인상파라 하면 내로부터 외로 향하랴고 하는 것이 이 새로운 경향이다. 다시 말하면 자연으로부터 인상을 주로 한 객관적인 것이 인상주의이오 자연으로부터 인상을 배척하고 작가의 자아라든지 이상을 밖으로 표현하라는 것이 주관적 신경향을 포괄한 것이다.[41]

39. 최승규, 『서양미술사 100장면』, 한명, 2001, 389면.
40. 김숙희, 「표현주의의 현대적 시각」, 박찬기 편, 앞의 책, 50면.
41. 현철, 「독일의 예술운동과 표현주의」, 『개벽』 제15호, 1921. 9.

하지만 표현주의는 몇몇 문예이론가들에 의해 반짝 소개되었다가 사그라진 사조로서 김우진이 쓴 몇 편의 시와 「난파」, 「산돼지」 같은 희곡에서 실험되었을 뿐이다.[42]

『폐허』 동인으로서 문단과 교류가 많았던 나혜석은 문예사조로서 우리나라에 유입된 표현주의에 대해서 알고 있었을 가능성이 크다. 하지만 수필 「원망스런 봄밤」의 표현주의적 색채는 유학 이후 표현파 화풍을 익힌 화가 나혜석이 낳은 것이라고 해석하는 것이 타당할 것이다.

안숙원은 나혜석의 문학이 미술과의 만남에서 묘사의 탁월함, 박력 넘치는 소설문체, 그림의 구도 같은 완벽한 구성(시, 소설), 서사구조상 공간지향형 담화 등이 나타나는 것으로 고찰한 바 있다.[43] 이는 단지 나혜석이 화가라는 점만을 부각시킨 관점으로 그녀가 인상파에서 야수파, 표현파로 나아간 화가라는 사실은 고려하지 않았다. 하지만 수필 「원망스런 봄밤」에서 보듯이 유학 이후 표현파의 화풍으로 바뀐 나혜석의 화가로서의 태도가 문학작품에도 영향을 끼쳤음을 확인할 수 있었다.

4. 결론

본고는 나혜석의 미술적 경향이 그녀의 문학에 영향을 미쳤을 것

42. 유민영, 「표현주의 문예사조의 이입양상」, 이선영 편, 『문예사조사』, 민음사, 1987, 392-411면.
43. 안숙원, 앞의 논문, 103-104면.

이라는 가정하에 나혜석의 미술적 경향이 무엇인지를 먼저 살펴보았다. 나혜석은 파리 유학을 전환점으로 하여 인상파 화가에서 야수파와 표현파 화가로 변모했다. 이런 변화에 주목하여 나혜석의 문학작품 속에 인상주의적 요소와 표현주의적 요소가 어떻게 반영되었는지를 고찰하였다.

그 결과 시 「광(光)」과 「냇물」에는 인상주의적 요소가 반영되고 있으며, 수필 「원망스런 봄밤」에는 표현주의적 요소가 강하게 반영되었음을 확인하였다.

화가이자 동시에 문학가였던 나혜석의 그림과 문학 두 텍스트 사이에는 조형예술과 언어예술이라는 장르적 차이를 뛰어넘어 어떤 방식으로든 상호텍스트성이 성립된다고 본다. 즉 의식적이든 무의식적이든 텍스트 상호간에 전이가 이루어지고 영향을 끼치게 되었을 것이고, 그것은 지극히 자연스러운 일이다. 나혜석이 페미니즘 문학가라는 사실이 그림에 어떻게 반영되고 있는지에 대해서는 미술연구자들이 최근 열심히 규명하고 있다. 즉 나혜석 회화의 페미니즘 요소에 대한 규명작업이 여러 학자들에 의해서 활발히 이루어지고 있다.

인상파 화가에서 표현파 화가로 변모해간 나혜석, 그의 그림뿐만 아니라 문학작품에도 인상주의 요소와 표현주의 요소가 나타났다는 것은 지극히 자연스러운 일이라고 생각한다. 앞으로 나혜석의 미술과 문학의 상호텍스트성에 대한 연구는 계속되어야 할 것이고, 본고는 그 가능성을 발견했다는 점에서 그 의의를 찾을 수 있다.(『한국문학이론과 비평』 제47호, 한국문학이론과 비평학회, 2010)

제3부

나혜석 문학연구의 과제와 일본 '백화파'의 영향

05 나혜석 문학연구의 현황과 과제

1. 문학가인가 화가인가

우리의 근대 여성문인 1기생인 나혜석, 김명순, 김일엽은 우연하게도 모두 1896년생이다. 이들은 모두 일본에 유학했던 대표적 신여성으로서 한국근대문학을 꽃피우는 데 중요한 역할을 했다.

나혜석이 도쿄 유학생들의 기관지인 『학지광』에 「이상적 부인」을 발표한 때가 1914년이니, 그녀의 이름이 문학사에 등장한 지도 100년이 다 되어간다. 나혜석은 2000년 2월에 문화인물로 선정됨으로써 영욕으로 얼룩졌던 삶을 청산하고 뉴밀레니엄 시대의 새로운 여성모델로 자리매김되었다. 즉 자아실현을 선구적으로 성취한 우리나라 최초의 여성서양화가이자 여성문인으로서 역사적 평가를 받게 된 것이다. 그녀가 1914년에 현모양처를 비판하며 자기실현을 적극적으로 구현한 '이상적 부인'의 모델을 자신의 글 「이상적 부인」을 통해 피력했던 것처럼 이제는 그녀 자신이 후대 여성들의 이상적인 모델로서 우뚝 서게 된 것이다.

나혜석은 이상적 부인이 되기 위해 일본 유학(1913-1918)을 떠났는데, 문학을 전공하기 위해서가 아니라 미술(서양화)을 전공하기 위해서였다. 하지만 나혜석의 예술활동은 미술보다는 문학분야에서 먼저 시작되었다. 나혜석의 「이상적 부인」(에세이)은 1914년에 발표되었으며, 소설 「경희」는 1918년에 『여자계』에 발표되었고, 시 「사(沙)」와 「냇물」은 1921년에 『폐허』에 발표되었다.

반면에 우리나라 최초의 여성 서양화가로 평가되는 나혜석의 미술가로서의 공적 활동은 동경여자미술학교를 졸업한 후 1919년 『매일신보』에 「섣달대목」이란 주제로 만평을 게재한 것이 시작이고, 화가로서의 활동은 이보다 늦게 1921년에 경성일보사 내청각에서 유화개인전을 개최한 것으로부터 사회적으로 공인되었다고 할 수 있다. 그리고 제1회 조선미술전람회에 「봄」과 「농가」가 입선된 것은 1922년의 일이었다.

하지만 오늘날 나혜석의 문학작품은 대부분 발굴되어 두 종류의 전집이 발간된 상태지만 화가로서의 활동은 38점의 유화작품(도록만 전하는 것까지 포함), 판화 2점, 만화 2점, 표지화 1점, 삽화 16점 등이 전해질 뿐이다.[1] 따라서 미술가 나혜석은 남겨진 자료의 관점에서 보면 오히려 문학가 나혜석의 비중에 못 미친다. 그런데 나혜석의 문학가로서의 더 큰 비중은 단순히 자료가 많이 남아 있다는 차원의 문제만은 아니다. 그간 여성연구자들은 열정적으로 나혜석의

1. 서정자, 『정월 라혜석 전집』, 국학자료원, 2001, 759-761면.

문학을 연구해왔고, 그 결과 나혜석은 페미니즘 문학가로서 확고한 위상을 획득하였다. 이로 인해 나혜석의 문학가로의 면모가 더욱 부각된 것이다.

2. 나혜석 전집의 확정과 「나혜석기념사업회」의 역할

작품이 여기저기 흩어져 있는 근대작가의 연구에서 무엇보다도 중요한 것은 전집의 발간이다. 전집이 발간되지 않은 작가의 경우는 연구마저 위축되는 경향이 있다. 근대여성작가 3인 중 나혜석의 연구가 김명순, 김원주보다 활발한 것은 전집이 가장 먼저 발간된 작가라는 점이 크게 작용하였다.

나혜석의 경우 영욕이 극단적으로 교차하는 화제의 인물로서 나혜석의 인간적 측면이 먼저 조명되다가 진지한 문학적 연구가 뒤따랐는데, 문학적 연구를 활성화시키는 데 결정적으로 기여한 신뢰할 만한 전집의 발간은 2000년대 이후에야 이루어졌다. 즉 이구열의 『에미는 선각자였으니라: 나혜석 일대기』(1974)[2], 정을병의 『화 화 화(火花畵) 나혜석을 다시 본다』(1978)[3] 등과 같은 일대기나 평전 형식의 책들이 먼저 발간된 이후 이상현이 편저한 나혜석의 수필집 『달 뜨고 별 지면 울고 싶어라: 나혜석의 사랑과 예술』(1981)이[4] 발간되었

2. 이구열, 『에미는 선각자였느니라:나혜석』, 동화출판공사, 1974(1971년 1월부터 월간 『여성동아』에 17회에 걸쳐 연재되었던 일대기).
3. 정을병, 『火 花 畵 나혜석을 다시 본다』, 제오문화사 , 1978.
4. 이상현, 『달 뜨면 별 지고 울고 싶어라:나혜석의 사랑과 예술』, 국문출판사, 1981.

고, 김종욱에 의해서 『라혜석-날아간 청조(靑鳥)』(1981)라는[5] 작품집이 비로소 발간되었다. 나혜석이 타계한 지 34년만의 일이었다.

김종욱 편저의 작품집은 문학작품에 시 5편, 소설 2편, 희곡 1편을 수록한 것을 비롯하여 자전적 에세이 10편, 미술평론 5편, 시론 8편, 여행기 3편, 대담 26편을 수록하고 있다. 이밖에 이 책은 이경성과 권영민의 평론, 이명온의 인물평전, 나혜석을 모델로 삼았다고 알려진 소설들, 그리고 그림 화보와 작가연보까지 수록함으로써 나혜석 연구의 단초를 열어주었다. 이 책은 당시로서는 최선을 다한 작품집이겠으나 오늘날의 관점에서 보면 매우 불완전한 작품집이었다. 원전 자료는 충분히 발굴되지 않았고, 현대어로 번역하는 과정에서의 오류 또한 많았다. 더욱이 연보에서 나혜석의 사망연도를 1948년이 아닌 1946년으로 조사하기도 했다. 하지만 이 책은 이상경이 『나혜석 전집』을[6] 발간한 2000년까지 20년 동안 나혜석을 연구할 수 있는 유일한 자료로 활용되었으므로, 그 나름대로 분명한 역할을 한 것이다. 2000년 이전까지 발표된 논문들은 대체로 이 책을 텍스트로 하여 나혜석을 연구했다.

이상경의 『나혜석 전집』(2000)은 문학작품에서 시 5편, 소설 6편, 희곡 1편을 수록하고 있으며, 평론과 수필 54편, 구미여행기 11편, 인터뷰 좌담 설문 응답 등 21편, 화보에 유화 도록 18편, 스케치 판화(신문 잡지 게재작품) 13편과 보다 상세한 연보와 작품목록을 수록하고 있다. 여기에 편자의 해설 및 나혜석과 논쟁을 벌였던 상대

5. 김종욱, 『날아간 청조』, 신흥출판사, 1981.
6. 이상경, 『나혜석 전집』, 태학사, 2000.

논객의 글까지 수록함으로써 나혜석의 글에 대한 당대의 평가를 알게 해주었다.

이 책에서 이상경은 김종욱이 발굴했던 소설 「원한」과 「현숙」 이외에 「경희」, 「회생한 손녀에게」, 「규원」, 「어머니와 딸」 등을 추가함으로써 나혜석의 소설목록을 모두 6편으로 확대하고 있다. 물론, 이 가운데서 「경희」와 「회생한 손녀에게」는 1988년 서정자가 한국여성문학연구회의 심포지엄에서 발굴하여 발표했으며,[7] 이후 「경희」를 『한국여성소설선1』(1991)에[8] 수록한 바 있다.

원본 전집은 2001년 서정자에 의해 발간되었다. 『정월 라혜석 전집』은 발표 당시의 표기법 그대로 수록한 전집으로, 문학작품에서 시 1편을 추가하여 6편, 소설 6편, 희곡 1편, 그리고 콩트 1편을 수록하고 있다. 나혜석의 산문을 주제별로 수필 19편, 여성비평 12편, 페미니스트산문 11편, 미술에세이 기타에 19편, 여행에세이 20편, 인터뷰 등 12편 등으로 분류했다.[9]

서정자의 전집은 이상경의 전집보다 더 많은 문학자료를 발굴하고 있을 뿐만 아니라 무엇보다도 유채색의 유화도록 17편, 흑백도록 21편을 수록하고 있다는 점에서 나혜석의 미술자료 또한 확충하고 있다. 이처럼 미술자료를 확충할 수 있었던 것은 2000년 2월의 문화인물로 나혜석이 지정된 것을 기념하여 예술의 전당에서 「나혜석기념사업회」 주최로 「나혜석의 생애와 그림전」을 열었던 덕택이다. 서

---

7. 서정자, 「나혜석 연구-그의 1910년대 단편소설을 중심으로」, 한국여성문학연구회 창립심포지엄, 한국여성문학연구회, 1988.7.7.
8. 서정자, 『한국여성소설선1』, 갑인출판사, 1991.
9. 서정자가 증보한 '『나혜석 전집』, 푸른사상, 2013'을 발간하여 3종의 전집이 발간된 상태이다.

정자의 전집은 작가연보를 보다 구체적으로 작성하고 있으며, 기존에 볼 수 없었던 작가의 사진을 비롯하여 연구 서지목록을 매우 상세히 작성한 점에서 이후의 연구자들에게 많은 도움을 주고 있다. 이상경과 서정자가 각각 발간한 전집은 이후 나혜석 연구를 활성화시키는 데 크게 기여했다. 이후 서정자는 2013년에 다시 『개정증보 원본 나혜석전집』을 발간하였다.

「나혜석기념사업회」(회장 유동준)가 1995년에 결성된 것은 나혜석을 문화인물로 지정하게 만드는 데 크게 기여했으며, 연구에도 기폭제 역할을 했다. 왜냐하면 1999년부터 매년 '나혜석 바로알기 심포지엄'을 개최함으로써 문학과 미술 외에도 민족운동가로서의 나혜석, 페미니스트로서의 나혜석 등에 관한 다각적 조명을 가능하게 했다. 특히 문학가나 미술가로서뿐만 아니라 민족운동가로서의 나혜석과 페미니스트로서의 나혜석에 대한 조명은 이 심포지엄이 거둔 성과라고 할 만하다. 이 심포지엄은 2011년까지 14회를 개최함으로써 총 70편의 논문이 발표되는 성과를 거두었다. 이 가운데 20편의 문학 논문이 발표되었다.

심포지엄에서 나혜석의 소설 「경희」와 「어머니와 딸」을 비롯하여 나혜석의 시와 산문, 문학과 미술의 관계, 영국 여성작가와의 비교 연구, 최승구와의 관계 등 소설, 시, 산문 등의 여러 장르에서 다양한 관점의 논문이 발표되었다. 물론 발표된 논문의 기본적인 연구 관점은 페미니즘을 전제로 하고 있다. 다만 안숙원, 서정자, 송명희는 문학과 미술의 관련성을 논하고 있는 점이 특이하다. 가령 송명희의 「나혜석의 미술과 문학의 상호텍스트성」에서는 나혜석이 초기의 인상파 화가에서 파리 유학 후 야수파, 표현파 화가로 변모했던 사실에 주목하여 나혜석의 문학작품 속에 인상주의적 요소와 표현주의적 요소가 어떻게 반영되었는지를 고찰함으로써 나혜석 문학을 페미니즘 일변도로 읽어온 기존 흐름에서 벗어나고 있다.

[표 1] 「나혜석바로알기 심포지엄 발표 문학관련 논문 목록」

번호	발표자	논문명	발표 연도	심포지엄 횟수	소속
1	안숙원	나혜석 소설 「경희」의 재검토	1999	1	인제대학교
2	정영자	나혜석 연구-그 문학적 성과를 중심으로	1999	2	신라대학교
3	서정자	나혜석의 처녀작-「부부」에 대하여	2000	3	초당대학교
4	안숙원	나혜석 문학과 미술의 만남	2000	3	인제대학교
5	최동호	나혜석의 선각자적 삶과 시	2001	4	고려대학교
6	이덕화	나혜석, 날몸의 시학	2001	4	평택대학교
7	김복순	「경희」에 나타난 신여성 기획과 타자성	2001	4	명지대학교
8	구명숙	나혜석의 시를 통해 본 여성의식 연구	2002	5	숙명여자대학교
9	송명희	나혜석의 「어머니와 딸」과 대화주의	2003	6	부경대학교
10	정순진	여성이 여성의 언어로 표현한 여성 섹슈얼리티- 나혜석의 페미니스트 산문을 중심으로	2004	7	대전대학교
11	최동호	나혜석과 「인형의 집」의 노라	2005	8	고려대학교
12	서정자	나혜석 문학론	2006	9	초당대학교
13	이덕화	영국과 한국에 있어서의 초기해방두 여성작가들의 여성성의 실천적 의미비교연구	2007	10	평택대학교
14	정미숙	나혜석의 공간과 육체 페미니즘	2007	10	부경대학교

번호	발표자	논문명	발표연도	심포지엄 횟수	소속
15	서정자	나혜석의 문학과 미술 사이	2008	11	초당대학교
16	서정자	나혜석의 문학과 일본체험	2009	12	초당대학교
17	송명희	나혜석의 미술과 문학의 상호텍스트성	2010	13	부경대학교
18	김은실	초국가적 맥락에서 본 나혜석의 글쓰기	2010	13	이화여자대학교
19	김용직	나혜석의 자아추구와 예술- 소월 최승구와의 관계 및 여성해방 시도	2011	14	서울대학교
20	송명희	나혜석 문학연구 어디까지 왔나	2011	14	부경대학교

3. 나혜석 연구의 현 단계

1) 단행본

나혜석의 문학작품을 수록한 작품집 성격의 책에는 이상현의 『달 뜨고 별 지면 울고 싶어라: 나혜석의 사랑과 예술』(수필집, 1981), 김종욱의 『나혜석- 날아간 청조』(1981), 오성출판사가 펴낸 『이혼고백서』(1999), 이상경의 『나혜석전집』(2000), 서정자의 『정월 라혜석전집』(2001), 범우문고로 발간된 『경희 외』(2006), 오형엽의 『나혜석 작품집』(2008) 등이 있다. 작품집의 발간은 1981년부터 시작되었고, 특히 전집의 발간은 나혜석 연구를 활성화시키는 데 크게 기여했다. 유일한 학술연구서적 『나혜석 한국 근대사를 거닐다』(2011)는 가장 최근에 발간되었다.

그리고 평전류에는 이구열의 『에미는 선각자였느니라 : 나혜석 일대기』(1974), 정을병의 『화 화 화(火花畵) 나혜석을 다시 본다』(1978), 이상경의 『인간으로 살고 싶다 : 영원한 신여성 나혜석』(2000), 최혜실의 『신여성들은 무엇을 꿈꾸었는가』(2000), 정규웅의 『나혜석 평전 : 내 무덤에 꽃 한 송이 꽂아주오』(2003), 함정임의 『춘하추동』(2004), 윤범모의 『화가 나혜석』(2005)과 『첫사랑 무덤으로 신혼여행을 가다』(2007), 한상남의 『저것이 무엇인고』(2008), 김진 · 이연택의 『그땐 그 길이 왜 그리 좁았던고』(2009), 이구열의 『그녀 불꽃같은 생애를 그리다 나혜석』(2011)[10] 등이 나와 있다.

평전류의 책이 이처럼 여러 권 나온 것은 나혜석의 화가나 문학가로서의 예술적 성취 못지않게 그녀가 살았던 당대뿐만 아니라 사후에도 인간 나혜석에 대한 대중적 관심이 매우 컸다는 것을 입증한다. 평전류의 책들은 나혜석이라는 인간을 이해하는 참고자료로, 때로는 나혜석에 대한 세간의 편견을 확인시켜 주는 자료로 사용되었다. 책은 필자에 따라 남성중심사회의 편견을 확인시켜 주기도 했고, 그러한 편견을 깨뜨리며 예술가로서 나혜석을 올바르게 인식시켜 주었는가 하면, 선구적인 페미니스트이자 문학가로서의 위상을 바로 찾아주기도 했고, 동화형식으로 어린이들에게 나혜석을 위대한 인물로 각인시켜 주었는가 하면, 나혜석의 아들이 어머니를 회상하는 형식 등 다양하다. 어쨌든 이 평전들은 나혜석의 인간과 예술을 이해하는 데 도움을 주고 있다.

---

10. 『에미는 선각자였느니라:나혜석 일대기』(1974)의 재판임.

[표 2] 「나혜석 관련 단행본 목록」

번호	저(편)자명	책 제목	출판사명	발행 연도	비고
1	이구열	에미는 선각자였느니라: 나혜석 일대기	동화출판공사	1974	평전
2	정을병	火 · 花 · 畵 나혜석을 다시 본다	제오문화사	1978	평전
3	이상현	달 뜨고 별 지면 울고 싶어라 : 나혜석의 사랑과 예술	국문출판사	1981	편저 (나혜석 수필집)
4	김종욱	나혜석: 날아간 청조	신흥출판사	1981	편저 (나혜석 작품집)
5	나혜석	이혼고백서	오상	1999	작품집 (시 · 에세이)
6	이상경	나혜석전집	태학사	2000	현대어전집
7	이상경	인간으로 살고 싶다 : 영원한 신여성 나혜석	한길사	2000	평전
8	최혜실	신여성들은 무엇을 꿈꾸었는가	생각의 나무	2000	나혜석 · 김명순 · 김일엽 평전
9	서정자	정월 라혜석 전집	국학자료원	2001	원본전집
10	정규웅	나혜석 평전 : 내 무덤에 꽃 한 송이 꽂아주오	중앙 M&B	2003	평전
11	유진월	불꽃의 여자 나혜석	평민사	2003	희곡집
12	함정임	춘하추동	민음사	2004	소설
13	윤범모	화가 나혜석	현암사	2005	평전
14	나혜석	경희 외	범우사	2006	작품선집
15	윤범모	첫사랑 무덤으로 신혼여행을 가다	다할미디어	2007	편지형식 에세이
16	한상남	저것이 무엇인고	샘터	2008	동화
17	오형엽	나혜석 작품집	지만지	2008	원본작품집
18	김진 · 이연택	그땐 그 길이 왜 그리 어렵던고	해누리기획	2009	아들의 회고집

번호	저(편)자명	책 제목	출판사명	발행연도	비고
19	이상경	나는 인간으로 살고 싶다: 영원한 신여성 나혜석	한길사	2009	『인간으로 살고 싶다』의 개정판
20	이구열	그녀 불꽃같은 생애를 그리다 나혜석	서해문집	2011	『에미는 선각자였느니라:나혜석 일대기』의 재출간
21	김은실 외(공저)	나혜석 한국 근대사를 거닐다	푸른사상	2011	학술연구서적
22	서정자	개정증보 원본 나혜석전집	푸른사상	2013	원본 전집

2) 학위논문

나혜석 문학을 연구한 석사학위논문은 지금까지 40여 편이 나왔다. 신달자의 「1920년대 여류시연구-김명순 김원주 나혜석을 중심으로」(숙명여대 대학원, 1980)로부터 류진아의 「페미니스트 나혜석을 말하다:글쓰기를 통한 페미니즘의 실천」(신라대 복지대학원, 2010)에 이르기까지 꾸준히 논문이 발표되었다. 나혜석만을 단독으로 연구한 논문이 많지만 이 가운데는 김명순, 김원주 등 동시대의 여성작가를 공동으로 다룬 논문도 여러 편이다.

박사학위논문에서 나혜석이 연구되기 시작한 것은 정영자의 「한국여성문학연구」(동아대 대학원, 1988)와 서정자의 「일제강점기 한국여류소설연구」(숙명여대 대학원, 1988)에서 비롯된다. 이후 유남옥의 「1920년대 단편소설에 나타난 페미니즘 연구」(숙명여대 대학원, 1993), 황수진의 「한국 근대소설에 나타난 신여성상 연구」(건국대 대학원, 1990), 이태숙의 「여성성의 근대적 경험양상」(고려대 대학원, 2000), 윤광옥의 「근대 형성기 여성문학에 나타난 가족 연구 : 김명순 나혜석 김일엽을 중심으로」(동덕여대 대학원, 2008), 배효진의 「1920년대 전기 소설에 나타난 여성상연구」(세종대 대학원, 2009), 명혜영의 「한일근대문학에 나타난 섹슈얼리티의 변용」(전남대 대학원, 2009), 윤향기의 「한국여성시의 에로티시즘」(경기대 대학원, 2009) 등에서 부분적으로 나혜석이 다루어졌다. 그리고 비교문학 박사논문으로 터키 국적의 하티제 쾨로울루가 쓴 「나혜석과 파트마 알리예 하늠의 소설에 나타난 여성의 근대적 자아 연구」(고려대 대학원, 2010)가 있다.

석사학위논문에는 나혜석이라는 한 명의 작가를 집중적으로 조명하며 페미니즘의 주제를 분석한 논문이 많은 반면에 박사학위논문에서는 근대 초기 여성작가의 한 사람으로서 다루어지거나, 또는 에로티시즘이나 섹슈얼리티, 근대성과 같은 주제를 놓고 다른 여성작가들과 동시에 조명하는 하는 형식을 취하고 있다. 즉 나혜석을 단독의 연구대상으로 삼은 박사학위논문은 아직 나오지 않았다.

그런데 단독으로 나혜석의 문학만을 온전히 연구하는 박사학위논문이 아직 나오지 않은 이유는 어디에 있는가? 이는 나혜석의 작품이 단편소설 6편, 시 6편, 희곡 1편 정도에 불과한, 즉 작품의 양적 빈곤과 작가와 작품의 문학사적 비중이 낮은 데서 기인한다고 할 수 있다. 이밖에 페미니즘을 배경으로 한 에세이 성격(논설, 수필 등)의 글들과 미술에세이가 다수 있지만 이 글들은 본격적인 문학연구의 텍스트로서는 한계가 있다.

3) 나혜석 문학연구의 성격

나혜석의 문학연구에서 단행본과 석 · 박사학위논문 이외에 100여 편의 소논문이 발표되었다. 한 작가에 대한 연구로 결코 적지 않은 편수이다. 나혜석 문학연구는 1980년대부터 시작되고 있지만 1990년대에 접어들어 본격적으로 논문이 발표되기 시작하다가 2000년대 이후 양산되는 양상을 보이고 있다. 이는 우리나라에 80년대 후반부터 시작된 페미니즘 문학운동의 물결이 나혜석 연구로 확산된 결과이며, 대학원 국어국문학과 학생의 다수가 여성이라는 사실과 관련이 있다. 즉 나혜석이 각광받을 수 있는 페미니즘 연구방법론이 확립되었으며, 연구 인력도 갖추어진 셈이다.

80년대 후반부터 페미니즘을 표방하는 무크지들이 여러 개 발간되기 시작했다. 즉 『여성』(한국여성연구회)[11], 『여성운동과 문학』(민족문학작가회의 여성분과위원회), 『또 하나의 문화』(또하나의문화), 『여성과 문학』(한국여성문학연구회) 등이 그것이다.

페미니즘(문학) 운동단체들로부터 확산되기 시작한 페미니즘 문학비평은 20세기 후반 우리 비평계의 중요한 흐름의 하나를 형성했으며, '한국여성문학학회'를 태동시킴으로써 학술운동으로 자리 잡게 된다. 한국여성문학학회는 『여성문학연구』의 창간호(1999)에서 나혜석 연구를 특집기획으로 다루는데, 그간 『여성문학연구』에 총 11편의 나혜석 관련 논문이 발표됨으로써 나혜석 연구에서 한국여성문학학회는 중요한 역할을 하고 있다.

---

11. 뒤에 잡지는 『여성과 사회』로 개칭하고, 단체의 명칭도 여성사연구회로 개칭하였다.

지금까지의 연구에서 나혜석은 김명순, 김원주와 함께 근대 초기의 대표적인 신여성이자 페미니즘 문학가로 평가되었다. 문학사에서 제대로 언급조차 되지 못하던 여성작가들은 페미니즘 비평의 활성화로 활발히 연구되기 시작했고, 그들의 문학적 위상이 복원되었다. 나혜석의 「경희」(1918)가 당시의 문학사적 관점에서도 주목할 만한 가치가 있다는 평가가[12] 있지만 대체로 문학적 가치로서보다는 페미니즘이라는 시대적이고 사회적인 가치에 연구자들은 더 주목해 왔다. 나혜석이 획득한 페미니즘 문학가라는 평가는 그녀의 대표적 이미지임에 분명하다. 나혜석은 한국여성문학사에서 페미니즘 문학가로서 확고한 성취를 이루었다고 할 수 있다.

그런데 페미니즘의 울타리를 넘어서서 보편적인 문학사에서 나혜석은 어떻게 자리매김되고 있는가? 남성들이 쓴 한국현대문학사에서 나혜석은 언급조차 되지 않거나 여류작가라는 항목 속에 잠깐 언급되는 정도라도 다행이다. 문학사가 기술된 당시에 나혜석에 대한 자료가 제대로 발굴되지 않았거나 연구가 제대로 진척되지 않은 탓도 있지만 대체로 남성 문학사가들이 남성중심적 시각에 의해서 여성문학을 폄하하는 무의식적 의식적 의도가 작용한 탓도 부인할 수 없다. 하지만 정말 그것이 다일까?

가령 영국의 페미니즘 소설가인 버지니아 울프가 모더니즘 소설가로서 의식의 흐름이라는 새로운 소설적 경향을 창조했던 것과 비

12. 정순진, 「정월 나혜석 초기단편소설고 : 동시기 춘원 단편소설과 대조를 중심으로」, 『어문연구』 제22호, 어문연구회, 1991, 273-288면./ 송명희, 「나혜석의 페미니즘 연구」, 『한국언어문학교육』 제4호, 한국언어문학교육학회, 1996, 71-78면./ 안숙원, 「나혜석연구: 나혜석 「경희」의 담화론적 연구」, 『여성문학연구』 제1호, 한국여성문학학회, 1999, 331-356면.

교할 만한 문학적인 새로움을 나혜석은 보여주지 못했다고 할 수 있다. 소설 「경희」(1918)가 당시의 문학사적 맥락에서 상당히 세련된 소설임에 분명하지만 냉정하게 말할 때에 나혜석은 1910년대와 1920년대의 한국문학사에서 페미니즘 문학가라는 것 이외에 새롭게 평가받을 만한 문학적 업적을 남겼다고 보기는 어렵다. 이것은 근대 여성작가 1세대들의 한계일 수 있다. 뿐만 아니라 나혜석은 문학가로서 확고한 정체성을 갖기보다는 선구적인 페미니스트 신여성으로서 계몽적 의식을 갖고 문학활동을 함으로써 페미니즘 문학가의 한계를 뛰어넘지 못했던 것은 아닌가 생각되는 측면이 있다.

나혜석 문학연구는 페미니즘 문학운동 차원의 논문과 여성연구자들에 의한 자매애적 성격의 논문이 대부분이다. 이들 논문들은 대체로 나혜석의 문학을 페미니즘 문학으로 평가하고 있다. 페미니즘이라고는 하지만 그 세부적 주제에 있어서는 다양한 양상을 보인다. 여성적 글쓰기[13], 자전적 글쓰기[14], 고백체 양식[15]과 같은 글쓰기의 방식에 주목하는 논문들이 있는가 하면 페미니즘[16], 근대적 주체 형성

---

13. 안혜련, 「1920년대 「여성적 글쓰기」의 모색:나혜석, 김명순, 김원주를 중심으로 」, 『한국언어문학』 제50호, 한국언어문학회, 2003, 307-328면./ 유홍주, 「고백체와 여성적 글쓰기」, 『현대문학이론연구』 제27호, 현대문학이론학회, 2006, 197-216면./ 김윤선, 「한국 근대 기독교와 여성적 글쓰기:나혜석을 중심으로」, 『여성문학연구』 제19호, 한국여성문학학회, 2008, 35-71면.
14. 박영혜 이봉지, 「한국여성소설과 자서전적 글쓰기에 관한 연구: 나혜석, 박완서, 서영은, 신경숙을 중심으로」, 『아시아여성연구』 제40호, 숙명여자대학교 아시아여성연구소, 2001, 7-28면.
15. 최혜실, 「신여성의 고백과 근대성」, 『여성문학연구』 제2호, 한국여성문학학회, 1999, 105-133면./ 최혜실, 「여성 고백체의 근대적 의미」, 『현대소설연구』 제19호, 한국현대소설학회, 1999, 129-167면.
16. 송명희, 「나혜석의 페미니즘 연구」, 『한어문교육』 제4호, 한국언어문학교육학회, 1996, 71-78면./ 구명숙, 「나혜석의 시를 통해 본 여성의식연구」, 『여성문학연

[17], 식민체험[18], 지식인 여성상[19], 신여성[20], 섹슈얼리티와 에로티시즘[21], 기독교 의식[22] 등의 주제론적 측면에 주목하는 논문들이 페미니즘이라는 큰 범주에서 다루어졌다.

나혜석의 문학 연구는 페미니즘 비평 가운데 대체로 여성중심비평(gynocriticism)의 방법으로 이루어졌으며, 여성적 글쓰기 등에 주목한 논문은 프랑스의 포스트모던페미니즘의 영향으로 쓰여졌다. 여성중심비평은 1975년부터 영미에서 태동된 방법론으로, 여성작

구」 제7호, 한국여성문학학회, 2002, 151-191면.

17. 이태숙, 「여성성의 근대적 경험양상」, 고려대학교 박사논문, 2000.2.
18. 이평전, 「신여성의 식민체험과 자전적 소설연구: 나혜석, 강경애를 중심으로」, 『한국어문학연구』 제43호, 한국어문학연구학회, 263-290면.
19. 조미숙, 「식민지 시대 지식인 여성상 연구」, 『한국문예비평연구』 제17호, 한국현대문예비평학회, 2005, 221-243면./ 조미숙, 「지식인 여성상의 사적 고찰: 여성작가들의 작품을 중심으로」, 『한국문학연구』 제28호, 동국대학교 한국문학연구소, 2005, 163-197면.
20. 노영희, 「일본 신여성들과 비교해 본 나혜석의 신여성관과 그 한계」, 『일어일문학연구』 제32호, 한국일어일문학회, 341-362면./ 박종홍, 「신여성의 '양가성'과 '집 떠남' 고찰」, 『한민족어문학』 제48호, 한민족어문학회, 2006, 307-332면./ 송명희, 「근대소설에 나타난 신여성 모티프」, 『인문사회과학연구』 제11권-2호, 부경대학교 인문사회과학연구소, 2010.10, 1-27면./ 최인숙, 「한 중 여성 계몽서사에 나타난 신여성의 표상: 나혜석의 「경희」와 삥신(氷心)의 「두 가정(兩個家庭)」을 중심으로」, 『한국문학연구』 제35호, 동국대학교 한국문학연구소, 2008, 355-382면.
21. 이호숙, 「위악적 자기방어제로서의 에로티즘-나혜석론」, 한국여성소설연구회, 『페미니즘과 소설비평』, 한길사, 1995./ 안숙원, 「신여성과 에로스의 역전극」, 『여성문학연구』 제3호, 한국여성문학학회, 2000, 61-91면./ 이미순, 「나혜석의 사랑담론에 대한 일 고찰」, 『한국현대문학연구』 제10호, 한국현대문학회, 2001, 185-207면./ 정순진, 「여성이, 여성의 언어로 표현한 섹슈얼리티: 나혜석의 페미니스트 산문을 중심으로」, 『인문과학논집』 제39호, 대전대학교 인문과학연구소, 2005, 45-57면.
22. 정희성, 「한 기독 신여성의 경험에 관한 연구」, 『신학사상』 제131호, 한국신학연구소, 2005.

가들의 작품을 대상으로 여성 특유의 경험과 문화를 연구하며, 텍스트 산출자로서 여성작가에 초점을 맞춘다. 여성문학의 전통을 확립하기 위해서는 문학사의 이면에서 소외되어 왔던 여성작가들의 작품을 발굴해내고 그들을 문학사에서 복원해내는 것이 최우선의 과제이기 때문이다. 그리고 발굴한 작품들을 재평가하는 한편 여성의 작품에 나타난 독특한 경험과 특성을 발견해낸다. 즉 여성의 저술에 대한 역사, 문체, 장르, 구조, 여성창조력의 정신역학, 개인이나 집단의 여성경력의 제도, 여성문학 전통의 진화와 법칙들을 밝혀내는 것이 여성중심비평의 목표이다.

나혜석뿐만 아니라 근대기의 여성작가들은 대체로 여성중심비평의 방법론에 의거하여 그들의 문학사적 위상이 복원되었다고 할 수 있다.

나혜석의 문학에 대한 연구는 장르적으로 소설에 집중되는 양상을 보인다. 소설 중에서도 「경희」에 편중된 현상은 나혜석의 작품 중 「경희」가 작품성이나 페미니즘 양 측면에서 가장 균형 잡힌 소설이기 때문이다. 「경희」 이외의 소설에 대한 연구는 안숙원이 「현숙」을[23], 송명희가 「어머니와 딸」에 주목하여 논문을 썼을[24] 뿐이다. 시에 관한 논문에는 구명숙의 「나혜석의 시를 통해본 여성의식 연구」를[25]

---

23. 김미영, 「1920년대 신여성과 기독교의 연관성에 관한 고찰」, 『현대소설연구』 제21호, 한국현대소설학회, 2004, 67-96면./ 안숙원, 「신여성과 에로스의 역전극:나혜석의 「현숙」과 김동인의 「김연실전」을 대상으로」, 『여성문학연구』 제3호, 한국여성문학학회, 2000, 61-91면.
24. 송명희, 「나혜석의 「어머니와 딸」과 대화주의」, 『내러티브』 제8호, 한국서사학회, 2004, 247-266면.
25. 구명숙, 「나혜석의 시를 통해 본 여성의식 연구」, 『여성문학연구』 제7호, 한국여성문학학회, 2002, 151-191면.

비롯하여 여러 편의 논문이 나와 있고, 희곡에 관한 논문에는 유진월과[26] 송명희[27] 정도가 있다. 이밖에 페미니즘 에세이들을 통해 페미니즘이라는 주제의식을 고찰한 논문이 다수 있다.

나혜석 문학연구에서 주목할 만한 경향은 나혜석을 국내 여성작가 또는 남성작가와 비교하는 논문뿐만 아니라 페미니즘 문학가로서 일본, 중국, 영국, 터키의 여성작가와 비교연구 하는 논문들이 18편이나 나와 있다는 점이다. 비교문학 연구논문은 주로 외국문학 연구자들이 썼으며, 나혜석과 비교되는 작가들의 출신국은 일본(7편)[28], 중국(5편), 영국(3편), 노르웨이(2편), 터키(1편) 등 다양하다. 일본작가와의 비교는 나혜석이 일본에 유학한 경험이 있기 때문에 영향관계를 논할 수 있지만 여타 다른 나라 작가와의 비교는 단순 비교인 경우가 대부분이다. 연구논문의 목록을 살펴보면 다음과 같다.

[표 3] 「나혜석 관련 비교문학연구 논문목록」

번호	저자명	논문제목	출처	발표 연도	비고
1	김보희	훼미니스트로서의 나혜석과 버어지니아 울프의 비교연구	『비교한국학』 제1호	1995	국제비교 한국학회
2	노영희	나혜석, 그 "이상적 부인"의 꿈 -동경 유학 체험과 일본 신여성들과의 만남을 중심으로-	『한림일본학』 제2호	1997	한림대학교 일본학연구소

26. 유진월, 「1930년대 여성작가의 희곡연구」, 『한국연극학』 제7호, 한국연극학회, 1995, 29-51면./ 송명희, 「나혜석의 페미니즘 연구」, 『한국언어문학교육』 제4호, 한국언어문학교육학회, 1996, 71-78면.

27. 송명희, 위의 논문.

28. 일본과의 비교연구논문은 8편으로도 볼 수 있다. 왜냐하면 최성희의 「입센과 동아시아의 신여성 -마쓰이 수마코와 나혜석의 경우-」는 일본과 한국의 작가에게 비친 입센의 영향을 논한 논문이기 때문이다.

번호	저자명	논문제목	출처	발표 연도	비고
3	노영희	일본 신여성들과 비교해 본 나혜석의 신여성관과 그 한계	『일어일문학연구』 제32호	1999	한국일어일문학회
4	노영희	近代朝鮮女性의 民族的 自我形成에 관한 연구 : 羅蕙錫의 近代日本과의 만남을 통한 民族的 自覺을 중심으로	『비교문학』 별권(1998.12)	1998	한국비교문학회
5	박종숙	한·중 두 여성의 삶과 문학 : 나혜석의 「경희」와 陳衡哲의 「洛綺思的問題」 비교	『중국현대문학』 제16호	1999	한국현대문학학회
6	유인순	한중소설에 나타난 여성의 정체성	『한중인문학연구』 제7호	2001	한중인문학회
7	송현호	노신의 「광인일기」와 나혜석의 「경희」 비교 연구 -인습의 폐해와 그 극복방안을 중심으로	『현대소설연구』 제21호	2004	한국현대소설학회
8	김화영	近代日韓における「人形の家」の受容 : 羅蕙錫と平塚らいてうの言說を中心に	『일본연구』 제20집	2005	중앙대학교 일본연구소
9	김화영	羅蕙錫と平塚らいてうの母性論に關する比較研究 :「母性」と「國家」のはざまで	『일본학보』 제68집	2006	한국일본학회
10	김화영	近代韓日における「戀愛」の受容 :羅蕙錫と與謝野晶子の言說を中心に	『일본언어문화』 제9호	2006	일본언어문화학회
11	함종선	울스튼크래프트와 나혜석, 근대적 여성 주체의 문제	『안과 밖: 영미문학연구』 제21호	2006	영미문학연구회
12	최성희	입센과 동아시아의 신여성 -마쓰이 수마코와 나혜석의 경우-	『한국연극학』 30호	2006	한국연극학회

번호	저자명	논문제목	출처	발표연도	비고
13	이덕화	영국과 한국에 있어서의 초기 해방 두 여성 작가들의 여성성의 실천적 의미 비교 연구	『여성문학연구』 제16호	2006	한국여성문학학회
14	최동호	『인형의 집』의 노라와 나혜석의 비교연구	『비교한국학』 제15호	2007	국제비교한국학회
15	최인숙	한·중 여성 계몽서사에 나타난 신여성의 표상 : 나혜석의 「경희」와 삥신(氷心)의 「두 가정(兩個家庭)」을 중심으로	『한국문학연구』 제35집	2008	동국대학교 한국문학연구소
16	손미영	近代初期 韓·中 小說의 新女性 形成 過程 比較 : 羅蕙錫의 경희(瓊姬)와 氷心의 「두 가정(兩個家庭)」	『한중언어문화연구』 제18집	2008	한국현대중국연구회
17	명혜영	한일 근대문학에 나타난 섹슈얼리티의 변용	박사논문	2009	전남대학교
18	하티제 쾨로울루	나혜석과 파트마 알리예 하늠의 소설에 나타난 여성의 근대적 자아 연구	박사논문	2010	고려대학교

4) 나혜석의 주요 연구자

나혜석의 주요연구자는 무엇보다도 전집을 발간한 이상경과 서정자를 꼽을 수 있다. 이상경은 「가부장제에 맞선 외로운 투쟁」(1995)[29], 「여성의 근대적 자기표현의 역사와 의의」(1996)[30]로 시작한

29. 이상경, 「가부장제에 맞선 외로운 투쟁」, 『역사비평』 제33호, 역사문제연구소, 1995, 321-339면.
30. 이상경, 「여성의 근대적 자기표현의 역사와 의의」, 『민족문학사연구』제9호, 민족

나혜석 연구를 『나혜석전집』(2000)과 평전인 『인간으로 살고 싶다: 영원한 신여성 나혜석』[31]으로 마무리 짓는다. 이상경은 많은 실증적 자료를 찾아냈을 뿐만 아니라 나혜석을 가부장제와 맞서 싸운 선구적인 페미니스트로 그녀의 페미니즘이 가진 혁신성과 자유로운 삶에 대한 의지에 주목하는 연구를 했다.

서정자는 「일제강점기 한국여류소설연구」(숙명여대 대학원, 1988)로부터 나혜석 연구를 시작하여 1988년 8월 한국여성문학연구회의 창립학술발표회에서 「나혜석 연구-1910년대 단편소설을 중심으로」에서 나혜석의 「경희」를 발굴하여 발표했다. 「나혜석 연구:나혜석의 처녀작 「부부」에 대하여」(1999)[32] 등으로 이어진 연구가 2001년 『정월 라혜석 전집』의 발간으로 계속된다. 이후 「나혜석의 문학과 미술 이어읽기」(2008)[33], 「문명 견문기:나혜석의 문학과 일본체험」(2009)[34] 등의 논문을 발표하였다.[35] 실증적이고 역사주의적인 연구 방법을 취해온 서정자는 미발굴의 작품을 발굴하거나 전집을 발간하는 성과를 거두었다.

송명희는 1995년에 「이광수의 『개척자』와 나혜석의 「경희」에 대한

문학사연구소, 1996.

31. 이상경은 개정판 『나는 인간으로 살고 싶다: 영원한 신여성 나혜석』을 한길사에서 2009년에 발간했다.
32. 서정자, 「나혜석 연구:나혜석의 처녀작 「부부」에 대하여」, 『여성문학연구』 제1호, 한국여성문학학회, 1999, 307-369면.
33. 서정자, 「나혜석의 문학과 미술 이어읽기」, 『현대소설연구』 제38호, 한국현대소설학회, 2008, 153-179면.
34. 서정자, 「문명견문기: 나혜석의 문학과 일본체험」, 『문명연지』 제10호, 한국문명학회, 2009, 192-205면.
35. 이밖에 나혜석 바로알기 심포지엄에서 발표한 논문(「나혜석 문학론」, 『제9회 나혜석 바로알기 심포지엄』, 나혜석기념사업회, 2006)이 있다.

비교연구」로 나혜석 연구를 시작한 이래, 1996년에 「나혜석의 페미니즘 연구」에서 나혜석의 페미니즘을 전 후기로 자유주의 페미니즘과 급진적 페미니즘으로 구분하고 이를 작품분석을 통하여 입증하였다. 바흐친의 대화주의를 적용한 논문 「나혜석의 「어머니와 딸」과 대화주의」(2004)[36]와 상호텍스트성 이론을 적용한 논문 「나혜석의 미술과 문학의 상호텍스트성」(2010) 등 송명희는 동시대 남성작가와 비교하여 나혜석의 우월성을 입증하고, 페미니즘 일변도의 연구태도를 벗어난 문학이론을 적용함으로써 나혜석을 보다 객관적으로 자리매김할 수 있는 연구태도를 취해 왔다.[37]

정순진은 「정월 나혜석 초기 단편소설고 :동시기 춘원 단편과 비교 대조를 중심으로」(1991)와 「배움, 결혼, 성별: 『무정』과 「경희」를 중심으로」에서[38] 나혜석이 문학사적 가치평가를 제대로 받을 수 있도록 이광수와의 비교를 통해서 그 우월성을 입증하였다. 이밖에 「여성이, 여성의 언어로 표현한 여성 섹슈얼리티: 나혜석의 페미니스트 산문을 중심으로」(2005)[39], 「문학작품에 수용된 나혜석의 영향 연

36. 송명희, 「나혜석의 「어머니와 딸」과 대화주의」, 『내러티브』 제8호, 한국서사학회, 2004, 247-266면.
37. 송명희는 재직하고 있는 부경대학교 대학원에서 이미화의 「나혜석의 탈식민주의 페미니즘 연구: 「경희」를 중심으로」(2003), 이경시의 「나혜석의 여성적 글쓰기 연구」(2009) 등 나혜석을 연구하는 후학들을 배출하여 나혜석 연구를 확산시키고 있다.
38. 정순진, 「배움, 결혼, 성별: 『무정』과 「경희」를 중심으로」, 『비평문학』 제20호, 한국비평문학회, 2005, 161-177면.
39. 정순진, 「여성이, 여성의 언어로 표현한 여성 섹슈얼리티: 나혜석의 페미니스트 산문을 중심으로」, 『인문과학논집』 제39호, 대전대학교 인문과학연구소, 2005, 45-57면.

구」(2005)[40] 등의 논문이 있다. 최혜실은 논문「여성 고백체의 근대적 의미 – 나혜석의「 고백 」에 나타난 '모성'과 '성욕(sexuality)'」(1999)[41], 「신여성의 고백과 근대성」(1999)과 저서『신여성들은 무엇을 꿈꾸었는가』(2000)에서 피식민자이자 여성이라는 이중의 타자성 속에서 권력에 패배한 자의 그것이면서도 권력에 대항하려는 저항의지를 담은 고백체 양식의 문학으로 나혜석의 글쓰기에 주목하였다.

이덕화는「나혜석, '날몸'의 시학」[42]에서 몸의 정치학과 고백체의 글쓰기를 결합시킨 관점으로 나혜석의 문학을 조명하는가 하면, 비교문학의 방법으로 영국 여성작가와의 비교를 시도한 논문「영국과 한국에 있어서의 초기 해방 두 여성 작가들의 여성성의 실천적 의미 비교 연구」[43], 그리고「몸으로 쓴 시 : 나혜석」[44] 등을 썼다.

안숙원은「나혜석연구 : 나혜석 소설「경희」의 담화론적 연구」(1999)[45]에서 담화론적 관점에서「경희」를 분석함으로써 1910년대를 대표하는 페미니즘 텍스트로 높이 평가하고 있다. 이밖에「신여성과 에로스의 역전극 : 나혜석의「현숙」과 김동인의「김연실전」을 대상으

40. 정순진,「문학작품에 수용된 나혜석 영향 연구」,『인문사회과학논문집』제40호, 대전대학교 인문사회과학연구소, 2005, 35-52면.
41. 최혜실,「여성 고백체의 근대적 의미– 나혜석의「고백」에 나타난 '모성' 과 '성욕(sexuality)'」,『현대소설연구』제19호, 한국현대소설학회, 1999, 129-167면.
42. 이덕화,「나혜석, '날몸'의 시학」,『여성문학연구』제5호, 한국여성문학학회, 2001, 135-162면.
43. 이덕화,「영국과 한국에 있어서의 초기 해방 두 여성 작가들의 여성성의 실천적 의미 비교 연구」,『여성문학연구』제16호, 한국여성문학학회, 2006, 273-320면.
44. 이덕화,「몸으로 쓴 시: 나혜석」,『현대시학』제420호, 2004.
45. 안숙원,「나혜석연구; 나혜석 소설「경희」의 담화론적 연구」,『여성문학연구』제1호, 한국여성문학학회, 1999, 331-356면.

로」(2000)[46], 「나혜석 문학과 미술의 만남」(2000)[47] 등이 있다.

일본문학연구자인 노영희는 「나혜석, 그 '이상적 부인'의 꿈 –동경 유학 체험과 일본 신여성들과의 만남을 중심으로–」(1997)[48], 「 근대 조선여성의 민족적 자아 형성에 관한 연구 : 나혜석의 근대일본과의 만남을 통한 민족적 자각을 중심으로」(1998)[49], 「일본 신여성들과 비교해 본 나혜석의 신여성관과 그 한계」(1999)[50]라는 3편의 논문에서 나혜석의 페미니즘 형성에 영향을 미친 일본체험과 일본 페미니스트 여성과의 영향관계를 비교문학의 방법론에 입각하여 고찰하고 있다.

일본문학과의 비교문학 논문은 김화영도 3편을 쓰고 있다. 「近代日韓における『人形の家』の受容 :羅惠錫と平塚らいてうの言說を中心に」(2005)[51], 「近代韓日における「戀愛」の受容 :羅蕙錫と與謝野晶子の言說を中心に 」(2006)[52], 「羅蕙錫と平塚らいてうの母性論に關する

46. 안숙원, 「신여성과 에로스의 역전극: 나혜석의 「현숙」과 김동인의 「김연실전」을 대상으로」,『여성문학연구』 제3호, 한국여성문학학회, 2000, 61–91면.
47. 안숙원, 「나혜석의 문학과 미술의 만남」, 『제3회 나혜석바로알기 심포지엄』, 나혜석기념사업회, 2000, 79–104면.
48. 노영희, 「나혜석, 그 "이상적 부인"의 꿈 –동경 유학 체험과 일본 신여성들과의 만남을 중심으로–」, 『한림일본학』 제2호, 한림대학교 일본학연구소, 1997, 34–54면.
49. 노영희, 「근대조선여성의 민족적 자아 형성에 관한 연구 : 나혜석의 근대일본과의 만남을 통한 민족적 자각을 중심으로」, 『비교문학』 별권, 한국비교문학회, 1998.12, 257–276면.
50. 노영희, 「일본 신여성들과 비교해 본 나혜석의 신여성관과 그 한계」, 『일어일문학연구』 제32호, 한국일어일문학회, 1999, 341–362면.
51. 김화영, 「近代日韓における『人形の家』の受容 :羅惠錫と平塚らいてうの言說を中心に」『일본연구 』 제20호, 중앙대학교 일본연구소, 2005, 155–171면.
52. 김화영, 「近代韓日における「戀愛」の受容 :羅蕙錫と與謝野晶子の言說を中心に」, 『일본언어문화』 제9호, 일본언어문화학회, 2006, 291–319면.

比較研究 :「母性」と「國家」のはざまで」(2006)[53] 등에서 일본 여성작가 히라스카 라이초우(平塚らいてう)와 요사노 아키코(與謝野晶子) 등과 비교를 시도하고 있다.

일문학자 노영희와 김화영은 국문학자들이 접근하기 어려운 일본 문학 자료를 통하여 나혜석의 페미니즘 형성에 서구 및 일본의 영향 관계를 밝히는 데 중요한 역할을 하였다.

5. 나혜석 문학연구를 위한 몇 가지 제언

위에서 살펴본 나혜석 문학연구의 현황을 반성하며, 앞으로 나혜석 문학연구가 나아갈 방향을 몇 가지 제언하고자 한다.

첫째, 나혜석의 문학연구는 방법론적으로 영미의 여성중심비평과 여성적 글쓰기에 주목한 프랑스의 페미니즘 비평의 방법론이 두루 적용되었다. 그런데 최근의 페미니즘 비평은 에코페미니즘, 탈식민주의 페미니즘, 다문화주의 페미니즘, 전지구적 페미니즘 등 새롭게 그 이론을 확장하여 왔다. 따라서 페미니즘의 새로운 이론 틀을 적용해보는 방법론적 혁신이 필요하다.

둘째, 나혜석 문학연구는 페미니즘 문학가로서 나혜석의 위상을 확고히 하는 데 성공하였지만 1914년부터 1930년대 후반에 이르는 동안의 나혜석의 글쓰기에 나타난 페미니즘을 동일한 성격으로 취

53. 김화영, 「羅蕙錫と平塚らいてうの母性論に關する比較硏究 :「母性」と「國家」のはざまで」, 『일본학보』 제68호, 한국일본학회, 2006, 195-208면.

급하는 경향이 있다. 1930년을 전후로 나혜석의 페미니즘이 자유주의 페미니즘에서 급진적 페미니즘으로 변화했다는 지적이[54] 있듯이 나혜석의 페미니즘의 변화 양상에 주목하여 작품을 분석하여야 한다. 세계사적으로 페미니즘은 1920년 전반기에 자유주의 물결에서 사회주의 페미니즘 물결로 큰 변화가 일어났다. 나혜석 개인적으로도 1910년대에는 일본유학을 통해서 자유주의 페미니즘의 세례를 받았으며, 1927년에는 파리로 유학함으로써 미술가로서 새로운 경향, 즉 이전의 인상주의 화가에서 표현파 화가로 변화하는 큰 변화를 겪었다.[55] 뿐만 아니라 파리의 선진사회를 직접 경험함으로써 페미니스트로서도 새로운 시각과 관점을 확보하게 되었다. 그리고 1930년에는 이혼의 시련을 겪기도 했다. 이러한 외국체험 및 개인적 체험은 1930년대 이후 나혜석의 페미니즘을 급진주의 성격으로 변화시킨 결정적 요인들이다. 따라서 이와 같은 페미니즘의 변화를 문학작품의 분석을 통해서 검증할 수 있어야 한다. 즉 나혜석의 페미니즘이 단일한 경향을 나타내는 것이 아니라 시기적으로 차이를 나타내며 변화하였고, 이를 반영한 글쓰기가 이루어졌다는 것을 입증할 수 있는 연구가 필요하다.

셋째, 시와 소설이 각각 6편에 불과한 나혜석의 문학작품에 대한 연구는 소설의 경우에 「경희」 한 편에 지나치게 편중된 현상을 나타낸다. 따라서 텍스트를 다른 작품으로도 확대함으로써 나혜석의 문학세계를 보다 폭넓게 조망할 수 있으며, 나혜석 문학세계의 다양성

54. 송명희, 「나혜석의 페미니즘 연구」, 앞의 책, 71-78면.
55. 송명희, 「나혜석의 미술과 문학의 상호텍스트성 」, 『한국문학이론과 비평』 제47호, 한국문학이론과비평학회, 2010, 383-406면.

을 드러낼 수 있다고 생각한다.

넷째, 미술사학자들은 나혜석의 미술을 연구할 때에 문학 연구자들이 평가한 페미니스트로서의 나혜석에 주목하여 나혜석의 미술작품을 통해서 페미니즘을 검증하려는 노력을 기울여 왔다. 하지만 문학연구자들은 미술사학자들의 논문을 거의 읽지 않으며, 나혜석의 미술적 경향에 대해서도 관심을 두지 않는다. 뿐만 아니라 문학과 미술의 상호연관성에 관심을 갖지 않는다. 다만 서정자, 송명희, 안숙원 등이 미술과 문학의 연관성에 주목하여 논문을 쓴 바 있다. 인상파 화가에서 표현파 화가로 변화한 나혜석의 화가로서의 변화가 분명 문학에도 의미 있게 반영되었을 것이다. 따라서 나혜석의 문학 텍스트와 미술 텍스트를 하나의 큰 틀에서 바라보고, 이 둘의 상호텍스트성을 규명하려는 노력이 필요하다.

다섯째, 나혜석을 연구해온 대부분의 여성학자들이 자매애적 태도를 취함으로써 자칫 연구의 객관성과 공정성을 잃을 수도 있다. 따라서 객관적이고 냉정한 태도로 나혜석의 문학을 공시적 또는 통시적 맥락에서 연구하고 평가하는 태도가 필요하다.

여섯째, 여성작가 또는 페미니즘 작가라는 타이틀을 벗어나서 일반 문학사에서 나혜석이 어떻게 자리매김될 수 있을지에 대해서도 고민해야 한다. 이를 위해서는 페미니즘 일변도의 연구태도를 지양하고 다양한 문학연구방법론으로 나혜석을 재조명하는 연구방법론적 혁신이 필요하다.

6. 결론

지금까지 나혜석 연구는 주로 여성연구자들에 의해 페미니즘 비평, 그 중에서도 여성중심비평의 관점으로 연구되어 왔다. 이들 연구들은 나혜석에게 우리나라의 대표적인 페미니즘 작가라는 평가를 내리고 있다. 확실히 나혜석은 근대를 대표하는 여성작가로서 주제적 측면에서 페미니즘이라는 계몽적 의식에 입각하여 작품을 썼고, 그 의식의 치열성은 오늘날에도 새롭게 느껴질 만큼 선구적이다. 1980년대 이후의 페미니즘 문학비평은 나혜석을 스캔들의 여성이 아니라 대표적인 페미니즘 작가로 그 위상을 복원시키는 데 크게 기여하였다.

하지만 나혜석이 여성문학사가 아니라 남녀작가를 망라한 일반 문학사에서도 제대로 평가받기 위해서는 페미니즘 문학가라는 타이틀만으로는 부족하다고 생각한다.

따라서 나혜석 연구는 페미니즘의 새로운 이론적 틀을 적용해보는 노력과 함께 페미니즘의 경계를 벗어난 다양한 문학이론을 적용하는 논문들도 많이 나와야 한다. 이것이 가능할 때에 나혜석의 문학적 가치를 객관적으로 입증할 수 있고, 나혜석의 연구는 한 단계 심화될 수 있으며, 나혜석 문학에 대한 평가도 보편성을 획득할 수 있다고 생각한다. 뿐만 아니라 나혜석 문학의 다양성을 밝히기 위해 텍스트도 한두 작품에서 벗어나 여러 작품으로 확산할 필요가 있다.

금년도에 수원에서는 나혜석 생가 복원 사업에 착수한다고 한다. 나혜석은 점점 더 확고한 역사적 인물로 자리매김되는 것 같다.

(『현대문학이론연구』 제46집, 현대문학이론학회, 2011)

06

나혜석과 백화파의 영향

1. 1910년대 일본 유학생 사회에 끼친 백화파의 영향과 나혜석

나혜석에 관한 수백 편의 논문들이 양산되고 있는 가운데 나혜석이 일반문학사에서 제대로 자리매김되기 위해서는 페미니즘 일변도의 연구 경향을 벗어나야 한다는 지적이 있다.[1] 최근 아나키즘이라는 새로운 시각의 연구를[2] 비롯하여 나혜석의 소설에 대한 연구가 「경희」 한 편에서 벗어나 여러 작품으로 확산되고 있는 것은 매우 고무적인 현상이라 하겠다. 그동안 페미니즘의 관점에서 나혜석의 작품

1. 송명희, 「나혜석 문학 연구의 현황과 과제」, 『현대문학이론연구』 제46호, 현대문학이론학회, 2011, 89-90면.
2. 김복순, 「조선적 특수의 제 방법과 아나카페미니즘의 신여성 계보-나혜석의 경우」, 『나혜석 연구』 제1호, 나혜석학회, 2012, 7-50면.

을 읽음으로써 그녀는 근대 초기의 대표적인 페미니즘 문학가로 평가될 수 있었다. 하지만 이제 나혜석이 일반문학사에서 제대로 평가되기 위해서는 페미니즘과 젠더적 관점을 벗어난 다시읽기의 필요성이 제기된다.

수년 전에 서정자는 일본의 에구사 미츠코와의 대담(도쿄, 2008. 10.30)에서 나혜석에 끼친 일본의 영향에 있어 1910년대 일본의 신여성운동을 주도한 『세이토』만이 아니라 대정기(大正期) 일본의 문화운동을 주도한 『백화(白樺)』, 『명성』 등의 영향관계가 고려되어야 한다고 언급한 적이 있다.[3] 특히 나혜석의 연인이었던 최승구가 백화파의 신봉자였다는[4] 점을 주목한다면 더욱 그렇다는 것이다.

『백화(白樺)』는 일본 관념론을 대표하는 백화파(白樺派)가 발간한 잡지이다. 『백화(白樺)』는 1910년(명치43년)부터 1923년(대정12년)까지 간행되다가 관동대지진으로 인한 어수선한 사회적 분위기 때문에 폐간된 잡지로서, 백화파를 이끈 인물들은 대부분 일본 귀족학교인 학습원(學習院)에서 수학한 최상류층 자제들이었다.[5] 상류층 출신의 경제적 유복함은 그들이 문학 자체에만 전념할 수 있는 힘을 주는 동시에 좋은 예술은 근본적으로 에고이즘 즉 자아주의에 있다는 신념을 낳게 하였다. 예술을 통하여 경제활동을 할 필요가 없었던 백화파 작가들은 자아중심적인 세계관에 깊이 젖어들면서 유일한

---

3. 서정자, 「나혜석의 문학과 일본체험」, 『제12회 나혜석 바로알기 심포지엄 발표집』, 나혜석기념사업회, 2009, 27-38면.
4. 심원섭, 『한일 문학의 관계론적 연구』, 국학자료원, 1998, 67면.
5. 김종태 · 강현구, 「일본 '백화파'에 대한 한일 비교문학적 연구-이광수와 김동인을 중심으로」, 『한국문예비평연구』 제13호, 한국현대문예비평학회, 2003, 353-354면.

가치는 오직 그들이 추구할 예술뿐이라는 관념성 짙은 예술지상주의를 신봉하게 되었다.[6] 그들은 현실의 어두움이나 인간성의 추악함을 강조한 자연주의에 강하게 반발하였고, 이상적인 인도주의에 근거하여 개성의 존중과 자유를 강하게 주장했다. 백화파의 문학운동은 미술, 연극, 음악 등 넓은 분야에 폭넓게 영향을 미쳤으며, 그 성격은 결코 단일하지 않다.[7] 백화파는 '관념론, 이상주의, 인도주의, 자아중심주의, 계몽주의, 예술지상주의' 등의 다양한 스펙트럼을 지닌 것으로 논의되어 왔다.

'백화파가 활동했던 대정(大正) 데모크라시 시대는 경제적 발전과 정치적 권리 신장의 분위기 속에서 사상계와 문학계에 새로운 변화가 야기되었던 시기였다. 즉 명치기(明治期)의 시대사조였던 기계적 유물론과 결정론적 사상이 퇴조함에 따라 객관적 물질의 세계를 중시하는 경향 대신에 주관적 요소를 중시하는 유럽 사상들이 유입되어 활발한 소개에 들어가게 되었다. 문학계에서도 자아와 현실의 추악함을 고백하는 자연주의와 퇴폐주의 경향이 퇴조하면서 개인과 세계, 우주와의 합일을 낙관적으로 구가하는 문학사상이 세력을 얻게 된 것이다. 소위 백화파 사상, 혹은 대정기 이상주의라 불린 문학사상은 이 시기의 일본 지식인은 물론이며, 1910년대에서 1920년대 초반까지 일본에서 유학했던 조선 유학생들에게도 깊은 영향을 미치게 된다.'[8]

---

6. 위의 논문, 355면.
7. 장남호 · 이상복, 『일본 근 현대 문학사』, 어문학사, 2008, 108-115면.
8. 심원섭, 「1910년대 일본 유학생 시인들의 대정기 사상체험」, 『애산학보』 제21호, 애산학회, 1998, 100면.

이광수는 백화파에게서 이상주의와 계몽주의를 취한 반면, 김동인은 백화파를 통하여 자아중심주의와 예술지상주의를 취했다는 연구나[9] 백화파의 동인인 아리시마 다케오(有島武郎)의 영향으로 김동인의 자아주의와 예술지상주의 예술관이 형성되었다는 견해에서도[10] 보듯이 조선 유학생에 끼친 백화파의 영향은 결코 단일하지 않다.

나혜석의 정신세계 형성에 그 누구보다도 깊은 영향을 미쳤을 것으로 생각되는 최승구는 백화파로부터 자아주의의 영향을 깊게 받았다. 그는 우주의 개체가 개인이라는 논리에서 시작하여 모든 인식의 주체, 의지의 주체를 개인에 두었다. 따라서 식민지적 체험의 고통도 집단이 아니라 개인 정신의 부자유, 인격적 파괴에 초점이 맞춰지며, 식민지적 고통을 치유하는 방법 역시 개인적 차원에서 출발한다. 그에게 자아는 현재의 나와 유리된, 내가 찾아야 할 크고 높고 완전한 존재이다. 일상적 나의 결함과 오류를 벗어나 완전한 나의 실현이 바로 자아실현의 길이며, 인류 구제의 길이다. 개별 인격 속에 자리하고 있는 크고 능력 있는 자아의 존재에 대한 확신, 그 존재가 우주와 통하고 있다는 주객합일의 사상, 따라서 자아실현이 인류 구제의 길로 통한다는 사상과 예술이 그것의 실현을 위한 강력한 방편이 된다는 신념은 대정기 지식인들이나 최승구가 동일하게 갖고 있었던 자아주의 사상이다. 그런데 일본의 백화파 지식인들은 그것을 세계주의로 비약시킨 반면, 최승구는 백화파의 사상에 기대 조선

9. 김종태, 앞의 논문, 372면.
10. 김춘미, 『김동인 연구』, 고대 민족문화연구소, 1985, 129-179면.

의 식민지 현실과 시인의 내적 고뇌 타파의 길을 찾고자 하였다.[11] 그는 자유의지와 개성의 자각을 위한 '정'의 육성을 주장하고 이를 바탕으로 한 '예술적 생활의 실현'을 모색하였다.[12] "1910년대에 이미 개인의 자유와 유미주의, 사회와 혁명과 예술의 관계를 고뇌한 시인"이었던[13] 최승구는 백화파의 다양한 이념적 스펙트럼 가운데에서 가장 핵심적인 자아주의의 영향을 크게 받았던 것이다.

한편 국내에서 창간된 『폐허』가 『백화』를 모델로 하였다는 김윤식의[14] 견해로부터 백화파와의 교섭이 폐허파의 문학적 이념에 영향을 끼쳤다는 것이[15] 여러 학자들에 의해 밝혀지고 있다. 특히 폐허파의 핵심인물이었던 염상섭의 개성론은 일본의 백화파, 특히 시가 나오야(志賀直哉1883-1971)와의 교류와 영향에서 형성되었다고 본다. 즉 1910년대-1920년대 일본에서 개인에 대한 관심이 사회적으로 고양됨으로써 개인주의적 자아주의적 근대사상으로 문학적 경향이 기울어진 특징이 염상섭의 자아 각성과 개성 추구라는 문학론에 영향을 끼쳤다는 것이다.[16] 염상섭의 개인주의가 백화파의 야나기 무네요시 등과 유학생 동료들을 매개로 교류하면서 형성되었다는 견해[17] 등

---

11. 심원섭, 앞의 논문, 108-11면.
12. 권유성, 「1910년대 『학지광』 소재 문예론 연구」, 『한국민족문화』 제45호, 부산대학교 한국민족문화연구소, 2012, 33면.
13. 정우택, 「『근대시론』의 매체적 성격과 문예사상적 의의」, 『국제어문』 제34호, 국제어문학회, 2005, 179면.
14. 김윤식, 『염상섭 연구』, 서울대학교 출판부, 1989, 78-105면.
15. 김희정, 韓國近代文學成立期における大正期日本文學の受容 : 『白樺』派を中心に, 金澤大學 大學院 博士論文, 2003.
16. 김성은, 「시가 나오야와 염상섭 문학의 비교연구 : 자아발현 표현을 중심으로」, 한양대학교 석사논문, 2011, 1면.
17. 최인숙, 「염상섭 문학의 개인주의」, 인하대학교 박사논문, 2013.2, 1-177면.

염상섭과 백화파의 영향관계는 여러 학자들에 의해서 계속 연구되고 있다.

1910년대 일본에 건너간 조선 유학생들에게 대정기 일본의 문화운동을 주도했던 백화파의 영향력은 절대적인 것으로서 도쿄에서 발간된 『학지광(學之光)』을 위시해서 국내에서 발간된 잡지 『폐허』에 이르기까지 그 영향력은 광범위하였다. 특히 『학지광』의 담론에서 물질과 욕망을 거부하고 정신과 영혼을 통한 내면의 강조, 즉 정신적 이상주의는 한국근대소설사에 감성, 욕망, 본능을 충실하게 그리는 한계를 갖도록 영향을 미쳤다는 지적이 있다. 하지만 남성 지식인들과는 다른 위치, 즉 주변적 여성으로서 나혜석은 그와 같은 주류적 경향으로부터 벗어나 있었으며, 1910년대 대부분의 근대소설들이 절망과 자폐의 세계에 갇혀 있고, 내면의 세계를 전면화하는 것을 근대문학의 특권으로 내세운 것과는 정반대의 위치에 서 있었다는 견해도 있다. 즉 소설 「경희」를 『학지광』이 아닌 『여자계』에 발표했다는 점, 『학지광』의 남성문인들이 사용한 추상적인 국한문혼용체가 아니라 구어체의 한글문체를 사용했다는 것 등을 근거로 나혜석이 『학지광』의 한계나 백화파의 영향을 벗어나 있었다고 양문규는 주장한다.[18]

여성인 나혜석이 남자 유학생들 중심의 주류에서 어느 정도는 벗어나 있었다는 것을 일정 부분 인정한다 하더라도 나혜석은 그녀가 주도적으로 조직한 재일조선여자친목회에서 발간한 『여자계』에 「경

---

18. 양문규, 「1910년대 유학생 잡지와 근대소설의 형성」, 『현대문학의 연구』 제34호, 한국문학연구학회, 2008, 163-164면.

희」를 발표했던 1918년보다 4년 앞서 『학지광』[19] 제3호(1914.12)에 「이상적 부인」을 발표한 데 이어 「잡감」(1917.3), 「잡감-K 언니에게 여함」(1917.7)이라는 글을 발표했던 『학지광』의 주요필자였다. 뿐만 아니라 그녀는 둘째오빠 나경석의 소개로 『학지광』의 편집에 관여하던 최승구를 비롯하여 여러 유학생들과 각별한 친분관계를 형성하고 있었다. 특히 최승구는 그녀의 연인이었다. 이런 인간관계로 인해 나혜석은 『학지광』에 글을 발표하게 되었던 것이다. 그보다도 「이상적 부인」에서 나혜석은 양문규의 주장과는 달리 『학지광』의 다른 필자들과 마찬가지로 국한문혼용체를 사용하고 있다. 그녀는 1917년에 발표한 「잡감」에 와서야 비로소 구어체를 사용하는 문체상의 변화를 나타내고 있다. 그리고 1918년에 발표한 「경희」는 소설이므로 당연히 구어체를 사용하고 있다. 따라서 여성이라는 주변적 위치나 구어체의 한글문체를 사용했다는 점 등을 이유로 나혜석이 백화파의 영향을 받은 『학지광』의 영향권에서 벗어나 있었다고 본 것은 부분적으로는 맞을 수 있으나 지엽적인 해석이라고 생각된다.

백화파가 유행하던 1910년대에 일본에 유학(1913-1918)했던 나혜석이 이광수, 김동인, 최승구, 염상섭 등과 마찬가지로 백화파의 영향을 받았을 가능성은 매우 크다. 더욱이 그녀는 백화파의 영향을 받은 『학지광』에 3편의 글을 발표한 『학지광』의 주요필자 가운데 한 사람으로서 일본의 백화파와 마찬가지로 상류층 출신이었다. 뿐만

---

19. 1914년 4월에 창간되어 1930년 4월에 종간된 일본 동경의 조선유학생학우회의 기관지로서 초기 발행인은 김병로(金炳魯) 최팔용(崔八鏞) 등이다. 우리나라 학술계와 사상계에 크게 이바지하였으며, 특히 신문학사조의 도입 및 창작에 큰 영향을 끼쳤다.(네이버 지식백과-국어국문학자료사전, 1998)

아니라 『백화』를 모델로 하여 창간된 『폐허』의 동인으로도 참가하여 2호(1921.2)에 시 「냇물」과 「사(砂)」 2편을 발표한 바 있다. 더욱이 그녀에게 정신적으로 절대적 영향을 끼쳤을 첫사랑의 연인, 1910년대 유학생 사회의 지도적 위치에 있었으며 기품과 사상이 높고 많은 이들의 흠모의 대상이었던[20] 최승구가 백화파의 열렬한 숭배자였으며, 『학지광』의 편집인이었다는 점 등은 그 가능성을 더욱 크게 만든다.

2. 『백화』의 후기인상주의 소개와 화가 나혜석

나혜석에게 미친 유학생 사회와 문단의 외적 네트워크도 중요하지만 잡지 『백화』는 문예잡지로서의 성격만이 아니라 미술잡지로서도 중요한 의의를 가지고 있었다는 점을 간과해서는 안 된다. 왜냐하면 나혜석은 문학인이기 이전에 서양화를 전공하는 미술학도였기 때문이다. 당시 『백화』는 로댕 특집호를 통해 일본에 처음으로 조각가 로댕의 이름을 알렸는가 하면, 세잔느, 고흐, 고갱 등 후기인상주의 화가들을 계획적으로 소개하는 역할을 담당했다. 로댕은 실제 인물이나 모델에 대한 정확하고 사실적인 묘사보다 현실감 넘치는 인물상을 표현하고자 했던 조각가이다. 다시 말해 인물의 성격, 인물이 가진 느낌, 내면을 표현하는 데 주력했던 후기인상주의 조각가였다. 백화파가 기획하여 소개한 후기인상주의는 사실주의의 객관성을 배제하면서 주관적인 감정에 근거하는 새로운 표현양식에 대한 시도들

20. 김윤식, 앞의 책, 45면.

을 통해 시대적 변화에 적극적으로 반응했던 사조이다. 『백화』는 동시대의 서구 미술을 사명감을 가지고 적극적으로 일본에 소개하는데 주력했다. 예를 들면 세잔느, 고흐 등의 후기인상파의 미술을 마치 보편적인 미의 기준처럼 인식하고 받아들였다. 서구적인 것에 심취하고 있던 백화파는 후기인상주의 미술을 동시대에 서구에서 유행하는 가장 모던한 것으로 인식하고 그것을 통해서 근대적인 감각을 습득하려 노력했다.'[21]

따라서 나혜석은 문학적 측면뿐만 아니라 미술적인 측면에서도 잡지 『백화』에 주목하였을 가능성이 매우 크다. 노영희는 백화파의 문학활동이 나혜석에게 좋은 관심거리가 되었을 것이라고 말한 적이 있다.[22] 실제로 나혜석은 1926년에 쓴 「미전 출품제작 중에」라는 글에서 "형체와 색채와 광선에만 너무 중요시"하는 그림, 즉 "개인성 즉 순예술적 기분이 박약"한 자신의 그림에 대해서 깊은 내적 고민에 빠져 있음을 고백하고 있다.

> 즉 나는 학교시대부터 교수 받는 선생님으로부터 받은 영향상 후기인상파적 자연파적 경향이 많다. 그러므로 형체와 색채와 광선에만 너무 중요시하게 되고 우리가 절실히 요구하는 개인성 즉 순예술적 기분이 박약하다. 그리하여 나의 그림은 기교에만 조금씩 진보될 뿐이요, 아무 정신적 진보가 없는 것 같은 것이 자기 자신을 미워할 만치 견딜 수 없이

21. 이병진, 「문화로써의 시라카바파(『白樺』)의 담론공간」, 『일본언어문화』 제10호, 일본언어문화학회, 2007, 273-293면.
22. 노영희, 「일본 신여성들과 비교해본 나혜석의 신여성관과 그 한계」, 『일어일본학연구』 제32호, 일어일문학회, 1998, 344면.

괴로운 것이다.[23]

인용문에서 보듯이 나혜석은 학교시절에 받은 교육의 영향으로 후기인상파적 자연파적 경향의 그림을 그리게 되었다고 고백하고 있다. 인용문에서 나혜석이 '후기인상파적'이라고 했던 것은 그녀가 인상파적 화풍을 후기인상파적 화풍으로 오해한 데서 나온 것이었다.(아니면 이는 단순한 인쇄상의 오식이나 표기상의 오기일 수도 있다.) 왜냐하면 그녀가 말한 '형체와 색채와 광선'을 매우 중시하는 화풍, 다시 말해 '개인성, 즉 순예술적 기분이 박약한 화풍'이란 후기인상파가 아니라 인상파의 화풍이기 때문이다.[24]

여기서 간과하지 않아야 할 중요한 점은 나혜석이 인상파를 후기인상파로 오해했다는 것이 아니라 그녀가 자신의 그림을 통하여 개인성과 자아를 표현하고자 열망하였다는 것이다. 후기인상주의는 사실주의의 객관성을 배제하면서 주관적인 감정에 근거하는 새로운 표현양식에 대한 시도들을 통해 시대적 변화에 적극적으로 반응하던 미술사조이다. 화가로서 나혜석은 "개인성, 즉 순예술적 기분이 박약한 화풍", 즉 "기교의 진보만이 있을 뿐 정신의 진보가 없는" 화풍에 대해서 깊은 내적 갈등을 안고 있었다. 그녀는 '형체와 색채와

---

23. 나혜석, 「미전 출품제작 중에」(『조선일보』, 1926.5.20.-23), 서정자 편, 『원본 나혜석 전집』, 푸른사상, 2013, 557면.(현대어의 표기법에 따라 필자가 번역하였으며 앞으로의 인용문 역시 현대 한글맞춤법에 따라 번역하여 인용하겠다.)

24. 이와 관련하여서는 「나혜석의 미술과 문학의 상호텍스트성」에서 상세하게 논한 바가 있기 때문에 구체적인 논의는 생략한다.(송명희, 「나혜석의 미술과 문학의 상호텍스트성」, 『한국문학이론과 비평』 제47호, 한국문학이론과 비평학회, 2010, 383-406면.)

광선'을 중시하는 인상파적 그림이 아니라 '개인성과 자아'를 표현하고자 하는 후기인상파적 그림을 그릴 수 있기를 갈망하였던 것이다. 그리고 이것은 백화파가 소개했던 후기인상주의, 그들의 자아주의와 맥락을 같이하는 회화의 경향으로 파악할 수 있다.

나혜석이 후기인상파적 그림을 그리고자 했지만 이를 제대로 표현하지 못하는 데서 오는 화가로서의 갈등은 1927년에 이루어진 파리 유학에서 '자아의 표현과 예술의 본질'을 잊지 않는 야수파 입체파 표현파 등의 화풍을 익힘으로써 해소된다. 야수파란 인상파와 신인상파의 타성적인 화풍에 반기를 든, 외계 질서를 그대로 화면에 재현하는 것이 아니라 주정적이고 개성적인 자아 표출에 목적을 둔 화풍이다. 표현파 역시 작가 개인의 내부생명, 자아 혼의 주관적 표현을 추구하는 감정 표현의 예술이다. 따라서 파리 유학 후 나혜석의 그림이 야수파적 표현파적 화풍으로 변화했을 때, 그것은 그녀가 표현주의의 선구자였던 로제 비시에르가 지도하는 미술연구소에서 공부했고, 대표적인 야수파 화가 마티스에 심취했던 결과만은 아니었다고 생각한다. 즉 파리 유학 이전부터 나혜석은 인간의 내면과 주관적 감정세계를 표현할 수 있는 후기인상주의 화풍을 익히고자 하는 강한 내적 동기를 가지고 있었다. 그리고 파리 유학은 그녀에게 그 출구를 열어주었다고 할 수 있다.[25]

나혜석은 파리 유학 이전부터 백화파의 영향으로 자신의 그림을 통하여 인간의 내면, 즉 주관적 자아를 표현하고자 하는 후기인상파적 회화를 그릴 수 있기를 열망하였고, 파리 유학을 통해 그 표현기

25. 송명희, 위의 논문, 392-393면.

법을 배움으로써 이후의 그림들이 후기인상주의 화풍으로 변화하게 된 것이다. 오광수[26], 김홍희[27], 박영택[28] 등의 미술사가들은 나혜석의 그림을 파리 유학 전과 후, 즉 초기와 후기로 나누면서 초기의 그림을 일본 관학파의 외광파적 인상주의로, 후기를 야수파적 표현파적 화풍, 즉 후기인상주의로 변화한 것으로 평가하였다.

나혜석은 파리 유학 이후 인상파와 후기인상파의 차이에 대해 분명하게 구별하며, 주관적 자아 표현이야말로 예술의 본질로 인식한다.

> 인상파 급 신인상파 화가들이 일광 공기를 중시하여 자연에서 얻은 찰나의 인상을 표현한 반면으로 후기인상파 화가들은 그것을 종합적으로 표현하려고 하였다. 즉 전자는 객관적이라 할 수 있고, 후자는 주관적이라고 할 수 있다. 다시 말하면 인상파나 신인상파는 광선 묘사에는 성공하였으나 인간성을 잊었었다. 이와 같이 후기인상파의 화가들은 자아의 표현과 예술의 본질을 잊지 아니하였다. 즉 예술의 정신을 창조적으로 개체화하려고 하였다.[29]

즉 그녀는 「파리의 모델과 화가생활」(『삼천리』, 1932.3-4)에서 인

26. 오광수, 『한국현대미술사』(1995년 개정판), 열화당, 1997, 31-48면.
27. 김홍희, 「나혜석 미술작품에 나타난 양식의 변화: 일본식 관학파 인상주의에서 프랑스 야수파풍의 인상주의로」, 『제2회 나혜석 바로알기 심포지엄 발표집』, 나혜석 기념사업회, 1999, 17-35면.
28. 박영택, 「한국 근대미술사에서의 나혜석의 위치」, 『제6회 나혜석 바로알기 심포지엄 발표집』, 나혜석 기념사업회, 2003, 5-34면.
29. 나혜석, 「파리의 모델과 화가생활」(『삼천리』, 1932.3-4), 서정자 편, 앞의 책, 576면.

상파(신인상파)와 후기인상파의 차이를 한마디로 객관적/주관적으로 구분한다. 그리고 고전파와 낭만파, 바르비종파, 인상파, 신인상파, 후기인상파, 입체파, 야수파, 표현파, 추상파 구성파, 신흥예술, 현재 프랑스 화계 등 서양회화의 주요 흐름에 대해서 주요화가와 그 기법을 소개할 정도로 미술의 유파에 대한 지식이 깊어지게 된다.

결론적으로, 파리 유학 이전부터 나혜석은 자신이 동경여자미술학교에서 배운 인상파적 자연파적 화풍에 대해서 화가로서 깊은 갈등에 휩싸여 있었으며, 이 갈등은 파리 유학에서 후기인상주의 화풍을 배움으로써 해소된다. 즉 화가 나혜석은 일본 유학시절에 잡지 『백화』에서 집중적으로 소개했던 서양의 가장 모던한 화풍인 후기인상주의의 영향으로 자아와 내면 표현의 주관적 감정세계를 표현할 수 있는 그림을 그리고자 하는 욕망을 강하게 가졌지만 그 표현기법을 배우지 못하다가 파리 유학을 통해 이를 배워 이후의 그녀의 그림이 후기인상주의 화풍으로 변화할 수 있었다고 할 수 있다. 따라서 나혜석은 미술의 측면에서 백화파의 영향을 크게 받았다고 할 수 있다.

3. 나혜석의 글에 대한 백화파적 시각의 다시읽기

나혜석과 백화파의 관계를 논의하기 위해서는 단순히 외적 네트워크만을 논의한다면 그것은 핵심이 빠진 공허한 것이라고 하지 않을 수 없다. 따라서 그동안 페미니즘의 맥락 안에서만 읽어온 나혜석의 글들을 백화파의 영향이란 맥락에서 다시읽기를 시도해야 할 필요성이 제기된다. 앞 장에서 언급했듯이 백화파는 '관념론, 이상주의, 인도주의. 자아(중심)주의, 계몽주의, 예술지상주의' 등의 다양한 스펙트럼을 지닌 것으로 평가되어 왔다. 따라서 나혜석의 글을 '관념론, 이상주의, 인도주의, 자아(중심)주의, 계몽주의, 예술지상주의' 등의 관점에서 다시읽기를 하지 않을 수 없다.

나혜석의 첫 번째 글은 『백화』의 영향을 크게 받은 잡지 『학지광』 제3호(1914.12)에 발표한 「이상적 부인」이다. 이 글은 "양처현모의 부덕을 강조하고 여성을 노예화하는 차별적 교육을 비판한 논설",[30] 우리나라 최초의 근대적 여권론,[31] 혹은 여성 억압의 성차별을 극복하고자하는 계몽주의적 여성관을 드러낸 글,[32] 즉 페미니즘의 관점에서 해석되어 왔다. 하지만 이 글을 다시 읽어 볼 때 나혜석의 이상주의자로서의 면모가 강하게 드러나고 있다.

> 먼저 이상(理想)이라 함은 하(何)를 운(云)함인고. 소위 이상(理想)이라, 즉 이상의 욕망의 사상이라. 이상(以上)을 감정적 이상(理想)이라 하면, 차(此) 소위 이상은 영지적(靈智的) 이상이라.
>
> 연하면 이상적 부인이라 할 부인은 그 누구인고. 과거 및 현재를 통하여 이상적 부인이라 할 부인은 없다고 생각하는 바요. 나는 아직 부인의 개성에 대한 충분한 연구가 없는 고(故)이며, 또 자신의 이상은 비상한 고위(高位)에 존함이오.
>
> 혁신으로 이상을 삼은 카츄사, 이기(利己)를 이상을 삼은 막다, 진(眞)

---

30. 송명희, 「나혜석의 페미니즘 연구」, 『한어문교육』 제4호, 한국언어문학교육학회, 1996, 72면.
31. 이상경, 「여성의 근대적 자기표현의 역사와 의의」, 『한국근대여성문학사론』, 소명출판, 2002. 50면.
32. 이태숙, 『여성성의 근대적 경험 양상』, 고려대학교 박사논문, 2002.2, 30면.

의 연애를 이상을 삼은 노라 부인, 종교적 평등주의로 이상을 삼은 스토우 부인, 천재적으로 이상을 삼은 라이초우 여사, 원만한 가정의 이상을 가진 요사노 여사, 제씨와 여(如)히 다 방면의 이상으로 활동하는 부인이 현재에도 불소(不少)하도다.

나는 결코 차 제씨의 범사에 대하여 숭배할 수는 없으나, 다만 현재 나의 경우로는 최(最)히 이상에 근(近)하다 하여, 부분적으로 숭배하는 바라. 하고(何故)오, 피등의 일반은 운명에 지배되어, 생장 발전 즉 충실히 자신을 발전함을 공포하여, 항상 평이한 고정적 안일 외에 절대의 이상을 가지지 못한 약자임이라.[33]

이 글에서 나혜석은 이상을 감정적 이상과 영지적(靈智的) 이상 둘로 구분한다. 그리고 자신은 영지적 이상, 즉 정신주의적 이상에 관심을 두고 있다는 것을 밝힌다. 나혜석은 과거 현재를 통하여 영지적 이상을 실현시킨 이상적 부인은 없다고 하면서도 작품의 여주인공들(카츄사, 막다, 노라)과 실제 활동했던 여성작가들(스토우 부인, 라이초우 여사, 요사노 여사)인 6명의 경우는 다방면으로 이상에 가장 근접한 인물들로 평가한다.

즉 톨스토이의 소설 『부활』의 여주인공 카츄사는 혁신을 이상으로 삼았으며, 쥬드만의 희곡 『고향』의 여주인공 막다는 이기(利己)를 이상으로 삼은 존재이다. 입센의 희곡 『인형의 집』의 주인공 노라는 진(眞)의 연애를 이상으로 삼은 인물이고, 『엉클톰스캐빈』을 쓴 스토우 부인은 종교적 평등주의를 이상으로 삼은 인물이며, 일본의 여성운동가 라이초우 여사는 천재적으로 이상을 삼은 인물이다. 그리고 일

33. 나혜석, 「이상적 부인」, 서정자 편, 앞의 책, 363면.

본의 시인 요사노 여사는[34] 원만한 가정의 이상을 지닌 인물로 제시된다.

『부활』, 『고향』, 『인형의 집』은 나혜석의 유학시절에 일본에서 연극으로 공연되어 인기 절정을 누리던 작품들로서 그 주인공인 카츄사, 막다, 노라는 신여성의 대표적 존재로 회자되었다.[35] 그리고 히라스카 라이초우와 요사노 아키코는 나혜석이 일본에 유학했을 당시 일본 페미니즘 문학을 선도하던 지도적 위치의 여성작가들이다. 라이초우는 잘 알려져 있다시피 페미니즘 잡지 『세이토(靑鞜)』를 창간한 페미니스트로서 "태초에 여성은 태양이었다. 진정한 사람이었다. 지금 여성은 달이다. 타인에 의존하여 살고 타인의 빛에 의해 빛나는 병자와 같이 창백한 얼굴의 달이다"로 시작하는 창간사를 통해 타율적 존재가 아닌 주체성을 갖는 자율적 존재로서 여성의 자아회복을 주장했다. 요사노 아키코도 『세이토(靑鞜)』의 찬조회원이었다. 그녀는 "정절 인종 온순 등의 부도(婦道)와 인습을 무시하고 자아의 시를 노래"했으며,[36] 『산실일기』에서는 아이를 낳게 만든 남자를 저주하며 출산의 고통을 그려냈다.[37] 그녀는 자유주의자, 자유연애주의자, 여성해방주의자로서 가부장적 가족제도에 저항했으며, 남녀평등주의의 가정을 강조했던 인물이었다.[38] 나혜석이 요사노에 대해 말한 '원

---

34. 요사노 아키코(與謝野晶子)(187-1942)는 『헝크러진 머리』를 쓴 일본의 여성시인이자 페미니스트 문학가.
35. 노영희, 앞의 논문, 346면.
36. 이와부치 히로코 기타다 사치에 편저, 이상복 최은경 역, 『처음 배우는 일본여성문학사』, 어문학사, 2008, 97면.
37. 요사노 아키코의 『산실일기』는 나혜석의 「모된 감상기」와 비교할 만하다.
38. 노영희, 앞의 논문, 355면.

만한 가정의 이상'은 의미상 현모양처로 오해될 소지가 있지만 그녀의 사상적 맥락에서 해석해 볼 때에 남녀평등적인 원만한 가정을 의미하는 것으로 해석된다.

나혜석이 이상적 여인으로 제시한 카츄사, 막다, 노라를 해석해 볼 때에 '카츄사'는 네플류도프를 정신적으로 갱생시켰을 뿐만 아니라 그녀 자신이 자아혁신을 이룬 인물이다. 독일의 극작가 쥬드만의 희곡에 등장하는 여주인공 '막다'는 이기, 즉 자아주의를 이상으로 삼았으며, 입센의 『인형의 집』의 노라 역시 자아로서의 주체성을 회복하기 위해 가부장적 집에서 가출한 여성으로서 3명의 작중인물들은 현실에 매몰되지 않는 이상을 추구한 여성들이다. 그리고 이상적 부인의 실제인물로 제시된 3명의 여성작가 중에 스토우 부인은 노예해방, 그리고 라이초우와 요사노는 여성해방의 이상을 표방하고 실천한 인물들로 파악할 수 있다. 즉 자아(개인 주체)의 중요성을 인식하고 그 이상을 추구한 인물들로서 나혜석은 작중의 여성인물 3명과 실제 여성작가 3명을 예로 든 것이다. 그러나 기존의 논문들은 이를 모두 페미니즘의 관점에서만 해석하여 왔다. 본고는 이를 전면적으로 부정하지는 않는다. 하지만 백화파의 물질과 욕망을 거부하고 정신과 영혼을 통한 내면의 강조, 즉 나혜석이 '영지적 이상'이라 부르고 있는 정신적 이상주의의 맥락에서도 해석이 가능하다는 것을 말하지 않을 수 없다. 그리고 그 정신적 이상주의는 페미니즘과 상치되는 것이 아니라 궁극적으로 페미니즘에 수렴된다고 보는 것이 정확한 해석일 것이다.

김정현은 「이상적 부인」에 대해 "이것은 나혜석 자신의 '이상적' 면모가 여성주의 운동 그 자체로 한정되는 것이 아니라 더 높은 차원으로서의 '영혼의 지혜'와 갖는 관련성을 통해 규정되어야 함을 암시적으로 드러내는 것"이라고 지적한 바 있다. 즉 「이상적 부인」은 나혜석의 사상적, 예술적 원천이 단순히 '여성주의'에 국한되어 있지 않다는 점을 보여주며, 그것은 서두의 '영혼의 지혜'와 말미의 '내적 광명'을 관통하는, 절대적인 예술에 대한 무한한 동경과 헌신적 태도를 보여주는 것이 핵심이라고 주장했다.[39] 즉 김정현은 나혜석의 이상을 여성주의를 넘어서서 절대적 예술에 대한 동경과 헌신으로 해석하였다. 하지만 나혜석의 여성주의가 예술지상주의에 수렴된다는 해석은 나혜석의 사상적 맥락에서 전혀 타당성을 얻기 어렵다.

나혜석은 「이상적 부인」에서 운명에 지배되어 자신의 생장발전을 두려워하여 평이하고 고정적 안일에 젖어 절대의 이상을 가지지 못한 일반 대중을 약자로 규정하였다. 그리고 도덕상 부인, 자기의 세속적 본분만을 완수하는 것을 이상이라 할 수 없고, 가장 이상에 근접한 신상상(新想像)으로 생장하여야 함을 강조하였다. 이와 같은 관점에서 현모양처의 이상도 반드시 취할 바가 아니라고 역설하였던 것이다. 왜냐하면 당시 일제가 여성교육의 목표로 삼은 현모양처란 "현재 교육가의 상매적(商賣的) 일 호책(好策)"에 불과하다는 것을 일찍이 통찰했기 때문이다. 나혜석은 현모양처 이데올로기의 허위의식을 일찍부터 꿰뚫어봄으로써 현모양처란 "여자에 한하여 부속물된 교육주의라. 정신 수양상으로 언(言)하더라도 실로 재미없는 말이라. 또 부인의 온양유순으로만 이상이라 함도 필취할 바가 아닌

39. 김정현, 「나혜석 초기 텍스트에 나타나는 예술가적 주체의 수사학」, 『한국현대문학연구』 제41호, 한국현대문학회, 2013, 279-281면.

가 하노니, 운(云)하면 여자를 일 노예 만들기 위하여 차(此) 주의로 부덕의 장려가 필요하였었도다."라고 비판할 수 있었던 것이다. 즉 현모양처의 부덕이란 여자를 부속물로 여기며 노예화하기 위한 이데올로기에 불과하므로 이를 필히 취할 필요가 없다는 것을 이상주의 차원에서 비판하였던 것이다. 이때의 이상주의란 바로 '신상상(新想像)'인 페미니즘의 이상이라는 것은 췌언을 필요로 하지 않는다.

나혜석 그녀가 생각하는 '이상적 부인'은 지식과 기예(技藝), 그리고 무슨 일을 당하든지 상식에 따라 처리할 실력을 갖춘 인물이다. 또한 이상적 부인의 덕목으로 나혜석은 자기 개성을 발휘할 수 있으며, 현대를 이해하는 사상, 지식, 품성 면에서 시대의 선각자가 되어 실력과 권력을 갖춘 여성, 또는 사교나 신비상 내적 광명을 갖추어야 한다는 조건을 제시하였다. 그리고 그녀도 그와 같은 이상을 추구하는 일생을 살 것을 다짐한다. 즉 「이상적 부인」에서 나혜석은 영지적 이상, 즉 백화파가 표방한 정신적 이상주의의 차원에서 현모양처를 비판했고, 그녀 자신은 정신적 이상주의를 실천하는 삶을 살 것을 표명하였던 것이다. 그리고 그 이상주의는 페미니즘으로 수렴되는 것이라고 말하지 않을 수 없다.

나혜석의 이와 같은 사상은 「잡감」(1917.3), 「잡감-K언니에게 여함」(1917.7) 등으로 이어진다. 그녀는 20C를 성 전형화된 여성성을 탈피하여 여성의 무대로 만들어 나가야 할 시기로 규정한다. 그녀는 「잡감-K언니에게 여함」에서 삼종지도를 여자의 전 생명으로 삼아서는 아니 되며, 『여성의 권리 옹호』를 썼던 영국의 자유주의 페미니스트 메리(메리 울스턴크래프트)(Mary Wollstonecraft, 1759-1797)나 프랑스의 작가이자 프랑스혁명의 지도자였던 롤랑 부인

(Madame Roland, 1754-1793)과 같은 여성이 되자고 언니에게 청한다.

"여성의 주체성 확립, 경제적 자립, 교육의 기회균등, 사회적 편견의 제거, 법 앞의 평등, 결혼에서의 불평등 제거, 직업 선택의 자유, 정치적 권리보장, 모성보호 등의 여성문제를 제기"했던[40] 자유주의 페미니스트 메리 울스턴크래프트, 프랑스 혁명 당시 지롱드파의 핵심적 인물이었던 혁명가 롤랑 부인처럼 나혜석은 사회의 진보를 희망하는 이상주의였다고 할 수 있다. 울스턴크래프트처럼 나혜석은 이성과 감성을 겸비한 주체로서 개인의 해방과 자유를 주창한 자유주의 페미니스트였고, 개인의 자유와 사회의 진보가 비례한다고 믿었던 계몽주의자였으며,[41] 이상주의자였다.

자유주의 페미니즘은 개인의 자율성과 자아실현이라는 전통적인 자유주의 개념을 바탕으로 성립되었다. 즉 독립성과 자유를 갖는 개인 주체를 모든 사고와 행위의 출발점으로 삼는다는 점에서 나혜석의 페미니즘, 즉 초기의 자유주의 페미니즘은 백화파의 자아주의와 맥락을 같이한다고 볼 수 있다.

나혜석의 자아주의를 잘 표출한 글에 「나를 잊지 않는 행복」(『신여성』, 1924.8)을 들 수 있다.

> 우리는 어서 속히 내 한 몸이 있는 것을 확인(確認)하여야 하겠고, 동시에 내 몸이 귀엽고 사랑스럽고 아껴야 할 것을 잊지 않도록 되어야 하

---

40. 송명희, 『페미니즘 비평』, 한국문화사, 2012, 4면.
41. 함종선, 「울스튼크래프트와 나혜석, 근대적 주체의 문제」, 『안과 밖』 제21호, 영미문학연구회, 2006, 61-62, 88면.

> 겠다. 내 몸이 귀엽거늘 어찌 남의 손에만 맡겨둘 수 있겠으며, 내 몸이 사랑스럽거늘 어찌 반드시 한(限)있는 다른 사람의 사랑으로만 만족할 수 있으랴! 내 몸이 아깝거늘 어찌 남의 일만 죽도록 보아주고 남을 편하게 해주기만으로 일생을 보낼 수 있으랴! 자기를 잊지 않고서라야 남을 진심으로 사랑할 수 있을 것이요, 자기를 잊지 아니하는 가운데에 여자의 해방(解放), 자유, 평등이 다 있는 것이요, 연애의 철저가 있을 것이며 생활개선의 기초(基礎)가 잡힐 것이며 경제상 독립의 마음이 날 것이다.[42]

이 글에서 강조한 사상의 핵심도 바로 '나'이다. 즉 개인적 자아의 중요성을 강조하며 나를 사랑하는 가운데 남도 사랑할 수 있으며, 바로 나를 잊지 않는 속에서 여성의 해방, 자유, 평등이란 페미니즘의 이상도 실현할 수 있다는 것이 요지이다. 따라서 나혜석의 자아주의는 페미니즘의 이상과 연결되어 있고, 그녀의 페미니즘은 자아주의를 바탕으로 하였다고 해석할 수 있다. 페미니즘이란 타인에 대한 희생을 강조하는 이타적 사상이 결코 아니다. 이는 남성중심사회의 타자로 규정되어 왔던 나를 주체로 회복시키는 이기적인 자아주의 사상이라고 할 수 있다. 삼종지도와 현모양처 속에 소외된 타자적 종속적 부속적 삶을 벗어나 나란 주체성을 확고히 확립하는 자아회복의 사상이 바로 자유주의 페미니즘의 요체이다. 따라서 나혜석의 자아주의는 자유주의 페미니즘과 떼려야 뗄 수 없는 긴밀한 관계에 놓여 있다고 할 수 있다. 나혜석의 인간 주체에 대한 강조는 소설 「경희」의 결말에서도 강조된다.

---

42. 나혜석, 「나를 잊지 않는 행복」, 서정자 편, 앞의 책, 464-465면.

> 경희도 사람이다. 그 다음에는 여자다. 그러면 여자라는 것보다 먼저 사람이다. 또 조선 사회의 여자보다 먼저 우주 안 전 인류의 여성이다. 이철원 김 부인의 딸보다 먼저 하느님의 딸이다. 여하튼 두말할 것 없이 사람의 형상이다. 그 형상은 잠깐 들씌운 가죽뿐만 아니라 내장의 구조도 확실히 금수가 아니라 사람이다.
>
> 오냐, 사람이다. 사람으로 보이지 않는 험한 길을 찾지 않으면 누구더러 찾으라 하리! 산정(山頂)에 올라서서 내려다보는 것도 사람이 할 것이다. 오냐, 이 팔은 무엇 하자는 팔이고 이 다리는 어디 쓰자는 다리냐?
>
> 경희는 두 팔을 번쩍 들었다. 두 다리로 껑충 뛰었다.[43]

아버지 이철원의 결혼 강권에 저항하며 전형적인 여성의 길을 거부하고 더 교육을 받아 인간 주체로 바로 설 것을 각오하는 것이「경희」의 결말이다. 경희는 "경희도 여자다. 더구나 조선사회에서 살아온 여자다. 조선 가정의 인습에 파묻힌 여자다. 여자란 온량유순(溫良柔順)해야만 쓴다는 사회의 면목이고 여자의 생명은 삼종지도라는 가정의 교육이다. 일어서려면 압박하려는 주위요, 움직이면 사방에서 들려오는 욕이다."와 같은 주체적인 여성을 억압하고 비난하는 삼종지도의 현실을 벗어나서 인습적인 여성의 길이 아니라 험난한 사람의 길을 선택하는 이상주의적 결단을 작품의 결말은 보여준다. '경희'는 안일한 현실 안주가 아니라 험난한 이상을 추구하기 위하여 팔다리를 움직여 힘껏 실천하겠다는 의지를 불태운다. 소설「경희」도 결국은 인간으로서의 자아의 주체성을 회복하겠다는 자아주의적인 주제의식을 구현한 작품이라고 할 수 있다. 그리고 자아주

43. 나혜석,「경희」, 위의 책, 170면.

의의 이상을 보여주었다는 점에서 백화파의 영향을 말하지 않을 수 없다.

나혜석은 전 생애에 걸쳐 자신을 시대의 선구자로 인식하며, 대중을 계몽하여야 한다는 사명의식을 갖고 살았다. 그녀는 입센의 희곡 『인형의 가』가 『매일신보』에 연재될 동안 삽화가로 참여했고, 연재가 끝나자 『매일신보』의 요청으로 페미니즘 사상을 고취하는 노래가사 「인형의 가」(1921)를 짓게 된다. 이 노래가사에서 시적 화자는 선구자적 사명으로 소녀들을 향해 삼종지도의 종속적 삶에서 벗어나 인간으로서의 주체성을 회복할 것을 촉구하며 자신을 따르라고 부르짖고 있다.

> 내가 인형을 가지고 놀 때
> 기뻐하듯
> 아버지의 딸인 인형으로
> 남편의 아내 인형으로
> 그들을 기쁘게 하는
> 위안물 되도다
> 노라를 놓아라
> 최후로 순순하게
> 엄밀히 막아 논
> 장벽에서
> 견고히 닫혔던
> 문을 열고
> 노라를 놓아주게

「인형의 가」 제1연[44]

삼종지도의 유교적 전통과 가부장주의에 반대하며 개인 주체를 강조하는 화자는 선각자적 입장에서 세상을 계몽해야 한다는 사명감에 사로잡혀 있다. "남편과 자식들에게 대한/의무같이/내게는 신성한 의무 있네/나를 사람으로 만드는/사명의 길로 밟아서/사람이 되고저"처럼 「인형의 가」에서 표출된 나혜석의 "나를 사람으로 만드는 사명, 사람이 되고자 하는 사명"은 바로 자유주의 페미니즘의 사명이다. 즉 「인형의 가」는 '나'라는 개인 주체, 자아를 강조한 개인주의, 자아주의를 계몽한 작품이다. 이처럼 나혜석의 사상에서 페미니즘과 자아주의는 긴밀하게 결합되어 있으며, 이를 타인에게 계몽하고 동시에 자기 스스로 실천하는 것이 신여성 나혜석의 필생의 과제였다고 할 수 있다. 그리고 나혜석의 전기 페미니즘은 자유주의 성격을 띰으로써 개인 주체와 자아의 각성을 주요 목표로 설정했다.

나혜석은 초기부터 후기에 이르기까지 줄곧 계몽주의의 테두리 안에서 사유하고 글을 쓰고 행동하여 왔다. 계몽주의란 인류의 무한한 진보를 믿으며 이성의 힘으로 현존질서를 타파하고 사회를 개혁하는 데 목적을 두었던 시대사조이다. 나혜석은 끊임없이 봉건주의와 가부장주의라는 현존질서를 타파하고 근대적이고 페미니즘적인 새로운 사회를 건설하려는 사명감에 불타고 있었으며, 후기에 쓴 「신생활에 들면서」(1935)에 와서 그는 자신을 "사남매 아이들아 어미를 원망치 말고 사회제도와 도덕과 법률과 인습을 원망하라. 네 어미는

44. 위의 책, 251면.

과도기에 선각자로 그 운명의 줄에 희생된 자이었더니라."라고[45] 선각자로서 끊임없이 시대와 사회를 향한 계몽을 시도하다가 사회제도와 법률과 인습에 희생된 자로 자신을 규정짓고 있다.

나혜석의 대표적인 글들은 모두 반봉건과 전근대의 시대와 사회를 계몽하려는 의도로 쓰여졌다. 최초의 글인 「이상적 부인」을 비롯하여 모성에 관한 사회적 논쟁을 불러왔던 「모된 감상기」(1923)나 기혼여성의 성적 자유를 주장한 「이혼고백장」(1934) 등에서 보여준 첨단적 사상들은 모두 세상을 향한 나혜석의 계몽의 핵심이었으며, 그 바탕에는 정신적 이상주의와 자아주의, 그리고 페미니즘이 작용하고 있다. 「모된 감상기」에서 나혜석은 자신의 예상치 않았던 임신에 대해서 "이렇게 억울하고 원통한 일도 또 있겠느냐!"라고 표현하며, 이어서 어머니 노릇하기라는 모성의 억압적 이면을 생생한 육체언어로 그려냈다. 그녀는 개인 주체와 자아를 강조하였으며, 끝없이 타인지향적인 헌신과 희생을 강요하는 모성 이데올로기가 감추어온 어두운 진실을 「모된 감상기」에서 폭로하고 비판하였던 것이다.[46] 「이혼고백장」에서는 여성에게만 일방적으로 강요되는 성적 규제와 억압의 부당성을 고발하며, 기혼여성의 성적 자유를 주장하였다.[47]

나혜석은 한낱 관념에 빠진 계몽주의자는 아니었다. 그녀는 이론가로서 선구적인 글쓰기를 통해 대중을 계몽하고자 했으며, 동시에 그녀는 온몸을 던진 삶의 실천을 통해 시대의 장벽을 뛰어넘고자 했

45. 위의 책, 539면.
46. 송명희, 「나혜석의 모성 이데올로기 비판과 여성적 글쓰기」, 『여기』 제21호, 부산여성문학인협회, 2014, 49-65면.
47. 송명희, 「나혜석의 급진적 페미니즘과 개방결혼 모티프」, 『인문학연구』 제94호, 충남대학교 인문학연구소, 2014, 177-210면.

다. 하지만 시대를 앞서 나간 그녀의 선구적 의식은 시대의 벽을 뛰어넘지 못했고, 그녀가 살았던 시대는 그녀 스스로가 말했듯이 그녀를 운명의 줄로 묶은 희생자로 만들고 말았다.

나혜석이 발표한 중요한 글들은 모두 이상주의, 자아주의, 계몽주의의 성격을 띠고 있으며, 이는 백화파의 영향이라고 할 수 있다. 하지만 나혜석의 이상주의, 자아주의, 계몽주의는 모두 페미니즘, 특히 자유주의 페미니즘으로 수렴된다는 점에서[48] 페미니즘에는 관심이 없었던 일본의 상류층 남성들에 의해서 주도된 백화파의 이상주의, 자아주의, 계몽주의와는 변별점을 가진다고 할 수 있을 것이다.

4. 결론

본고는 백화파가 유행하던 1910년대에 일본에 유학했던 나혜석이 이광수, 김동인, 최승구, 염상섭 등과 마찬가지로 백화파의 영향을 받았을 가능성에 대해서 고찰해 보았다. 나혜석은 백화파의 영향을 받은 『학지광』에 3편의 글을 발표한 『학지광』의 주요필자였으며, 일본의 백화파와 마찬가지로 상류층 출신이었다. 뿐만 아니라 『백화』를 모델로 하여 창간된 『폐허』의 동인으로도 참가하여 제2호(1921.2)에 두 편의 시를 발표하였다. 더욱이 그녀의 연인이었던 최승구는 열렬한 백화파의 숭배자였으며, 『학지광』의 편집인이었다는 사실 등

48. 나혜석의 초기 페미니즘이 자유주의의 성격을 띠게 된 것은 상류층 출신의 그녀의 계층적 기반과 함께 백화파의 영향도 간과할 수 없을 것이다.

은 나혜석이 백화파의 영향을 받았을 가능성을 크게 만든다.

잡지 『백화』는 문예잡지로서의 성격만이 아니라 미술잡지로서의 성격도 가지고 있었다. 1910년대에 『백화』는 일본에 조각가 로댕의 이름을 처음으로 알렸는가 하면, 세잔느, 고흐, 고갱 등 후기인상주의 화가들을 계획적으로 소개하는 역할을 담당했다. 1910년대에 동경여자미술학교에서 서양화를 전공한 나혜석은 자신이 학생시절에 배웠던 '형체와 색채와 광선'을 매우 중시하고 '개인성, 즉 순예술적 기분이 박약한 화풍'과 자연파 인상파적 화풍을 벗어나 『백화』에서 집중적으로 소개했던 서양의 가장 모던한 화풍인 후기인상주의, 즉 자아와 내면 표현의 주관적 감정세계를 표현하는 그림을 그리고자 하는 욕망을 강하게 가지고 있었다. 즉 화가 나혜석은 백화파의 영향으로 후기인상주의적이고 자아주의적인 회화를 그리고자 열망했으며, 이 욕망은 파리 유학을 통해 해소된다.

한편 나혜석의 글을 백화파의 영향이란 관점에서 다시읽기를 시도할 때 백화파의 이상주의, 자아주의, 계몽주의의 요소가 발견된다. 나혜석은 「이상적 부인」을 비롯하여 1910년대 『학지광』에 발표했던 글들에서 정신적 이상주의를 표현하고 있다. 그녀의 '현모양처' 비판은 백화파의 이상주의적 차원에서 이루어지고 있다. 「나를 잊지 않는 행복」(1924)에서 나혜석은 개인적 자아의 중요성을 강조하며 나를 사랑하는 가운데 남도 사랑할 수 있으며, 바로 나를 잊지 않는 속에서 여성의 해방, 자유, 평등이란 페미니즘의 이상도 실현할 수 있다고 강조한다. 따라서 나혜석의 이상주의, 자아주의는 페미니즘의 이상과 연결되어 있다고 할 수 있다. 달리 표현하자면 나혜석의 페미니즘은 이상주의, 자아주의를 바탕으로 하고 있다고 할 수 있는 것이다.

1910년대의 나혜석은 타인에 대한 희생을 강조하는 사상이 아니라 남성중심사회의 타자로 규정되어 왔던 나를 주체로 회복시키는 자아주의 사상을 바탕으로 한 자유주의 페미니스트였다. 삼종지도와 현모양처 이데올로기 속에 소외된 타자적 종속적 부속적 삶을 벗어나 '나'란 주체성을 확립하는 자아의 회복이야말로 자유주의 페미니즘의 요체이다. 나혜석의 개인 주체에 대한 강조는 소설 「경희」의 결말에서도 강조된다. 이 작품은 타자로서의 여성의 길이 아니라 주체로서의 인간의 길을 선택하겠다는 주제의식을 보여준 소설로서 자아주의의 이상을 보여주었다는 점에서 백화파의 영향을 찾아볼 수 있다.

자유주의 페미니즘은 개인의 자율성과 자아실현이라는 전통적인 자유주의 개념을 바탕으로 성립되었다. 즉 독립성과 자유를 갖는 개인 주체를 모든 사고와 행위의 출발점으로 삼는다는 점에서 나혜석의 초기 페미니즘은 백화파의 자아중심주의와 맥락을 같이한다고 볼 수 있으며, 나혜석에게서 페미니즘과 자아주의는 서로 분리할 수 없이 긴밀하게 결합되어 있다.

나혜석은 초기부터 후기에 이르기까지 줄곧 계몽주의의 테두리 안에서 사유하고 글을 쓰고 행동하여 왔다. 계몽주의란 인류의 무한한 진보를 믿으며 이성의 힘으로 현존질서를 타파하고 사회를 개혁하는 데 목적을 두었던 시대사조이다. 나혜석은 전 생애에 걸쳐 자신을 시대의 선구자로 인식하며, 대중을 계몽하여야 한다는 필생의 사명의식에 사로잡혀 살았다. 즉 봉건주의와 가부장주의라는 현존질서를 타파하고, 자아의 해방을 통해 페미니즘의 이상을 실현하고자 하는 계몽주의적 사명감에 불타고 있었다.

나혜석의 대표적인 글들은 모두 가부장주의와 전근대의 시대와 사회를 계몽하려는 의도로 쓰여졌다. 최초의 글인 「이상적 부인」(1914)을 비롯하여 사회적 논쟁을 불러왔던 「모된 감상기」(1923)나 「이혼고백장」(1934) 등에서 보여준 첨단적 사상들은 모두 세상을 향한 나혜석의 계몽의 핵심이었다. 페미니즘 사상을 고취하는 시 「인형의 가」(1921) 역시 삼종지도의 종속적 삶에서 벗어나 인간으로서의 주체성을 회복할 것을 소녀들을 향해 계몽하였다. 그녀는 이론가로서 선구적인 글쓰기를 통해 대중을 계몽하고자 했으며, 온몸을 던진 실천을 통해 시대의 장벽을 뛰어넘고자 했다. 하지만 그녀의 선구적 의식은 '미개명'의 시대적 한계를 뛰어넘지 못했고, 실존적 존재로서 나혜석은 스스로 말했듯이 운명의 줄에 희생되고 말았다.

나혜석은 백화파로부터 이상주의, 자아주의, 계몽주의의 영향을 받았으며, 이는 그녀의 자유주의 페미니즘 형성에 결정적 영향을 미친 것으로 생각된다. 나혜석은 일본에 수입된 서양의 페미니즘의 영향을 받았지만 다른 한편에서 백화파의 이상주의, 자아주의, 계몽주의 사상으로부터도 영향을 받았다. 그리고 백화파의 사상은 그녀의 페미니즘 형성에 지대한 영향을 미쳤다고 생각한다.

백화파의 영향이라는 다른 차원에서 나혜석을 다시 읽을 때에 그녀가 동시대의 남성 지식인들과 어깨를 나란히 하며 백화파의 사상을 수용했음을 인정하지 않을 수 없다. 그리고 그 영향은 미술과 문학뿐만 아니라 페미니즘 사상의 형성 등 여러 차원에 걸친 전면적인 것이었다.

하지만 이 글은 피식민지의 여성 지식인으로서 나혜석의 이상주의, 자아주의, 계몽주의가 식민제국 일본의 남성 지식인들 사이에 유행했던 백화파의 그것과 어떤 변별성을 갖는지에 대해서는 밝히지 못했다. 또한 나혜석이 직접 언급했던 히라스카 라이초우나 요사노 아키코와 같은 페미니스트가 1910년대 일본 지식인 사회를 풍미했던 백화파의 영향을 받았는지의 여부나 만약 받았다면 그들과 나혜석의 공통점과 차이점 등에 대해서는 연구가 미치지 못했다. 이는 차후의 연구과제로 남겨둔다.(『나혜석연구』 제3호, 나혜석학회, 2014)

제4부

급진주의 페미니즘 그리고 젠더지리학

07

나혜석의 급진적 페미니즘과 개방결혼 모티프

1. 서론

근대는 서구적 근대문화의 수용으로 인해 다소의 시간적 격차가 있으나 한 · 중 · 일 세 나라에서 여성이 주체로서의 자아(개인)를 발견한 시기이며, 신여성(모던 걸)으로 호명된 여성들이 가부장제 사회와 가족의 억압으로부터 자유와 평등을 획득하기 위해 온몸으로 투쟁을 전개한 시기였다.

근대의 표상인 신여성 작가들은 글쓰기를 통해, 또한 실천적 행동으로 가부장제 사회와 가족에 저항하며, 주체로서 자아의 각성을 촉구하고, 섹슈얼리티와 젠더[1] 평등의 이상을 실현하고자 했다. 하지만

1. 섹슈얼리티(sexuality)는 성교나 성행위와 같은 구체적 성행동을 포함하지만 보다 넓고 다양한 성적 욕망과 실천, 그리고 정체성을 지칭하는 포괄적 개념이고, 젠더(gender)는 여성성 남성성 등 사회문화적 성을 지칭하는 개념이다.(송명희,

이들이 제기한 여성해방의 이슈들에 당대 사회는 당혹감과 놀라움, 때로는 분노를 표출하였으며, 이들의 주장은 왜곡되고 무시되고 억압되었다. 또한 동시대의 남성문단은 여성작가들을 차별하고 비난하였다.

근대 한국의 여성작가들은 대부분 일본에 유학했으며, 이들은 일본을 매개로 서구의 문학과 페미니즘을 공부하여 한국의 근대여성문학을 형성하였다. 본고의 분석 대상인 나혜석은 1913년에 도일하여 동경여자미술학교에서 서양화를 전공하고 1918년에 귀국하였다.[2]

일본에 유학한 나혜석은 동경유학생들의 기관지 『학지광』에 「이상적 부인」(1914)을 발표하며 페미니스트로서 두각을 드러내기 시작했다. 「이상적 부인」에서 그녀는 현모양처의 부덕을 강조하며 여성을 노예화하는 성차별적 교육을 비판했다. 그녀는 『세이토(青鞜)』를 중심으로 1910년대 일본의 신여성운동을 주도한 히라스카 라이초우(平塚らいてう)의 영향으로 「이상적 부인」과 같은 논설을 발표하게 되었으며, 이후 페미니스트로서 활발한 활동을 전개했다. 이에 대해서는 노영희가 집중적으로 연구한 바 있다.[3]

본고는 일부일처제의 결혼규범에 정면으로 도전하는 개방결혼의

『여성과 남성에 대해 생각한다』, 푸른사상, 2010, 177면.)

2. 1915년에 아버지의 결혼강요로 일시휴학하고 여주공립보통학교의 교원으로 1년간 근무하고 1916년에 복학함.

3. 노영희, 「近代朝鮮女性의 民族的 自我 形成에 관한 연구 : 羅蕙錫의 近代日本과의 만남을 통한 民族的 自覺을 중심으로」, 『비교문학』 별권, 한국비교문학회, 1998, 257-276면./ 노영희, 「일본 신여성들과 비교해 본 나혜석의 신여성관과 그 한계」, 『일어일문학연구』 제32호, 한국일어일문학회, 1998, 341-362면./ 노영희, 「나혜석, 그 '이상적 부인'의 꿈 : 동경 유학 체험과 일본 신여성들과의 만남을 중심으로」, 『한림일문학』 제2호, 한림대학교 일본학연구소, 1997, 34-54면.

이슈를 우리나라 최초로 제기한 나혜석의 「이혼고백장」(1934.8-9)과 개방결혼 모티프를 한국여성문학사에서 최초로 형상화한 희곡 「파리의 그 여자」(『삼천리』, 1935.11)를 최린을 상대로 한 「위자료 청구소송」(1934.9) 등과 연관하여 살피고자 한다. 이를 통해 1930년대 신여성의 성해방론이 어느 지점에까지 도달했는가, 나아가 여성의 정조를 절대시하고 성을 억압해온 가부장제 이데올로기에 저항하는 나혜석의 대항담론과 그 좌절 등에 대해 살필 수 있을 것이다. 본고는 기존의 여성문학연구가 자매애적 비평 태도로 인해 여성 작가와 작품을 지나치게 옹호해왔던 사실을 반성하며 중립적인 태도를 견지하겠다.

「파리의 그 여자」가 지닌 개방결혼이라는 첨단적인 이슈에도 불구하고 이 작품에 대한 기존연구는 유진월과 송명희가 쓴 두 편의 논문에 불과하다. 전자는 나혜석, 박화성, 장덕조 등 1930년대 여성작가의 희곡 연구의 한 부분으로, 후자는 나혜석의 페미니즘 연구의 일환으로 시도되었다. 유진월은 「파리의 그 여자」가 이국정서의 탈시대적 공간과 사고, 그리고 행동을 통해서 엘리트 신여성의 자유연애라는 단면을 보여주었지만 시대적 고뇌의 부재, 역사의식이 부재하는 한계를 지닌 자전적 작품으로 평가했다.[4] 송명희는 남녀의 개방적 교제를 실천하는 여주인공을 조선사회를 이끌 선각적 여성으로 그림으로써 급진적 페미니즘을 보여준 작품으로 해석했다.[5] 따라서

4. 유진월, 「1930년대 여성작가의 희곡연구 : 나혜석, 박화성, 장덕조를 중심으로」, 『한국연극학』 제7호, 한국연극학회, 1995, 29-51면.
5. 송명희, 「나혜석의 페미니즘 연구」, 『한어문교육』 제4호, 한국언어문학교육학회, 1996, 76면.

「파리의 그 여자」에 대한 본격적인 연구는 아직 없는 셈이다. 이것은 기존의 '나혜석 문학연구가 소설 「경희」 한 편에 지나치게 편중되어 온 텍스트의 편향성과'[6] 나혜석의 페미니즘을 대체로 부르주아적인 자유주의 페미니즘의 범주에서 이해하려는 시각에서 기인하는 것으로 생각된다.

2. 「이혼고백장」에 나타난 급진적 페미니즘

근대 초기의 대표적 페미니스트인 나혜석은 '1910년대에는 부르주아적 입장에서 여성의 자아해방과 주체성 자각을 강조하며, 남녀차별의 사회현상을 비판하고, 그 원인을 잘못된 사회제도와 교육에서 발견하는 자유주의 페미니즘의 입장에 서 있었다.'[7] 그녀에게서 일부일처제에 정면으로 도전하는 개방결혼과 같은 급진적 이슈는 이혼 이후인 1930년대에 비로소 등장하게 된다. 나혜석은 '이혼 후 성의 이중규범에 대한 통렬한 비판, 남녀의 공평한 성적 자유, 폐쇄적 결혼제도의 문제점 등을 비판하며, 그 대안으로서 우애결혼, 시험결혼, 개방결혼, 독신주의, 개방적 남녀교제 등을 제시'함으로써[8] 급진적이고 과격한 성해방을 부르짖는 급진적 페미니스트로 변화하게 된다.

---

6. 송명희, 「나혜석 문학연구의 현황과 과제」, 『현대문학이론연구』 제46호, 현대문학이론학회, 2011, 89면.
7. 송명희, 「나혜석의 페미니즘 연구」, 71-75면.
8. 위의 논문, 75-77면.

나혜석은 「이혼고백장」(『삼천리』, 1934.8-9)에서 김우영과의 결혼에서 이혼에 이르기까지의 전 과정과 최린과의 연애에 대해 밝히는 한편 여성에게 일방적으로 강요되는 정조관을 정면으로 비판함으로써 다시 한 번 사회적 이목을 집중시켰다. 그리고 같은 해 9월 19일에 변호사 소완규를 시켜 최린을 상대로 정조유린에 대한 「위자료 청구소송」을 제기했다. 9월 20일자의 『조선중앙일보』와 『동아일보』에 이에 대한 기사가 보도되었으나 『동아일보』는 총독부에 의해 차압되고,[9] 나혜석은 소송 취하조건으로 요구한 위자료의 일부를 받은 것으로 전해진다.[10]

그리고 그 후 희곡 「파리의 그 여자」(1935.11)에서는 개방결혼 모티프를, 소설 「현숙」(1936.12)에서는 계약연애 모티프를 형상화함으로써 성에 대한 급진적 입장을 이어 나간다. 성에 대한 급진적 태도는 「신생활에 들면서」(1935.2), 「독신여성의 정조론」(1935.10) 등에서도 재차 확인되고 있다. 따라서 「이혼고백장」과 「위자료 청구소송」 그리고 「파리의 그 여자」는 상호 연관 속에서 검토해야 비로소 그 진의가 제대로 파악될 수 있다.

1) 개방결혼이라는 이상과 불륜의 현실

최린과의 연애사건으로 인해 이혼을 당한 나혜석은 4년의 세월이 흐른 시점에서 돌연 「이혼고백장」을 발표하며 세상을 향해 포문을

---

9. 이용창, 「나혜석과 최린, 파리의 '자유인'」, 『나혜석연구』 제2호, 나혜석학회, 2013, 99면.
10. 이상경, 「나혜석 연보」, 이상경 편, 『나혜석전집』, 태학사, 2000, 695면.

연다.

"나는 공을 사랑합니다. 그러나 남편과는 이혼은 아니하렵니다."
그는 내 등을 뚝뚝 뚜드리며,
"과연 당신의 할 말이오. 나는 그 말에 만족하오."
하였사외다.
나는 제네바에서 어느 고국 친구에게,
"다른 남자나 여자와 좋아 지내면 반면으로 자기 남편이나 아내와 더 잘 지낼 수 있지요."
하였습니다. 그는 공명하였습니다.
이와 같은 생각이 있는 것은 필경 자기가 자기를 속이고 마는 것인 줄은 모르나 나는 결코 내 남편을 속이고 다른 남자, 즉 C를 사랑하려고 하는 것은 아니었나이다. 오히려 남편에게 정이 두터워지리라고 믿었사외다. 구미 일반 남녀 부부 사이에 이러한 공공연한 비밀이 있는 것을 보고, 또 있는 것은 당연한 일이요, 중심 되는 본부(本夫)나 본처(本妻)를 어찌 않는 범위 내의 행동은 죄도 아니요, 실수도 아니라 가장 진보된 사람에게 마땅히 있어야 할 감정이라고 생각합니다.[11]

나혜석은 두 달에 걸쳐 연재한 「이혼고백장」에서 결혼한 부부 사이에도 개방적이고 진보적인 남녀관계가 필요하다고 주장한다. 결혼제도 내에서 부부가 이혼하지 않으면서도 다른 이성을 사랑하는 것이 개방결혼이다. 「이혼고백장」에 의하면 그녀는 최린과 단순한 혼외정사를 한 것이 아니라 가장 진보적인 사람들이 행하는 개방결혼

11. 나혜석, 「이혼고백장」, 위의 책, 406면.

을 실천한 것이다. 따라서 그녀의 행동은 죄나 실수가 아니라 가장 진보된 사람에게 마땅히 있어야 할 감정이다.

그러나 그녀의 이러한 주장과는 달리 개방결혼(open marriage)이란 배우자의 동의하에 상호적으로 성적 사회적 독립을 승인하고, 개방적 남녀관계를 추구하는 것이다. 따라서 배우자의 동의 없이 일방적으로 비밀리에 성관계를 가지면 그것은 개방결혼이 아니라 혼외정사가 된다. 흔히 통속적으로 말하는 불륜인 것이다. "불륜은 다른 말로 간통을 의미한다. 간통이란 결혼한 부부간에 맺어진 배타적인 성관계의 사회적 규약을 깨고 기혼자가 다른 사람과 성관계를 맺는 것"이다.[12] 불륜에 대한 법적 도덕적 판단의 기준은 전적으로 결혼제도 내의 성관계인가 아닌가의 여부이다. "부부간의 사랑과 성관계는 혼인을 통하여 법으로 보장받는 계약관계이다. 결혼 계약은 서로가 서로에게 배타적 사랑의 소유권을 주장할 수 있게 해준다. 그리하여 결혼제도 내의 사랑과 성관계는 선이 되고, 일체의 혼외적 관계는 악이 된다."[13] 이처럼 "결혼을 했다는 것은 상대방에 대해 성적 관계의 배타적 독점권을 가졌다는 것을 의미"하는 것이다.[14]

그런데 나혜석은 결혼한 여자로서 사회적으로 금기시된 일부일처제의 결혼 계약을 위반하면서, 즉 남편 김우영의 동의 없이 일방적으로 유부남 최린과 혼외의 성관계를 추구했다. 말하자면 불륜관계를 맺은 것이다. 그러고도 자신의 혼외관계를 개방결혼으로 합리화하며, "나는 결코 내 남편을 속이고 다른 남자, 즉 C를 사랑하려고

12. 현택수, 『현대인의 사랑과 성』, 동문선, 2004, 208면.
13. 위의 책, 195-196면.
14. 이진우, 『지상으로 내려온 철학』, 푸른숲, 2000, 243면.

하는 것은 아니었나이다. 오히려 남편에게 정이 두터워지리라고 믿었사외다."라고 항변한다.[15] 즉 그녀의 개방적 성관계는 다른 남자에 대한 사랑이 아니라 오히려 남편과의 정을 두텁게 만드는 활력소가 될 것이라고 믿었다는 것이다. 그리고 이혼만 하지 않는다면 그것은 죄가 아니라고 주장한다. 정말 그렇게 믿었다면 그것은 너무 순진한 것이고, 그렇지 않았다면 그녀가 말했듯이 "필경 자기가 자기를 속이고 마는" 자기기만에 빠져 있는 것이다.

이어서 나혜석은 자신과 같은 행동은 서구사회에서는 공공연한 비밀로 성행하는 것으로서 이를 받아들이지 못하고 손가락질을 하는 조선사회가 뒤떨어진 후진사회라고 비판한다. 그러니까 선진 서구사회에서 행하는 가장 진보적인 형태의 사랑을 실천한 그녀는 불륜녀가 아니라 선각자인 셈이다. 실제로 그녀는 「신생활에 들면서」(『삼천리』, 1935.2)에서 "사 남매 아이들아, 어미를 원망치 말고 사회 제도와 도덕과 법률과 인습을 원망하라. 네 어미는 과도기에 선각자로 그 운명의 줄에 희생된 자이었더니라."라고 적고 있다. 어디까지나 자신은 후진사회의 제도와 도덕과 인습의 희생자요, 과도기의 선각자라는 것이다.

자신의 혼외관계가 서구 추수적인 모방된 행동이라 변명하는 나혜석에 대해 최혜실은 "1920, 30년대의 남녀의 섹슈얼리티가 철저하게 차별적으로 적용되는 한국 사회에서 그녀의 이런 주장은 과연 얼마나 설득력을 가질 수 있을 것인가?"라고 회의를 나타냈다.[16]

---

15. 여기서 'C'는 최린의 이니셜이다.
16. 최혜실, 『신여성들은 무엇을 꿈꾸었는가』, 생각의나무, 2000, 236-237면.

우리나라에서 축첩은 1915년 총독부 통첩 제24호에 의해 첩의 호적 입적이 금지됨으로써 제도상으로 금지되었다. 하지만 일부일처제의 결혼 규범이 확립된 이후에도 축첩은 여전했고, 남자의 간통행위에 대해서는 처벌조차 하지 않았다. 일부일처제가 오히려 여성 일방에게만 성을 억압하는 방식으로 적용되던 시대였던 것이다.[17] 나혜석이 이혼을 종용받던 1930년에는 간통한 여자에 대한 처벌만이 존재하던 시대로서, 가부장제의 이중규범에 대한 그녀의 비판은 그것을 지지해줄 사회적 지지기반이나 세력이 전혀 부재했다.

21C의 우리 사회는 남녀평등을 구현하고 있는 것처럼 보이지만 아직도 혼외의 성관계를 성적 자율권이나 개인적 프라이버시의 영역으로 간주하지 않고 있다. 즉 간통죄가 존치된 성 억압적인 사회이다. 나혜석이 비판했던 1930년대의 상황에서 근본적으로 달라지지 않은 것이다. 하지만 간통죄는 2015년 2월 26일 헌재의 위헌 결정으로 마침내 폐지되었다.

2) 성의 이중규범 해체와 급진적 페미니즘

나혜석은 개방결혼의 주장에서 한걸음 더 나아가 조선사회의 성의 이중규범 그 자체를 문제 삼는다.

> 조선 남성의 심사는 이상하외다. 자기는 정조 관념이 없으면서 처에게

17. 간통죄는 여성만을 처벌하는 불평등한 법률이었으나 간통죄가 쌍벌죄로 바뀐 것은 1948년 대한민국 헌법이 제정되고 1953년 형법에서 부부평등의 간통죄 및 쌍벌죄가 규정됨으로써 남녀 쌍방 간에 이혼의 사유가 될 수 있었다.

나 일반 여성에게 정조를 요구하고 또 남의 정조를 빼앗으려고 합니다. 서양에서나 동경 사람쯤 하더라도 내가 정조관념이 없으면 남의 정조 관념이 없는 것을 이해하고 존경합니다. 남의 정조를 유린하는 이상 그 정조를 고수하도록 애호해주는 것도 보통 인정이 아닌가. 종종 방종한 여성이 있다면 자기가 직접 쾌락을 맛보면서 간접으로 말살시키고 저작(咀嚼)시키는 일이 불소하외다. 이 어이한 미개명의 부도덕이냐.[18]

즉 남녀의 정조와 섹슈얼리티에 작용하는 이중규범과 불평등을 문제 삼음으로써 다시 한 번 자신의 혼외정사를 옹호하고자 한다. 조선 남성의 이중적인 태도, 즉 남성에게는 허용적이며 여성에게는 억압적인 이중규범과 불평등을 "이 어이한 미개명의 부도덕이냐"라고 통렬하게 비판한다. 남편 김우영이 나혜석의 성적 정조를 문제 삼아 이혼을 요구하면서도 정작 그 자신은 경성의 여관방에서 예쁜 기생, 돈 많은 갈보들과 일탈적 생활을 해온 데 대한 비난인 셈이다.

가부장제 결혼은 이중적 성규범의 전통을 갖고 있다. 여성의 성은 남자의 상속권과 가계 계승의 목적을 위한 생식의 기능에서만 그 가치를 인정하고, 혈통의 순수성을 보장하기 위해 순결과 정절이 여성에게 절대적인 의무로 강요된다. 반면 남성에게는 혼외의 성적 자유가 허용된다. 즉 매춘과 축첩을 허용하여 왔다. 가부장제 사회는 여성에게는 엄격한 억압으로 성을 규제하여 왔고, 남성에게는 관대하게 허용하는 이중의 성규범을 당연시해 왔던 것이다. 가부장제 결혼은 남녀 간의 지위를 불평등하게 규정짓고, 성관계도 지배와 복종

18. 나혜석, 「이혼고백장」, 이상경 편, 앞의 책, 425면.

관계를 바탕으로 성립된다. 따라서 가부장제 결혼 내에서 여성은 성적 자율권을 가질 수 없다.

나혜석은 바로 가부장제 결혼의 차별적인 이중규범과 불평등을 해체하라고 요구한 것이다. 그녀를 향해 불륜이라 지탄하는 사회, 그녀에게 이혼을 요구하면서도 그 자신은 방탕한 생활을 하고 이혼을 승낙치 않으면 간통죄로 고소하겠다고 위협했던 남편 김우영을 향한 발언이라고 볼 수 있다. 즉 남성의 성욕과 성적 쾌락을 당연한 것으로 간주하며, 여성의 성욕과 성적 쾌락을 금기시하는 차별의 부당함을 공론화한 것이다. 더욱이 미혼여성의 자유연애가 아니라 기혼여성의 결혼제도 내에서의 성적 자유를 주장한 그녀의 성해방론은 일부일처제의 결혼규범에 정면으로 도전하는 매우 도발적인 것이라 하지 않을 수 없다. 따라서 가부장적 도덕주의자들은 수치스러운 사적 행위를 노골적으로 까발린 그녀의 행위를 '노출증적 광태'라고[19] 비난하였다.

나혜석은 가부장제 사회가 금기시한 성규범을 위반했을 뿐만 아니라 「이혼고백장」의 발언을 통해 여성이 성에 대해 언급하는 것을 금기시한 또 다른 금기를 위반한 것이다. 푸코(Michel Paul Foucault)는 "성이 억압당한다면, 다시 말해서 금지 · 비실재 · 침묵에 귀착할 수밖에 없다면, 성과 그것의 억압에 대해 말한다는 사실 자체가 이미 결연한 위반의 태도 같은 것을 구성한다."라고 했다.[20] 즉 나혜석은 혼외정사의 행동을 통해 성 억압적 사회에 도전했고, 침묵 속에

---

19. 평양 일 여성, 「나혜석 씨에게」, 『신가정』 1934년 10월호.
20. 미셸 푸코, 이규현 역, 『성의 역사1-앎의 의지』, 나남, 1990, 27면.

은폐된 여성의 성을 담론화했을 뿐만 아니라 특히 기혼여성의 성적 자유를 인정하라고 주장함으로써 가부장제 사회를 향해 다시 한 번 도전과 위반을 감행한 것이다.

당대에는 비난되었던 나혜석의 시대를 앞서간 행동과 주장은 21C에 와서야 비로소 기성의 체계를 전복하고자 한 용기 있는 행동으로 평가된다. 즉 '나혜석이 자신의 이혼경험을 드러냄으로써 여성에게만 정조를 강요하는 남성중심사회의 편협함을 비판하고, 나아가 정조가 제도나 도덕에 의해 구속받을 수 없는 것임을 천명했다는 것이다.'[21]

1910년대 이후 신여성들은 사랑과 결혼을 일치시킨, 당사자의 자유의사에 의한 자유연애결혼을 강력하게 요구하였다. 나혜석도 소설 「경희」(1918)에서 부모에 의해 결정되는 조혼에 반대하고 자유연애결혼을 이상적인 결혼 형태로 제시한 바 있다. 그러나 1930년대 이혼 이후의 나혜석은 기혼여성도 성의 자유를 추구할 수 있다는 개방결혼의 논리를 편다. 결혼의 경계를 초월한 성해방의 주장은 「신생활에 들면서」(1935.2)에서는 "정조는 도덕도 법률도 아무 것도 아니요, 오직 취미다"라는 보다 전복적인 수위에 도달한다. 즉 여성의 정조는 도덕이나 법률이 강요할 문제가 아니라 그것을 지키든 안 지키든 본인이 알아서 결정할 '취미'의 문제라는 것이다. 즉 성적자기결정권을 주장한 것이다.

성적자기결정권이란 "내 몸은 내가 관리하고 결정할 대상이자 주

---

21. 소현숙, 「이혼사건을 통해 본 나혜석의 여성해방론」, 『나혜석 바로알기 제5회 심포지엄』, 나혜석기념사업회, 2002, 127-128면.

체라는 의미이다. 내가 누구를 좋아하고 육체적 관계를 맺고 하는 문제의 결정권자가 바로 나 자신이라는 뜻이다."[22] 그러므로 여성의 몸과 섹슈얼리티는 남편의 소유가 아니며 남편이 독점적 권리를 갖는 것도 아닌, 어디까지나 여성 자신의 소유라는 것이다. 그러니 배우자든 사회든 관여하고 왈가왈부해야 할 사안이 아닌 것이다. 급진주의 '페미니스트들은 여성의 몸과 섹슈얼리티에 대한 통제를 남성 지배의 핵심'[23]으로 파악하며 이에 저항해 왔다. 따라서 성적자기결정권을 여성이 갖는다는 것은 자신의 몸과 성에 대한 남성의 통제와 지배에 대한 거부이며, 여성 자신의 성적 권리, 나아가 인간 주체를 확인하는 가장 중요한 지표가 된다.

나혜석은 「독신여성의 정조론」(『삼천리』, 1935.10)에서 일부일처제 결혼의 그림자처럼 존재하는 매춘제도 자체를 문제 삼기보다는 여자공창이 있다면 남자공창도 있어야 한다는 섹슈얼리티의 완전 평등의 주장으로 치닫는다. 나혜석은 파리에서 돌아온 직후 「우애결혼 · 시험결혼」(『삼천리』, 1930.6)에서 남녀가 서로의 우애를 기초로 하여, 피임과 이혼의 자유를 인정하면서 시험적으로 함께 사는 우애결혼과 기간이나 의무 등을 미리 정해 놓고 하는 동거인 시험결혼(계약결혼)에 대한 찬성을 보임으로써 성해방에 대해 급진적 주장을 해왔다. 이후 소설 「현숙」(『삼천리』, 1936.12)에서는 계약연애를, 「현숙」과 「어머니와 딸」(『삼천리』, 1937.10)에서는 여관을 중심으로 가부장적 혈연중심의 생물학적 가족과는 다른 차원의 비혈연적인 대안가족

---

22. 송명희, 『여성과 남성에 대해 생각한다』, 푸른사상, 2010, 212면.
23. 제인 프리드먼, 이박혜경 역, 『페미니즘』, 이후, 2008, 112면.

의 모델을 제시하기도 했다. 당시 풍속에서는 수용하기 어려운 나혜석의 거침없는 성해방론은 김일엽이 여성에게 가해지는 육체적 순결에 저항하며 정신적 정조를 주장했던 것보다 한걸음 더 나아간, 즉 일부일처제의 억압적 성규범에 도전하며 기혼여성의 성의 자유를 겨냥한 전복적인 가치의식을 보여주었다.

"급진주의 여성해방론은 성의 억압이야말로 가장 오래되고 가장 뿌리 깊은 착취의 형태로서 인종 및 계급을 포함한 모든 형태의 착취에 선행하며, 또 그것들을 포괄하는 방식이라는 입장을" 취한다.[24] 그들은 남성이 하나의 계급으로서 여성을 지배하고 억압하는 가부장적 사회를 성 계급화된 사회라고 보고 성차별과 그 억압에 주목하는 것이다. 따라서 급진주의 페미니즘은 남성들이 그들의 욕구와 필요에 따라 여성들의 육체를 통제해온 방법에 관심을 집중시켜왔다.

남녀 간에 차별적으로 적용되는 성의 이중규범에 저항한 나혜석의 성해방론은 여성의 육체와 섹슈얼리티에 대한 통제와 성 억압구조에 초점을 맞춘 급진주의 페미니즘과 맥락을 같이한다. 그리고 나혜석이 자신의 이혼에 따른 사적 경험을 공개함으로써 섹슈얼리티의 영역에 작용하는 남녀의 불평등 문제를 공론화한 것은 '개인적인 것은 정치적인 것이다(The personal is political!)'라며 실천운동을 전개했던 급진주의 페미니스트들의 운동방식과 아주 닮아 있다. 즉 '섹슈얼리티는 결코 사적인 것이 아니라 억압, 지배, 세력의 정치적 문제'라고[25] 파악한 점에서 나혜석은 급진주의 페미니즘과 동궤에 놓여진다.

---

24. 헤스터 아이젠슈타인, 한정자 역, 『현대여성해방사상』, 이화여자대학교 출판부, 1986, 34면.
25. 로즈마리 통, 이소영 역, 『페미니즘 사상』, 한신문화사, 1995, 192면.

하지만 1960년대 이후 미국을 중심으로 대두된 급진주의 페미니즘이 이성애를 토대로 한 가부장제 결혼을 폐기하고 레즈비언이즘을 대안으로 내세웠던 것과 나혜석의 성해방론 사이에는 상당한 거리가 있다. 왜냐하면 나혜석은 가부장제 결혼의 차별적인 성의 이중규범에는 저항하였으나 기본적으로 이성애나 이를 토대로 한 이성애적 결혼 자체를 부정하지는 않았다. 무엇보다 그녀는 이성애자였고, 남편 김우영의 이혼 요구에도 끝까지 저항할 만큼 결혼제도로부터 벗어나길 원하지 않았다. 그리고 가부장적이고 폐쇄적인 일부일처제의 대안으로 급진주의 페미니즘이 내세운 레즈비언이즘이 아니라 개방결혼을 제시했다는 점에서도 현대의 급진주의 페미니즘과는 일정한 차이가 있다. 그래서 본고는 나혜석의 후기 페미니즘을 급진주의 페미니즘이라고 부르지 않고 급진적 페미니즘이라고 명명하는 것이다.

3) 고백으로 위장한 자기옹호 그리고 연애의 책임

파리에서 최린과 나혜석이 사귄 사실이 국내에 알려지자 주위에서는 김우영에게 그까짓 계집을 데리고 사느냐고 하고 천치 바보라고 치욕을 가하며 이혼을 강권하였다. 그즈음의 김우영이 처한 경제적 사회적 곤경에 대해 「이혼고백장」에서 나혜석은 다음과 같이 적고 있다.

> 사건이 있으나 돈 없어서 착수치 못하고 여관에 있어 3, 4삭 숙박료를 못 내니 조석으로 주인 대할 면목 없고, 사회 측에서는 이혼설로 비난이

자자하니 행세할 체면이 없고 성격상으로 판단력이 부족하니 사물에 주저되고, 씨의 양 빰 뼈가 불쑥 나오도록 마르고 눈이 쑥 들어가도록 밤에 잠을 못 자고 번민하였사외다. 씨는 잠 아니 오는 밤에 곰곰이 생각하였사외다. 우선 질투에 바쳐 오르는 분함은 얼굴을 붉게 하였사외다.[26]

인용문을 보면 나혜석은 그녀의 외도로 인해 남편 김우영이 받았을 마음의 상처 따위에 대해서는 아예 관심이 없었다. '혼외정사는 배우자를 공황, 분노, 수치심, 자아기능의 붕괴를 초래한다.'[27] 그만큼 배우자의 정서적 장애가 치명적이라는 것이다. 김우영이 보여준 양 빰 뼈가 불쑥 들어가도록 야윈 것, 불면증, 질투나 분노와 같은 감정 반응은 바로 그녀의 외도로 인해 초래된 심각한 정서적 장애를 증명한다. '아내의 외도가 사회에 널리 알려지면서 김우영에게 쏟아진 비웃음과 치욕으로 그의 사회적 체면과 자존심은 치명적인 상처를 입'었는데도[28] 나혜석은 이를 전혀 아랑곳하지 않았다. 오히려 김우영에 대해 보통사람의 행위라고 볼 수 없는 것, 성격상의 판단력 부족, 비겁자, 횡포자, 저주할 자로 비방하며, "우리 여성들은 모두 일어나 남성을 저주하고자 하노라"와 같이 규탄한 것은 애당초 이혼의 원인을 제공한 당사자로서 상대방에 대한 배려가 결여된, 지극히 자기중심적이라는 비판을 피해 갈 수 없다.

나혜석의 「이혼고백장」에서는 고백체의 진술을 통해서 발견된 내

26. 나혜석, 「이혼고백장」, 이상경 편, 앞의 책, 408면.
27. 이무석, 「혼외정사: 정신분석적, 그리고 진화론적 관점」, 『신경정신의학』 제38권-2호, 대한신경정신의학회, 1999, 241면.
28. 김진 · 이연택, 『그땐, 그 길이 왜 그리 좁았던고』, 해누리, 2009, 24-25면.

면, 혹은 그 고백을 통해 '주체'로 존재할 것을 목표로 삼고 있는 성찰적인 자아의 모습을 전혀 찾아보기 어렵다. 푸코에 의하면 고백은 진실을 산출하는 데 가장 중요한 의식이자 가장 가치 있는 것으로 평가된 기법들의 하나이다. 사람들은 자신의 범죄, 과오, 생각과 욕망, 과거와 꿈, 유년기, 질병과 비참에 대해서 고백한다.[29] 나혜석은 「이혼고백장」의 서두에서 "광명과 암흑을 다 잃은 나는 이 공허한 자실(自失) 상태에서 정지하고 서서 한 번 더 자세히 내성할 필요가 있다고 생각합니다. 이와 같이 염두하느니만치 나는 비통한 각오의 앞에 서 있습니다. 세상의 모든 조소, 질책을 감수하면서 이 십자가를 등지고 묵묵히 나아가려 하나이다."라고[30] 고백하는 자로서의 입장과 각오를 밝히고 있다. 하지만 글이 전개될수록 자신의 과오에 대한 내성(內省)은 찾아볼 수 없고 김우영에 대한 원망과 혼외정사에 대한 자기정당화의 논리만이 전면화되어 있다. 나아가 그녀를 이해하지 못하는 후진사회의 희생자로서의 항의, 또는 시대의 선구자로서의 우월의식마저 나타내고 있다. 즉 자기성찰과 반성을 위해 이 글을 쓴 것이 아니라는 것이다. 그렇다면 왜 그 시점에 그녀는 「이혼고백장」을 발표했던 것일까?

나혜석은 그녀의 이혼(1930)으로부터 4년이나 지난 시점에서 「위자료 청구소송」과 동시다발적으로 「이혼고백장」을 발표했다. 혹시 소송장에서는 적을 수 없었던 것들을 「이혼고백장」을 통해 구체적으로 드러냄으로써 그녀가 최린을 상대로 왜 위자료 청구소송을 할 수

29. 미셸 푸코, 이규현 역, 앞의 책, 75-76면.
30. 나혜석, 「이혼고백장」, 이상경 편, 앞의 책, 399면.

밖에 없었는지를 변명하려는 의도, 나아가 「위자료 청구소송」을 유리하게 진행시키고자 하는 의도가 있지 않았을까 추측해본다. 즉 그녀가 원치 않았는데도 왜 이혼을 당할 수밖에 없었는지에 대한 구체적 정황과 그녀를 이혼으로 몰고 간 가부장제 사회와 가족, 그리고 남성들의 차별적 이중규범으로 인해 자신만이 이혼을 당하고 홀로 고통에 빠져 있는 데 대한 억울한 심경을 밝히고자 했던 것으로 보인다. 더욱이 1934년 4월에 최린은 조선총독부의 최고 자문기관인 중추원 참의에 임명된 상황이었다. 즉 이혼으로 모든 것을 잃어버린 그녀와는 대조적으로 그는 식민치하에서 한국인이 도달할 수 있는 최고의 직책에 임명되었던 것이다. 너무도 억울한 나머지 그에게 치명적인 한 타를 날리고 싶어서, 즉 그녀를 이혼의 고통으로 몰아넣고 외면해버린 그의 배신에 대한 분풀이의 차원에서 소송을 제기했고, 「이혼고백장」을 썼다고 볼 수 있다.

나혜석은 「이혼고백장」에서 부부간에는 연애의 시기, 권태의 시기, 이해의 시기의 세 단계가 있는데, 이 세 시기를 잘 보내야만 정말 새로운 사랑의 의미 있는 부부생활이 가능하다고 했다. 「독신여성의 정조론」에서도 폐쇄적인 결혼제도와 가정 내에서 부부가 서로의 감정을 이해하지 못하는 데서 권태가 생기고 무미건조한 가정생활이 영위될 수밖에 없음을 강조하며, 그 대안으로서 결혼한 부부라고 하더라도 개방적인 모임을 통해서 결혼생활의 권태를 극복해 나가야 한다고 다시 한 번 주장하고 있다. 즉 개방결혼이 폐쇄적인 일부일처제 결혼의 권태를 극복할 대안이라는 주장이다.

최린을 처음 만났던 1927년, 결혼 8년차에 접어든 나혜석은 폐쇄적인 결혼생활의 권태를 여행지에서 만난 최린과의 연애를 통하여 극복하고자 했던 것으로 보인다. 나혜석은 1926년에 쓴 한 편의 글에서 남편 김우영에 대해서 "이 사람에게 큰 결점은 취미성이 박약한 것이외다. 그러나 남의 취미를 방해는 결코 하는 사람이 아니오."라고[31] 밝힌 적이 있다. 그러니까 취미성이 박약한 남편과는 달리 최린의 음악과 문학 그리고 미술 등에 대한 해박한 식견과 빼어난 말솜씨에 나혜석은 매혹되었던 것이다. 하지만 그녀는 사회적으로 금기시된 혼외의 성을 추구함으로써 권태는 일시적으로 극복되었는지 모르지만 결혼 아니 인생 전체를 송두리째 잃어버리고 말았다.

그리고 최린과 나혜석의 관계는 스턴버그(Robert Sternberg)가 말한 성숙한 사랑의 요건인 친밀감(intimacy), 열정(passion), 책임감(commitment)이란 세 요소 가운데 열정은 있으나 상대방에 대한 지속적인 신뢰를 바탕으로 한 친밀감이나 그녀의 일생을 책임지겠다는 책임감이 결여된 도취적 사랑에 불과했다.[32] 남편이 베를린으로 공부하러 간 사이 최린과 나혜석은 서로에게 열정적으로 빠져 들었지만 최린에게는 무엇보다도 상대방의 삶을 책임지고자 하는 책임감과 배려심이 부재했다. 불행히도 그때 나혜석은 이 점을 직시하지 못했던 것이다.

아무튼 나혜석은 잠시의 여행을 통해서 피상적으로 바라본 구미사회와 아직 전근대적인 가부장제가 엄존하고 있는 조선사회의 구체적 현실 간의 간극을 외면함으로써 혼외의 성의 추구가 가능했고, 거기에 그녀의 파탄은 내재돼 있었다고 할 수 있다. 그녀는 남편으로부

---

31. 나혜석, 「내 남편은 이러하외다」, 이상경 편, 앞의 책, 289면.
32. 한국가족문화원 편, 『새로 본 가족과 한국사회』, 경문사, 2008, 92-93면.

터는 원하지 않는 이혼을, 사회로부터는 지탄을 당하는 혹독한 대가를 지불해야만 했다. 뿐만 아니라 가부장적인 남자의 속성을 제대로 파악하지 못함으로써 최린에게 정조를 유린당했고, 그녀의 장래를 인수하기로 한 그의 약속을 순진하게도 믿었기에 이혼 후 자신의 장래를 책임져 줄 것으로 기대했다. 그러나 최린은 생활비 지급의 약속도 파리 유학에 따른 요구사항도 모두 거절하였다. 따라서 '그에 대한 배신감과 분풀이의 차원에서'[33] 나혜석은 김우영이 아닌 최린을 상대로 정조유린에 대한 「위자료 청구소송」을 제기하기에 이른 것으로 보인다.

3. 「파리의 그 여자」에 나타난 개방결혼 모티프

「파리의 그 여자」(1935.11)는 나혜석의 유일한 희곡작품으로 3막으로 구성되었지만 단편희곡이다. 이 작품은 파리에서 만났던 최린과의 연애사건을 소재로 한 자전적 작품으로서 제1막은 파리의 한 호텔, 제2막은 뉴욕의 한 아파트, 제3막은 원산해수욕장으로 유럽과 미국 그리고 한국을 횡단하는 글로벌한 공간적 스케일을 보여준다. 이 작품은 초국가적인 공간적 상상력을 보여줄 뿐만 아니라 남녀관계에 있어서도 조선적 가부장제를 가볍게 벗어버린다. 김 씨나 이 씨가 아니라 영자 알파벳으로 표기된 인물명은 탈조선적인 윤리의식

33. 최종고, 「나혜석(1896-1948)의 이혼과 고소사건-한국여성인권사의 한 단면」, 『아세아여성법학』 제14호, 아세아여성법학회, 2011, 180-181면.

을 지닌 B라는 여성의 캐릭터를 효과적으로 드러내고 있다. 특히 파리라는 공간은 B에 대해 우정을 가진 C라는 남자친구가 있는 자유스러운 분위기, 그리고 J와의 낭만적 사랑이 가능했던 행복한 기억이 존재하는 장소성을 지닌 곳으로 제시된다. 그야말로 세계 일주를 경험한 엘리트 신여성 B는 남편 A, 남자친구 C, 그리고 애인 J를 두고 결혼제도에 구속받지 않는 개방적 남녀관계를 실천하고 있다. 그녀의 이와 같은 행동은 작품의 공간이 탈조선적이고 글로벌한 개방성을 보여주는 것만큼이나 매우 개방적이다.

작품의 제1막은 파리 시내 모 호텔이 무대로 설정되며 등장인물에 그녀의 남편 A, 그녀 B, 그녀의 남자친구 C, C의 친구 D 등 4명의 인물이 제시되지만 정작 A와 B는 C와 D의 대화 속에서만 간접적으로 등장한다. 런던에 머물고 있던 C는 B를 만나려고 파리로 왔는데 B는 A와 함께 하루 전에 미주로 떠나버린 상황이다. C는 "B를 일 년만 더 파리나 런던에 두어 공부시키라고 A에게 권하고 싶어서" 찾아왔던 것이다. C가 그런 생각을 하는 이유는 다시 오기 어려운 곳에 왔으니 B가 파리나 런던에 1년 더 머물면서 여성문제를 연구해 갔더라면 조선사회에 이익이 되었을 것이라는 생각 때문이다.

C : B가 영국에 왔을 때 여자 문제에 대하여 흥미를 가졌으니까 말이지. 얼마간 런던에 들러 여성문제를 연구해 갔더라면 무엇을 써 낸다 하더라도 조선사회에 유익이 될 것 아닌가. 하여간 하루만 일찍이 왔더라도 되든 안 되든 말이나 해 볼 걸 그랬어.

D : 내 생각 같아서는 B가 남편을 따라 잘 간 줄 아네. 남녀 간에 중년 때가 제일 어려운 것일세. 이것도 아니오, 저것도 아닌 중간치가 되

어서 남모르는 고통이 많을 것일세. 자네 맘과 같이 B가 총명한 여자라면 이런 곳에 있어서 한참 질정을 못할 것일세. 거기서 꿋꿋한 줄을 잡을 것 같으면 더 말할 것 없는 사람이 하나 되지만 그렇게 되기가 쉬운가. 그대로 흐르다가는 버리는 여자가 될 뿐이지. 그 고비에 이곳을 떠난 것이 다행이지.

C : 그러게 말일세. 나는 B가 그 고비를 넘기는 것을 보기 원했던 것일세. 그리하여 말할 수 없는 귀한 여성이 조선에도 하나 생겼으면 하는 희망을 가졌던 것일세. B는 그런 가능성이 있으니까 아깝단 말일세.[34]

C가 드러내는 안타까움은 바로 나혜석 자신이 파리를 떠나면서 가졌던 아쉬움을 반영한다. 나혜석은 1927년 6월 19일에 부산을 출발하여 구미여행에 오른 뒤 세계 일주를 마치고 1929년 3월 12일에 부산에 도착했다. 나혜석은 채 2년이 안 되는 구미 체류와 여행에 대해서 당연히 아쉬움을 가지고 있었다. 구미만유에 대한 한 대담에서 나혜석은 파리 같은 곳에 4, 5년은 있어야지 너무 짧았던 여행이었다고 아쉬움을 토로한 바 있다.[35] 파리에 대한 아쉬움은 「아아 자유의 파리가 그리워-구미 만유하고 온 후의 나」(『삼천리』, 1932.1)에서도 거듭 드러나고 있으며, 이혼 후 나혜석은 다시 파리로 가려고 했으나 좌절되었다.

나혜석은 1928년 7월 1일에서 8월 15일까지 영국에 있는 김우영을 찾아 그곳을 관광하며 영국의 여성참정권운동자 연맹회 회원이

34. 나혜석, 「파리의 그 여자」, 이상경 편, 앞의 책, 143-144면.
35. 나혜석, 「구미 만유하고 온 여류화가 나혜석 씨와 문답기」, 위의 책, 624면.

요, 당시 시위운동 때 간부였던 여성으로부터 영국 여성참정권운동과 영국여성들의 선각에 대해 듣고 깊은 관심을 나타낸 바 있다.[36] 이것이 C라는 인물의 생각에 반영된 것으로 보인다.

제1막에서 C는 나혜석의 생각을 대변하며, D는 그녀에게 같이 돌아갈 것을 종용한 남편 김우영의 생각을 반영하였다고 할 수 있다. 이처럼 제1막은 간접적으로 B라는 여성의 캐릭터가 드러나고, 남녀간의 우정과 사랑의 문제가 대화의 중심으로 떠오른다. 특히 B에 대해 우정과 사랑의 경계에 서 있는 인물 C가 등장하여 B가 여성문제를 연구하고 돌아가 조선사회의 선각적 여성이 되었으면 하고 바라는데, 이는 바로 나혜석 자신의 욕망을 표현한 것이다.

제2막은 뉴욕 E의 아파트먼트 일 실로 장소가 설정되어 있으며, 배운 여자 B의 설익은 똑똑함을 비판하는 4명의 인물이 등장한다. 여기서도 A와 B는 인물들의 대화 속에서만 등장하는데, 두 사람은 이미 샌프란시스코를 떠나 태평양 바다 위에 떠 있을 것으로 예상된다. 등장인물들의 대화 속에서 A에게 샌프란시스코에서 발간하는『신한일보』에도 보도된 큰 사건이 일어났는데, 이에 대해 B가 적절히 대처하지 못한 사실이 비난된다. 그 사건이란 1928년 12월 31일 뉴욕 한인교회의 재미조선인 송년파티에서 김우영이 친일파로 몰려 피습당한 사건으로[37] 추측된다. 즉 김우영이 일제 부영사를 맡았던 데 대한 한인들의 분노가 표출된 것이었다. 뉴욕의 아파트에 모인 사람들은 A에게 일어난 사건보다도 B의 설익은 똑똑함을 못마땅

36. 나혜석, 「베를린에서 런던까지」, 위의 책, 554면.
37. 이상경, 「나혜석 연보」, 위의 책, 692면./ 전갑생, 「청구 김우영의 '정치적 활동'과 나혜석」, 『나혜석 연구』 제2호, 나혜석학회, 2013, 150-151면.

하게 여긴다. 제2막은 일종의 뒷담화로서 B라는 인물에 대한 주위의 평판을 짐작케 해주는데, 나혜석이 자신을 둘러싼 주위의 부정적인 여론과 비난에 대해 의식하고 있었음을 알 수 있다.

제3막은 원산해수욕장으로 무대가 설정된다. 여기서 귀국한 B는 구미만유에서 만났던 애인 J와 재회하게 된다. B는 구미만유에서 수많은 것을 보고 듣고 했으나 귀국 후의 혼란스런 심경을 '뒤죽박죽'이라 표현하고 있다. 실제로 나혜석은 다른 글에서 "단시일에 9개국을 주워 보고 오니 모두 그것이 그것 같아서 머릿속이 뒤범벅되고 두서를 차릴 수 없게 되었다."라고[38] 말한 적이 있다. 그러나 "비 온 뒤에 산천의 빛이 명랑하듯이 앞길에 꽉 붙잡는 것"처럼 혼란스러운 가운데도 미래를 어떻게 개척해야 할지 선명해졌다고 이 작품에서는 진술한다.

반면 J는 "구미만유 하기 전에는 무한한 희망이 있었던 것이 갔다 오니 무한한 실망이 생"겼다며 조선의 미래에 대한 실망감을 표현한다. 왜냐하면 유럽 각국과 비교할 때에 조선의 현실은 황무지요, 사막이며, 그들을 따라잡는 일이 까마득하고, 과도기의 인물로서 도약적인 진보를 꾀하고자 하나 앞뒤에서 꼭꼭 묶어 구렁텅이에 빠뜨리려는 민중이 있기 때문에 이도 쉽지 않다는 것이다. 이처럼 J에게 세계만유는 오히려 조선의 후진된 현실에 대한 실망감만을 안겨주었던 것으로 진술되고 있다.

작품 속에 J로 극화된 최린의 세계 시찰은 '천도교 내의 쇄신과 조선의 민족운동의 방향을 모색하기 위한 외유의 길이었고, 그는 조선

38. 나혜석, 「아아 자유의 파리가 그리워」, 이상경 편, 위의 책, 322면.

의 독립을 성취할 실천운동의 하나로서 자치운동의 가능성을 더욱 확신하고 돌아온 것'으로 알려지고 있다.[39] 3·1운동 당시 민족대표의 한 사람이었던 최린은 세계만유에서 돌아온 후(1920년대 후반) 조선총독부와의 타협 하에 자치를 획득하려 했으나 일본이 자치제 검토 자체를 철회함으로써 결국 좌절됐다. 그는 1934년 4월에는 조선총독부 중추원 참의가 된 데 이어 1937년에는 조선총독부 기관지인 『매일신보』 사장에 취임하였으며, 1939년에는 임전보국단(臨戰報國團) 단장에 취임하는 등 광복 때까지 친일 활동으로 일관하여 해방 후 반민특위에 회부되었다.[40] 「이혼고백장」을 발표하고, 이혼소송을 제기할 즈음 조선총독부 중추원 참의가 되어 친일의 길을 걷기 시작한 최린의 변절을 나혜석은 후진된 조국현실에 대한 실망감 때문으로 해석하며 이해해보려고 했던 것일까?

그들의 화제는 조선의 발전과 같은 거대담론에서 그들 자신의 사랑의 문제로 넘어간다.

B : 참 그때가 좋았었지요.

J : 그래요. 나도 그때가 제일 좋았어.

B : 그때처럼 모든 조건과 기분이 자유스러웠을 때는 없었어.

J : 지금은 외부에서 졸여 주는 것이 심하니 그때처럼 행복스러울 수 있나요.

B : 참 행복스러웠지요. 더욱이 중년기 사랑이란 무서운 것이야.

---

39. 김동명, 「일제하 '동화협력'운동의 논리와 전개-최린의 자치운동 모색과 좌절」, 『한일관계사연구』 제21호, 한일관계사학회, 2004, 168-171면.

40. 조규태, 「최린의 천도교활동과 민족운동」, 『한성사학』 제26호, 한성대 한성사학회, 2011, 60면.

J : 어떻게?

B : 청년기 사랑은 맹목적이요, 중년기 사랑은 의식적이야. 열과 정에는 차이가 없겠지만 제 행동을 아는 것처럼 재미있고 힘이 나고 멋진 것이 없는 것 같아요.

J : 이 욕심꾸러아.

B : 욕심을 부리는 것이 아니라 운명이 그렇게 만듭니다그려. 나도 욕심꾸러기지만 선생님도 욕심쟁이야, 나이 잡숫고.

J : 그래요, 나는 퍽 행복하지요. 지금까지 내 마음대로 기백 번 기천 번 기만 번 생각했어요. 그러나 현실은 그 모든 것을 사정없이 날려버려요. 나는 그리해도 쉬지 않고 공상을 하였어요. 아무리 해도 그것은 공상이요, 현실이 아니었어요. 그러다가 당신을 보았어요. 나는 당신을 또 다시 볼 때는 나의 환영은 없어지리라고 생각하였어요. 그러던 그이가 지금 내 앞에 있고 내가 사랑한다는 말을 하니 이것은 너무 의외의 일이요, 너무 엄청난 현실이 아니에요.

B : (J의 팔장을 끼고)나는 무엇이라고 할 말이 없사외다. 우리 저 물에 빠져 죽을까?[41]

여기서 말하는 그때는 파리에서 둘이 사랑하던 때를 말한다. 나혜석이 파리에서 야수파 비시에르의 화실에 다니면서 그림공부를 할 즈음 1926년부터 구미 여행길에 나서 미국을 거쳐 파리에 도착한 최린을 한국 유학생들이 주최하는 환영회(1927년 10월)에서 처음으로 만나게 된다. 최린은 1928년 1월 10일에 파리를 떠나 동유럽과 시베리아를 거쳐 조선으로 돌아왔다.[42] 따라서 두 사람은 3개월 남짓 알

41. 이상경 편, 앞의 책, 150-151면.
42. 이상경, 「나혜석 연보」, 위의 책, 691면.

고 지냈고, 남편이 베를린으로 공부를 하러 갔던 11월 20일에 셀렉트 호텔에서 처음으로 함께 투숙했다고 하니 채 2개월도 안 되는 짧은 동안 사랑을 한 것이다. 작품에서 B와 J가 회상하는 파리는 모든 조건과 기분이 자유스러운 곳으로서 두 사람이 최상의 행복을 맛본 장소다. 하지만 조선에서의 현재는 주위의 억압적인 상황 때문에 예전처럼 행복할 수가 없다는 것이 J에 의해 피력된다. 억압을 느끼는 것은 여성인 B가 아니라 남성인 J이다. 그는 행복한 순간을 기만 번도 더 생각하였으나 "현실은 그 모든 것을 사정없이 날려"버리는 냉혹한 것으로 인식한다. 그는 공상과 현실을 냉정하게 구분하며, 둘이 다시 만나 사랑한다는 말을 하게 된 것을 공상 속에서나 가능한 '엄청난 현실'로 파악한다.

제3막의 B는 청년기의 사랑이 맹목적인 반면 중년기의 사랑은 의식적이며, 제 행동을 하는 것처럼 재미있고, 힘이 나고, 멋진 것으로 인식한다. 반면 J는 지난 시절의 행복한 사랑에 대한 회상보다는 현재의 현실적 억압에 크게 사로잡혀 있다. 두 사람의 혼외의 사랑은 과거 자유로운 분위기의 파리에서는 가능했으나 시공간이 달라진 현재의 조선사회에서는 현실적 억압 때문에 불가능한 것으로 인식하는 J와 행복했던 사랑에 대한 회상에 빠져 있는 B의 입장 차이가 드러나는 것이다.

희곡이라는 장르 형식을 취하고 있는 「파리의 그 여자」는 장르적 특성상 인물들의 내면심리가 제대로 드러나지 않고 있다. 그리고 주인공인 B가 제3막에 와서야 직접 등장함으로써 B에 대한 파리에서의 긍정적 지지, 미국에서의 부정적 평판은 드러났지만 정작 남편 A가 B의 혼외관계에 대해서 알고 있는지의 여부나 알고 있다면 그에 대해 어떤 태도를 취했는지에 대해서는 전혀 다루어지지 않았다. 왜냐하면 이 작품의 의도가 이혼을 둘러싼 갈등을 그리는 데 있지 않기 때문일 것이다.

귀국한 B는 원산해수욕장에서 J를 재회하여 파리에서의 행복했던 사랑을 회상한다. 하지만 그것을 용납하지 않는 현실의 억압을 냉철하게 인식하고 있는 J로 인하여 파리에서와 같은 자유스런 사랑은 지속되기 어려울 것이라는 추측을 독자들은 갖게 된다. 이 작품에서 결혼한 남녀의 혼외의 사랑이 현재적 사건이 아니라 과거의 회고담으로 다루어진 것도 그와 같은 이유 때문이다. 그렇다면 나혜석은 이 작품을 왜 발표했던 것일까?

나혜석은 「이혼고백장」에서 파리에서의 최린과의 사랑을 서구사회의 개방결혼으로 미화하고, 그것이 오히려 남편에 대한 정을 두텁게 만들 것이라는 논리로 합리화했다. 하지만 최린을 피고로 한 「위자료 청구소송」에서는 최린이 일시적 성욕을 만족시키기 위해 유혹수단을 써서 그녀를 유인하였고, 그녀로 하여금 남편에게 이혼당하고 사회로부터 배척을 당해 생활상 비상한 정신적 경제적 고통을 주었다고 적고 있다. 즉 최린을 가해자로, 자신을 피해자로 위치지우며 소송을 제기하는 이율배반을 노정함으로써 "기존의 '남성중심사회'의 시각을 더욱 확고하게 만들어"버렸다.[43] 최린의 약속 불이행과 그녀의 「위자료 청구소송」으로 그녀가 개방결혼으로 미화했던 그들의 사랑의 판타지는 깨어져버렸고, 혼외의 성적 추구가 남편에 대한 정을 두텁게 만들 것이라는 논리는 남편의 이혼 요구로 그 허구성이

43. 최종고, 앞의 논문, 197면.

드러나고 말았던 것이다.

「파리의 그 여자」는 어쩌면 최린에 대한 용서의 의미가 담겨 있었던 것은 아닐까. 어쨌든 그녀는 소송취하 조건으로 다소의 위자료를 받음으로써 최린의 그녀에 대한 외면이 주위의 억압적인 현실 때문이라고 이해하고 싶었거나 또는 자위를 하게 되었던 것으로 생각된다. 그리고 그녀의 파리에서의 사랑을 행복하고 순수한 낭만적인 사랑으로 다시 한 번 미화하고 싶어진 나머지 작품을 쓴 것으로 여겨지는 것이다. 그래야만 그녀의 손상된 자존심이 조금이나마 회복될 수 있기 때문이다. 실제로 「신생활에 들면서」(『삼천리』, 1935.2)에서 나혜석은 "나는 수중에 xx원을 가지게 되었다. 비록 이것이 분풀이의 결실이라 하더라도 내게도 그다지 상쾌한 일이 되지 못하거니와 C의 마음은 오죽했으랴."라고[44] 자신의 위자료 청구소송이 분풀이 차원에서 비롯된 것이라 밝히며, 그녀를 외면했던 최린의 마음을 헤아려보려는 관용을 보인 바 있다. 그리고 그 후에 「파리의 그 여자」를 발표했던 것이다.

나혜석이 최린을 상대로 「위자료 청구소송」을 냈던 것은 분풀이의 차원에서만이 아니라 그만큼 그에 대한 애증이 깊었기 때문이라 볼 수 있다. 실제로 나혜석은 구미만유 직후 이루어진, 이혼 전의 한 대담에서 파리에서 조선 사람을 만났냐는 기자의 질문에 최린을 만났다고 답변하며, "그는 배경이 좋으시고, 평소부터 내국(內國)에 신망이 많으시기 때문에 도처에 대환영을 받으셨습니다. 아마 근래 우리 조선 사람으로서 외국에 유람 중에 내외국인에 큰 대우를 받으신 이

44. 나혜석, 「신생활에 들면서」, 이상경 편, 앞의 책, 438면.

는 그만한 이가 없을 것 같습니다. 나도 퍽 흠선(欽羨)하였습니다." 라고[45] 최린에 대한 존경과 우호적인 감정을 피력한 바 있다.

나혜석의 개방결혼 이슈나 남녀에게 차별적으로 적용되는 이중의 성규범에 대한 비판은 21C의 현시점에서도 여전히 새로운, 시대를 앞지르는 선구적인 것이었다. 그러나 완고한 가부장적 윤리와 규범에 지배되어 있는 근대 조선의 현실에서 그것은 계란으로 바위를 치는 무모한 것이었다. 더욱이 그녀는 일부일처제의 윤리적 규범을 위반함으로써 남녀에게 차별적으로 적용되는 성윤리의 이중규범에 대한 고발이나 개방결혼의 주장은 전혀 동조자를 끌어내지 못했다. 뿐만 아니라 「위자료 청구소송」을 제기함으로써 다소의 위자료는 받아낼 수는 있었지만 「이혼고백장」에서 보여준 그녀의 혁명적 주장은 빛을 잃어버리고 말았다. 결국 소송사건을 통해서도 최린이나 김우영은 별다른 사회적 타격을 받지 않았고, 그녀만이 다시 한 번 대중 앞에서 벌거숭이로 조롱되었고, 사회로부터 더욱 고립되어 갔다.

당대의 사회주의 페미니스트 진상주는 「프롤레타리아 연애의 고조, 연애에 대한 계급성」(『삼천리』, 1931.7)에서 부르주아 사회에 진실한 자유와 평등이 없는데, 오직 연애만의 자유와 평등이 있을 것인가라고 콜론타이적인 붉은 연애에 빠져든 여성들을 향해 질문을 던진 적이 있다. 그렇다. 식민체제하의 정치적 경제적 해방이 부재하는 현실 속에서 성의 자유와 평등을 주장한 것이야말로 신여성들의 근원적인 한계일 것이다. 나혜석이 개방결혼의 이슈를 끝까지 밀고 나가지 못한 채 「위자료 청구소송」을 벌인 사실도 결국 경제적 해

---

45. 나혜석, 「구미 만유하고 온 여류화가 나혜석 씨와 문답기」, 위의 책, 624면.

방이 없는 성해방이 불가능한 현실을 웅변하고 있다. 그야말로 "여성을 위한 자유가 완전히 실현되기 위해서는 경제 · 사회 · 정치 면에서부터 철저한 개혁이 선행되어야 한다."[46] 그런데 근대 한국의 신여성들은 경제 · 사회 · 정치의 평등 없는 시대의 근원적 한계 속에서 성의 자유와 평등을 주장함으로써 실패와 좌절을 근본적으로 안고 있었던 셈이다.

4. 결론

이 글은 일부일처제의 결혼규범에 정면으로 도전하는 개방결혼의 이슈를 최초로 제기한 「이혼고백장」(1934.8-9)과 개방결혼 모티프를 한국여성문학사에서 최초로 형상화한 희곡 「파리의 그 여자」(『삼천리』, 1935.11)를 최린을 상대로 한 「위자료 청구소송」(1934.9)과 연관하여 분석하였다. 이를 통해 1930년대 신여성의 성해방의 주장이 어느 지점에까지 이르렀는가, 성에 대한 억압과 여성의 정조를 절대시하는 가부장제 이데올로기에 저항하는 나혜석의 대항담론과 그 좌절 등에 대해 살필 수 있었다.

나혜석은 「이혼고백장」을 통해 자신의 최린과의 연애는 혼외정사가 아니라 서구의 진보적인 사람들이 행하는 개방결혼의 한 형태라고 주장한다. 그리고 그로 인해 남편과의 정이 더 두터워지리라고 믿었다고 항변한다. 나아가 그것을 이해하지 못하는 조선사회의 후

46. 헤스터 아이젠슈타인, 앞의 책, 27면.

진성을 개탄하고, 남녀의 정조와 성에 대해서 작용하는 이중규범과 불평등에 대해서 "이 어이한 미개명의 불평등이냐"라고 통렬한 비판을 가하였다. 하지만 「위자료 청구소송」에서 보여준 그녀의 태도는 이율배반적이다. 최린이 일시적인 성욕을 만족시키기 위해 유혹수단을 써서 그녀를 유인하였고, 그로인해 남편에게 이혼당하고 사회로부터 배척을 당해 생활상 비상한 정신적 경제적 고통을 안겨 주었다고 소송을 제기하는 모순적 태도를 노정한다. 그러나 「파리의 그 여자」에서는 개방결혼을 실천한 남녀를 등장시키며 다시 한 번 혼외의 성을 낭만적 사랑으로 재구성한다. 하지만 그것은 과거 파리에서의 회고담으로 그려지고 현실적 억압이 있는 조선에서는 지속되기 어려울 것이라는 인식을 내비치고 있다.

나혜석의 개방결혼 주장과 성의 이중규범에 저항하는 급진적 이슈는 급진주의 페미니즘의 맥락에서 해석될 수 있다. 하지만 그녀는 이성애를 거부하지 않았고, 결혼제도 자체를 부정하지 않았다는 점에서, 그리고 급진주의 페미니즘에서 폐쇄적인 일부일처제의 대안으로 레즈비언이즘을 내세운 것과는 달리 개방결혼을 대안으로 제시했다는 점에서도 차이가 있다.

문제는 나혜석이 여행에서 바라본 피상적 서구 파악과 여행지의 자유스런 분위기에 빠져 그녀가 귀국하여 오랫동안 살아가야 할 조선사회의 가부장적이고 억압적인 현실을 망각하고 일시적인 성 충동과 유혹에 빠져 일탈을 감행했다는 것이다. 자유주의 페미니즘의 물결이 참정권을 위시해서 남녀평등의 사회적 기틀을 세워 놓았으며, 다른 한편에서 마르크스주의 페미니즘이 여성의 억압을 자본주의와 연관된 정치, 경제, 사회의 산물로 이해하며 여성의 경제적 독립의 필요성에 대한 관점을 확립한 서구사회와 식민체제하의 가부장적인 조선사회의 차이를 제대로 깨닫지 못한 데에 그녀의 파탄은 내재해 있었다고 할 수 있다.

나혜석을 비롯하여 근대여성작가 1기생들이 정치적 경제적 여성 해방보다는 성해방에 집착했던 것은 시민사회적 토대가 부재하는 일제 식민체제하의 폭압적인 정치상황에서 정치적, 경제적 해방을 추구하는 것이 근본적으로 불가능했기 때문이다. 따라서 이들은 개개인이 실천할 수 있는 사적 영역에서 성해방을 주 이슈로 삼았을 것으로 생각된다. 하지만 개인의 섹슈얼리티에 작용하는 거대한 남성 지배의 권력체계를 제대로 통찰하지 못함으로써 그들의 성해방에 관한 선구적 주장은 필연적으로 좌절과 실패를 내포하고 있었다고 할 수 있다. 결국 정치적 경제적 해방이 없는 성만의 해방은 불가능하다는 것을 그들의 실패는 웅변한다.

(『인문과학연구』 제94호, 충남대학교 인문과학연구소, 2014)

08

나혜석 문학의 공간과 젠더지리학 –소설과 희곡을 중심으로

1. 서론

나혜석(1896–1948)은 한국여성문학사에서 연구가 가장 많이 축적된 작가다. 페미니즘 비평이 문학연구의 주요 방법론으로 자리 잡은 1990년대 이후 나혜석에 대한 연구는 더욱 활성화되어 왔다. 「정월 나혜석기념사업회」와 「나혜석학회」의 창립은 나혜석 연구에 더욱 박차를 가하도록 작용했다. 나혜석은 근대여성문학 1세대인 김명순이나 김일엽과 비교해 볼 때에 가장 많은 연구가 진척됨으로써 대표적인 페미니즘 문학가로 확고하게 자리매김되고 있다.

본고는 나혜석의 6편의 소설과 1편의 희곡 작품에 설정된 공간을 젠더지리학의 관점으로 논의하고자 한다. 본고에서 젠더지리학의 관점에서 나혜석 문학의 공간을 연구하고자 하는 이유는 소설에서 모든 공간은 이데올로기적일[1] 뿐만 아니라 전통적으로 여성의 공간으로 인식되어 온 집이 "단순한 3차원의 구조물과 숙소일 뿐만 아니라, 사회관계 메트릭스의 일부분으로서 넓은 상징적, 이데올로기적 의미를 가지고 있"기[2] 때문이다.

지리학에서 페미니스트적 시각을 도입한 젠더(페미니스트) 지리학은 여성과 남성이 장소와 공간을 어떻게 다르게 경험하는가, 장소 경험의 차이가 어떻게 장소의 사회적 구성뿐 아니라 젠더의 사회적 구성의 일부가 되는가를 탐구한다. 이처럼 젠더 관계가 지리학자들의 핵심적 관심사가 된 이유는 젠더 구분의 사회적 구성에서 공간적 구분이 핵심적 역할을 하기 때문이다.[3]

공간과 젠더는 어떻게 관련될 수 있을까? 우리의 전통가옥에서부터 공간은 이미 안방/사랑방과 같이 젠더 범주로 구분되어 왔고, 같은 방에서도 아랫목/윗목으로 어른과 아이의 위계질서를 표현해 왔다. 즉 공간의 배치가 남녀의 권력관계 및 상하의 위계관계에 의해 규정되어 왔다는 것은 피해갈 수 없는 진실이다. 마크 위글리(Mark Wigley)가 "건물이 성의 정치학으로부터 분리되어 있다는 생각이 바로 그 정치학의 산물"이라고[4] 날카롭게 지적한 바 있듯이 시 · 공간의 분할은 권력관계에 의해 규정되고, 분할된 시 · 공간은 다시 사회의 권력관계를 재생산한다.[5]

---

1. 송명희, 『현대소설의 이론과 분석』, 푸른사상, 2006, 158면.
2. 질 발렌타인, 박경환 역, 『사회지리학』, 논형, 2009, 89면.
3. 린다 맥도웰, 여성과 공간연구회 역, 『젠더, 정체성, 장소』, 한울, 2010, 39면.
4. 마크 위글리, 「무제: 젠더의 수용」, 베아트리츠 콜로미나 편, 강미선 외 역, 『섹슈얼리티와 공간』, 동녘, 2005, 390면.
5. 김왕배, 『도시, 공간, 생활세계』, 한울, 2011, 44면.

어찌 보면 페미니즘 운동이란 사적 공간, 즉 집안 존재인 여성이 공적 공간인 집밖으로의 탈주를 향한 끝없는 여로, 즉 삶의 공간을 집안에서 집밖으로 확장하는 운동으로 이해되기도 한다. 과거로부터 21C에 이르기까지도 여성들이 머물러야 할 장소는 집이라는 통념이 지배해왔다. 하지만 "페미니스트들은 여성이 가정 내에서 가사노동, 폭력, 억압을 겪는다고 지적하면서 집을 이상화하는 것에 반대해 왔다."[6] 엘렌 모어스(Ellen Moers)는 페미니즘 문학은 '산책의 은유'로서 설명될 수 있다. 즉 여성들의 삶의 제한성에 대한 반응기제로서 집밖으로의 산책은 불가피하다고 했다.[7] 그녀의 말을 증명이라도 하듯 '페미니즘 문학은 입센의 『인형의 집』 이후 여성들의 집으로부터의 탈출, 즉 집밖으로의 끊임없는 탈주를 그려왔다. 여성들이 집안 존재로서의 억압된 삶을 부정하고 개체로서 주체적 자아를 확립하는 과정에서 가출 모티프는 페미니즘 문학의 가장 원형적인 모티프의 하나로 자리 잡아 온 것이다'[8]

나혜석 문학의 공간에 대한 관심은 최근 몇몇 논문에서 발견된다. 유진월은 나혜석의 일생을 발단(식민지)→전개(학교-경성, 동경)→위기(신혼여행-묘지)→절정(이국적 공간-동경, 안동현, 유럽)→결말(양로원, 거리)과 같은 극적 구조로 정리해낸다. 그리고 나혜석은 비일상적이고 불안정하며 주변부적이고 불안한 헤테로토피아로서의 반공간을 이상을 실현할 공간으로 변화시키고자 노력했으나 끝내 그

---

6. 질 발렌타인, 앞의 책, 89면.
7. Ellen Moers, *Literay Women*, New York: Doubleday Com., 1976, p.130.
8. 송명희, 「여성과 공간-현상학적 공간이론과 젠더정치학」, 『배달말』 제43호, 배달말학회, 2008, 29면.

것을 완벽하게 이루지 못하고 몰락하는 비극성을 나타냈다는[9] 흥미로운 견해를 표명한 바 있다.

조미숙은 나혜석 소설 속 공간 탐구는 여성의 '자기만의 방'(버지니아 울프) 찾기의 과정이며, 아울러 경제적 독립이 불가능한 여성이 집으로부터 밀려나는 과정으로 읽을 수 있다고 했다. 따라서 나혜석에게 공간은 토포필리아로의 공간, 헤테로토피아로의 공간, 무장소의 공간으로 파악된다고 했다.[10] 진설아는 나혜석의 소설과 희곡의 여주인공들은 모두 집을 떠나 있거나 쫓겨나고 방랑하는 자들이라고 했다.[11]

2. 나혜석 문학에 재현된 공간과 젠더지리학

나혜석은 「경희」(1918)를 포함하여 총 6편의 단편소설과 「파리의 그 여자」(1935)라는 1편의 단편 희곡작품을 발표했다. 즉 1910년대에 여학생을 주인공으로 한 「경희」와 「회생한 손녀에게」를 발표한 후 1920년대에는 구여성을 주인공으로 한 「규원」과 「원한」을, 1930년대에는 신여성을 주인공으로 한 「파리의 그 여자」, 「현숙」, 「어머니와 딸」을 발표했다. 작품 속 공간은 첫째, 여학생이 방학하여 돌아온 집

9. 유진월, 「나혜석의 탈주 욕망과 헤테로토피아」, 『인문과학연구』 제35호, 강원대학교 인문과학연구소, 2012, 25-51면.
10. 조미숙, 「나혜석의 문학의 공간의식 연구」, 『인문과학연구』 제39호, 강원대학교 인문과학연구소, 2013, 55-82면.
11. 진설아, 「떠도는 근대 여성, 그가 꿈꾸는 '거주'에의 욕망과 실패」, 『어문논집』 제50호, 민족어문학회, 2012, 515-538면.

과 동경의 자취방, 둘째, 신여성이 일시적으로 체류하는 여관과 여행지(파리, 뉴욕, 원산해수욕장), 셋째, 구여성이 가부장적 집에서 쫓겨난 후 거처하는 남의 집 삼간대청과 더부살이하는 단칸방 등으로 구분할 수 있다. 나혜석의 작품에서 설정된 공간을 표를 통하여 제시하면 다음과 같다.

작품명	발표 연도	발표 매체	주인공	공간	장르
경희	1918	여자계 2호	신여성 경희	경희의 집	소설
회생한 손녀에게	1918	여자계 3호	신여성-'할멈'으로 호명된 여학생	일본 동경의 자취방	소설
규원	1921	신가정 1호	구여성 이 부인	남편의 집 / 어느 집 삼간대청	소설
원한	1926	조선문단	구여성 이 소저	남편의 집 / 더부살이하는 집 윗방	소설
파리의 그 여자	1935	삼천리	신여성 B	파리 / 뉴욕 / 원산해수욕장	희곡
현숙	1936	삼천리	신여성 현숙	경성 안국동 여관	소설
어머니와 딸	1937	삼천리	신여성 김 선생	여관	소설

1) 집으로부터의 탈주와 집 떠난 여학생의 방

나혜석은 동경여자미술학교에서 서양화를 전공하기 위해 1913년에 도일하여 1918년에 귀국한다. 이 기간 중 1915년에 아버지의 결혼 강요로 일시 휴학하고 여주공립보통학교의 교원으로 1년간 근무하고 1916년에 복학하였다. 이 시절의 경험이 반영된 「경희」와 「회생한 손녀에게」는 1918년에 동경여자유학생 친목회에서 발간한 잡지 『여자계』 제2호와 제3호에 발표했던 소설로서 주인공은 동경에서 유학하고 있는 여학생이다. 「경희」의 주인공 '경희'는 여름방학을 맞아 조선의 집으로 돌아와 있고, 「회생한 손녀에게」의 주인공은 일본 유학 중 "남의 집 위층 좁은 방"에서 병을 앓고 있는 친구를 돌보는 '할멈'으로 호명된 여학생으로 설정되어 있다. 따라서 「회생한 손녀에게」의 공간은 동경의 자취방 정도로 해석 가능할 것이다.[12]

단편소설 「경희」는 여학생 경희가 여름방학을 맞아 집으로 돌아온 시점에서 시작된다. 방학을 맞아 1년 만에 돌아온 집은 그녀에게 가부장주의와 페미니즘이 충돌하는 권력투쟁의 장소이다. 첫 장부터 경희는 여학생에 대해 지독한 편견을 가진 사돈 마님을 설득해야 하는 입장에 처한다. 사돈 마님은 여성이 머물러야 할 장소는 집이며, 여성은 가사노동을 수행해야 한다는 가부장적 가치관을 갖고 여학생을 부정적으로 평가하는 인물이다. 반면 경희 모는 여자도 배워야 존대를 받고 월급도 많이 받고 사람노릇을 한다고 생각한다. 제1장의 끝에서 사돈 마님은 "내가 여학생을 잘못 알아왔다. 정말 이 집 딸과 같이 계집애도 공부를 시켜야겠다. 어서 우리 집에 가서 내외 시키던 손녀딸들을 내일부터 학교에 보내야 겠다"라고 사고의 일대 전환이 이루어진다. 경희는 자신이 받은 근대교육의 덕택으로 바느질, 청소, 설거지 등 가사노동을 보다 효율적이고 과학적이고 미적

12. 나혜석은 동경 유학에서 처음에는 동경여자미술학교의 기숙사에서 생활했으나 이후 동경의 나카가와 방(中川, 淀橋區 栢本町 979), 히가시오쿠보(東大久保 357번지 志村 方) 등에서 자취생활을 했다.: 전갑생, 「청구 김우영의 '정치적 활동'과 나혜석」, 『나혜석연구』 제2호, 나혜석학회, 2013, 130-131면.

으로 수행함으로써 신여성에 대한 사돈 마님의 편견을 불식시킨다. 제3장에서는 경희의 결혼문제가 구체적으로 거론된다. 경희의 부는 여성이 있어야 할 장소는 집이며, 결혼을 최우선의 가치로 생각하는 가부장적이고 봉건적인 인물이다. 그는 나이, 문벌, 재산 등을 결혼의 중요한 조건으로 제시한다. 반면, 모는 결혼에서 당사자의 의사가 더 중요하다고 생각하는 인식의 차이를 나타낸다. 제4장은 아버지가 강권하는 결혼을 하지 않겠다고 선언하고 돌아와서 겪는 경희의 내적 갈등을 다루고 있다.

> 경희의 앞에는 지금 두 길이 있다. 그 길은 희미하지도 않고 또렷한 두 길이다. 한 길은 쌀이 곳간에 쌓이고 돈이 많고 귀염도 받고 사랑도 받고 밟기도 쉬운 황토(黃土)요, 가기도 쉽고 찾기도 어렵지 않은 탄탄대로이다. 그러나 한 길에는 제 팔이 아프도록 보리방아를 찧어야 겨우 얻어먹게 되고 종일 땀을 흘리고 남의 일을 해주어야 겨우 몇 푼돈이라도 얻어보게 된다. 이르는 곳마다 천대뿐이오, 사랑의 맛은 꿈에도 맛보지 못할 터이다. 발부리에서 피가 흐르도록 험한 돌을 밟아야 한다. 그 길은 뚝 떨어지는 절벽도 있고 날카로운 산정(山頂)도 있다. 물도 건너야 하고 언덕도 넘어야 하고 수없이 꼬부라진 길이요, 갈수록 험하고 찾기 어려운 길이다.[13]

경희는 결혼해서 살아가는 전형적 여성의 길인 탄탄대로와 주체적인 인간의 길인 험난한 길 사이에서 “아이구, 어찌하면 좋은가!”를 세 차례나 반복하며 갈등한다. 하지만 그녀는 결국 “오냐, 사람이

13. 나혜석, 「경희」, 이상경 편, 『나혜석 전집』, 태학사, 2000, 98면.

다. 사람으로 보이지 않는 험한 길을 찾지 않으면 누구더러 찾으라 하리! 산정에 올라서서 내려다보는 것도 사람이 할 것이다. 오냐, 이 팔은 무엇 하자는 팔이고 이 다리는 어디 쓰자는 다리냐?"라고 안일한 여성의 길(결혼)이 아니라 주체적 인간으로서 가야 할 험난한 길(공부)을 선택한다. 비록 "뚝 떨어지는 절벽도 있고 날카로운 산정(山頂)도 있다. 물도 건너야 하고 언덕도 넘어야 하고 수없이 꼬부라진 길이요, 갈수록 험하고 찾기 어려운 길"일지라도 그 길의 선택에 주저하지 않는다.

경희가 집을 탈주해 만물의 영장인 인간으로서 주체성을 찾을 결심을 하는 것은 아버지의 집에서는 주체적 인간의 길을 실현할 수 없기 때문이다. 이때 집은 아버지로 상징되는 가부장적 질서가 지배하는 장소이다. 그녀는 근대교육의 덕택으로 가부장적 집이 "쌀이 곳간에 쌓이고 돈이 많고 귀염도 받고 사랑도 받고 밟기도 쉬운 황토(黃土)"일지라도 여성의 자유와 주체성을 억압하는 공간에 불과하다는 허위의식을 이미 꿰뚫어보았던 것이다. 경희는 아버지와의 가치 갈등에서 아버지를 설득하지 못한다. 그렇다고 아버지의 가치를 수용하는 것도 아니다. 그녀는 페미니즘의 가치에 따라 전형적인 여자가 아니라 주체적 인간이 되고자 집으로부터의 탈주를 결심한다. 경희는 그 길이 '험한 길'이 될 것이라는 것도 이미 알고 있다.

> 경희는 두 팔을 번쩍 들었다. 두 다리로 껑충 뛰었다.
>
> 빤빤한 햇빛이 스르르 누그러진다. 남치마빛 같은 하늘빛이 유연히 떠오른 검은 구름에 가리운다. 남풍이 곱게 살살 불어 들어온다. 그 바람에는 화분(花粉)과 향기가 싸여 들어온다. 눈앞에 번개가 번쩍번쩍 하고 어

> 깨 위로 우레소리가 우루루루 한다. 조금 있으면 여름 소나기가 쏟아질 터이다.
>
> 경희의 정신은 황홀하다. 경희의 키는 별안간 이(飴:엿) 늘어지듯이 부쩍 늘어진 것 같다. 그리고 목(目)은 전 얼굴을 가리우는 것 같다. 그대로 푹 엎드리어 합장으로 기도를 올린다.[14]

하지만 위의 인용문에서 보듯이 험난함이 예상되는 그 길에 대한 장소감은 황홀하기만 하다. 살살 불어 들어오는 남풍, 바람결에 실려 오는 화분(花粉)과 향기, 뿐만 아니라 눈앞에 번개가 번쩍번쩍하고 우레 소리가 들리며 소나기가 시원하게 쏟아질 것 같은 시원함을 느끼는 것을 통해서 그녀의 내적 갈등의 해소와 자신이 선택한 주체적 길에 대한 확신을 나타내고 있다. 경희가 집으로부터의 탈주를 결심하고 나서 느끼는 장소감은 렐프(Edward Relpf)가 말한 능동적이고 주체적인 진정한 장소감이라 할 수 있다.[15]

「경희」와 동년에 발표한 「회생한 손녀에게」에서는 인간 주체로 바로 서기 위해 일본으로 유학을 왔지만 그 길이 결코 쉽지 않다는 것을 '손녀'의 와병상태를 통해 보여준다. '할멈'으로 호명된 여학생의

14. 나혜석, 「경희」, 위의 책, 103면.
15. 렐프는 장소감이란 용어를 통해서 인간이 장소를 어떻게 자각하고 경험하고 의미화 하는가를 밝혀냈다. 그는 장소를 진정한 장소감을 일으키는 장소와 진정치 못한 장소감을 일으키는 장소로 구분했다. 이 둘을 나누는 기준은 인간이 장소와 맺는 관계, 즉 장소경험이 능동적이고 주체적인가, 아니면 수동적이거나 강제적이거나 관습화된 것인가이다. 다시 말해서 장소에 인간이 소외되어 있는가의 여부이다. 렐프는 전자를 진정한 장소감, 후자를 장소상실로 구분했다.: 심승희, 「장소의 진정성과 현대경관」, 에드워드 렐프, 김덕현 외 역, 『장소와 장소상실』, 논형, 2014, 310면.

독백으로 이루어진 이 작품의 공간적 배경은 “남의 집 위층 좁은 방” 이다. 이 열악한 자취방에서 ‘손녀’로 호명된 여학생은 금지옥엽처럼 귀하게 자랐건만 병이 들어 “약 한 모금 먹지 못하고 그렇게 핼쓱한 얼굴로 머리가 뒤범벅이 되어서 기운을 차리지 못하고 눈꺼풀이 폭 꺼져서 드러누웠다.” 친구의 극진한 간호로 병에서 회생한 그녀가 자신을 간호해준 친구를 ‘할멈’이라 부른 이유는 어린 시절 열병에 걸려 죽어갈 때 할머니의 극진한 간호 덕택으로 회생한 경험이 있기 때문이다. 그녀는 지금 자신을 정성스레 간호하여 회생시킨 친구에게 감사하는 마음으로 어린 시절의 할머니를 부르듯 ‘할멈’이라 부른 것이다.

그런데 할멈이 친구를 그처럼 극진히 간호한 이유는 “내가 전에 극히 사랑하던 친구 하나가 폐병으로 피를 뱉고 기침을” 하다가 죽었는데, 공부를 폐지하고 철야하여 간호를 못하였던 것이 큰 후회가 되었기 때문이다. 따라서 다시는 그와 같은 후회를 하지 않기 위해 친구를 지극정성으로 간호하여 회생시킨 것이다. 여기서 나혜석의 자전적 경험이 드러나는데, 폐병으로 죽은 친구는 다름 아닌 나혜석의 첫사랑인 최승구이다. 그녀는 최승구를 지극정성으로 간호하여 회생시키지 못한 채 저세상으로 떠나보낸 데 대한 회한을 ‘손녀’를 간호하여 회생시킨 ‘할멈’을 형상화함으로써 보상하고자 한 것 같다.

이 작품에서 남의 집 위층의 좁은 방은 안일한 여성의 길을 마다하고 집을 탈주한 여학생이 거주하는, 아파도 누구 하나 돌봐 줄 가족 하나 없는 고적하고 열악한 생활공간이다. 「경희」에서 이미 예상했듯이 경제적으로 궁핍하고, 일상적으로도 결코 편안하지 않은 험난한 공간이다. 하지만 주체적 인간이 되기 위해서는 그와 같은 공간적 열악함을 인내하고 극복해 내야만 한다. 외국으로 유학 온 여학생들은 서로 돕고 보살피는 자매애적 연대를 통해 험난함을 함께 극복해 나간다.

그리고 그 공간에서 '할멈'은 크리미아 전쟁에서 전염병에 시달리는 군인들을 간호하여 구조한 나이팅게일처럼 "수만 명의 할머니가 되고 싶"은 공동체적 집단의식의 자각을 보여준다. '할멈'이 자각한 공동체 의식이란 바로 민족의식이다. 그들이 외국 유학을 와서 남의 집 좁은 자취방에서 고생을 하는 것은 외국을 모방하기 위해서도, 조선적인 전통과 주체성을 망각하기 위해서도 아니다. 즉 외국에 유학을 온 목적은 조선을 상징하는 깍두기나 고추장의 맛을 잊어버리지 않으며, 아니 그 맛을 통해 회생하는 '깍두기의 딸', '깍두기로 영생하는' 조선의 딸이 되기 위한 것이다. 다시 말해 그들의 유학은 일본이나 서양의 문화를 모방하기 위해서도, 개인적 영달을 위해서도 아니다. 어디까지나 민족적인 주체성의 회복과 조선의 발전을 도모하기 위한 것이다. 이때 민족은 깍두기나 고추장의 맛을 공유하는, 베네딕트 앤더슨(Benedict Richard O'Gorman Anderson)이 말한 상상의 공동체(imagined communities)로 인식된다. 작가는 열악한 자취방을 여학생들이 자매애를 공유하며 민족주의적 자각이 일어나는 장소로 그려냈다.

「경희」의 집으로부터의 탈주가 개인적으로 주체적 인간이 되기 위한 것이 목표였다면, 「회생한 손녀에게」에서 여학생들이 외국으로 유학을 와서 고생을 하는 것은 조선적인 것의 회복을 통한 민족 주체성의 발견과 조선의 발전이라는 집단적이고 민족주의적인 목표로 확대되고 있다. 「회생한 손녀에게」에 대해 김복순이 "신-구 연대를 통해 식민지 조선-여성의 해방 전략을 꾀하는 소설"이란 평가는 과장된 것이지만 "서구 문명을 추종하기보다는 '다르게 가치화'하려는 나혜석의 구상이 제시된 소설"이라는[16] 평가는 받아들일 만하다. 나혜석의 작품에서 집단적이고 민족주의적인 주제가 부각된 것은 「회생한 손녀에게」가 거의 유일하다고 할 것이다.

2) 비혈연 대안가족을 모색하는 일시적 체류지-「현숙」·「어머니와 딸」·「파리의 그 여자」

1930년대 후반에 나혜석은 두 편의 소설을 발표한다. 바로 「현숙」과 「어머니와 딸」이다. 두 작품의 여주인공은 둘 다 교육받은 신여성이다. 그런데 현숙과 김 선생은 집이 아닌 여관에서 거주하고 있다. 인격적 주체성의 실현과 자유를 추구하기 위해서 집을 탈주한 여성들의 주거공간이 열악한 여관이라는 사실은 여성들이 추구한 자유의 대가가 어떤 것이었는가를 여실하게 보여준다. 그런데 여관은 안정된 장소로서의 집이라기보다는 일종의 체류지, 임시적인 공간이다. '체류지는 고정되어 있는 곳이 아니라 단순히 잠을 잘 수 있고 휴식할 수 있는 장소'일[17] 뿐이다. '인간이 한 장소에 뿌리를 내린다는 것은 세상을 내다보는 안전지대를 가지는 것이다.'[18] 그런 의미에서 여관과 같은 일시적인 체류지는 일정한 장소에 뿌리 내리지 못한 신여성의 불안정한 삶을 상징적으로 보여준다고 할 수 있다.

16. 김복순, 「조선적 특수의 제 방식과 아나카페미니즘의 신여성 계보-나혜석의 경우」, 『나혜석연구』 제1호, 나혜석학회, 2012, 38면.
17. 질 발렌타인, 앞의 책, 101면.
18. 렐프, 앞의 책, 95면.

일시적인 체류지인 여관의 불안정성은 「어머니와 딸」에서 주인여자가 김 선생에게 자신의 딸에게 나쁜 영향을 미친다는 이유로 "방 하나 얻어서 밥 지어 먹으면 얼마 들지 않을 것이 아니에요. 경세 시대에 경세를 해야지."라고 여관을 나가라고 권고 아닌 압박을 가하는 데서도 잘 드러난다. 물론 김 선생은 "남과 똑같이 밥값 내고 있는데 나가라 들어가라 할 필요가 있소?"라고 주인여자의 말을 무시해버린다. 남편 김우영과 이혼 이후 나혜석은 수덕사 아래 수덕여관 등 이곳저곳 여관을 전전했다. 이와 같은 자전적 경험이 바탕이 되어 소설의 배경까지도 여관으로 설정되어 있다.

여관에서 살아가는 여주인공들은 가부장적 가족 속의 딸이거나 아내거나 어머니가 아니다. 그들은 한 남성에 종속된 존재가 아니라 자유로운 주체이다. 하지만 그 자유로운 주체가 마냥 자유만을 누리는 것은 아니다. 그들은 스스로의 노동을 통해 자신을 부양해야 한다. 현숙은 끽다점(카페)의 종업원, 즉 카페걸이며, 화가의 모델로도 일해야 할 만큼 경제적으로 자유롭지 않다. 그녀는 종로에 끽다점을 내고 싶지만 돈 가진 남자들은 좀처럼 그녀의 끽다점 개설을 위한 경제적 후원자가 되어주지 않는다. 남자들은 "지금 대면하고 보니 향기 있는 농후한 뺨, 진달래꽃 같은 입술, 마호가니 맛 같은 따뜻한 숨소리, 오랫동안 잊고 있던 그에게 더없는 흥분을 주었다."처럼[19] 그녀를 '성적 욕망의 대상으로 여기며 관음증적 시선을 드러낼 뿐이다.'[20] 그리고 「어머니와 딸」에서 김 선생의 직업은 소설가이다. 그녀

---

19. 나혜석, 「현숙」, 이상경 편, 앞의 책, 158면.
20. 장유정, 『다방과 카페, 모던보이의 아지트』, 살림출판사, 2008, 네이버지식백과 '카페걸, 천사이자 악녀인 야누스'

의 저금통장에는 지금 수천 원 정도가 들어있다. 그 돈은 "과거에 현상소설에 몇 번 당선하여 수백 원 번 것, 신문지상 장편소설에 수백 원 번 것, 매삭 잡지에 투고 원고로 받는 것"으로 그녀는 현재 잘 나가는 소설가로 설정되어 있다.

나혜석은 「현숙」과 「어머니와 딸」에서 여관이란 공간을 중심으로 가부장적 혈연중심의 생물학적 가족과는 다른 차원의 비혈연적 대안 가족의 모델을 제시한다. 카페걸인 현숙이 머무는 장소는 안국동 여관이다. 이 여관에는 현숙 외에도 시인인 노인과 화가 지망생 청년 L이 함께 머물고 있다. 세 사람은 같은 여관에 투숙하면서 마치 부녀지간이나 부자지간처럼 서로를 보살피고 친밀성을 교환한다.

> 현숙은 노 시인의 시집을 책점에서 애독한 일이 있으므로 노 시인의 신변을 주의하고 돈이 생기면 반드시 술을 사서 부어 권고하므로 적막한 노 시인의 생활은 현숙의 호의로 명쾌하게 되었다. 그러므로 따라서 3인의 생활은 한 사람도 떼어 살 수 없이 되었다. 금년이야말로 L이 선전에 입선되기를 기대하면서 노 시인은 모델이 된 것이다.[21]

현숙은 노 시인의 신변을 보살피고, 노 시인은 노 시인대로 현숙이 화가 K선생의 모델 계약 파기에 괴로워하자 "세숫대야에다 물을 담아다가 현숙의 이마 위에 수건을 축여 얹"어 주거나 K화가를 직접 찾아가 항의하는 데서 마치 아버지처럼 행동한다. 그리고 자애로운 아버지와 같은 어조로 "가난이란 참 고생스럽지. 개 같은 놈들에게 머리를 숙여야 하고 싫은 것도 하지 않으면 안 되지. 그래 일을 생각

---

21. 나혜석, 「현숙」, 이상경 편, 앞의 책, 158면.

하여 일찍이 잠이 깨었어. 현숙이도 지금부터는 쓸데없이 남자와 오고가고 해서는 안 되어."라고[22] 위로한다.

여기서 노 시인이야말로 유사 아버지이다. 그는 딸에게 명령하고 군림하는 아버지가 아니라 딸을 보살피고 배려하는 자애로운 아버지이며, 둘은 민주적인 부녀관계로 설정되었다. 여기서 아버지-딸의 관계는 지배-피지배의 권력관계가 아니라 서로 마음 써주는 보살핌과 배려의 관계, 민주적 관계이다. 나혜석은 노 시인과 현숙의 관계를 통해서 서로 보살피고 배려하는 민주적인 부녀관계의 모델을 제시했다.

여관의 동숙자인 세 사람은 전혀 혈연관계가 아님에도 그 어느 혈연가족보다도 서로를 보살피고 배려하고 친밀감을 교환한다. 그들은 가부장주의나 혈연주의의 윤리가 아니라 자발적인 친밀성과 보살핌의 윤리로 결속되어 있다. 앤서니 기든스(Anthony Giddens)가 말한 순수한 관계의 친밀성의 구조변동을 보여주는 것이다. 순수한 관계는 비단 남녀의 섹슈얼리티뿐만 아니라 부녀관계나 모녀관계 또는 다른 인간관계에서도 나타난다. 기든스가 말하는 순수한 관계란 성적, 감정적으로 평등한 관계이며, 기존의 성차별적 권력 형태를 뛰어넘는다. 그리고 친밀성은 개인 간의 상호작용이 전면적으로 민주화되는 것을 함축한다.[23] 나혜석은 가부장적 가족과는 다른 비혈연 공동체, 민주적인 대안가족의 이상적인 모습을 여관이라는 임시적인 체류지의 순수한 인간관계를 통해서 제시하였다. 하지만 그

---

22. 위의 책, 162면.
23. 앤서니 기든스(Anthony Giddens), 배은경 황정미 역, 『현대사회의 성 사랑 에로티시즘: 친밀성의 구조변동』, 새물결, 1996, 28-29면.

공동체는 「현숙」의 결말에서 현숙이 자신만의 방으로 이사하는 것을 통해서 알 수 있듯이 결코 고정적이고 폐쇄적인 공동체가 아니다.

「현숙」에서 또 하나의 주목할 만한 관계는 화가 지망생인 청년 L과 현숙과의 관계이다. 평소 현숙을 사모해온 L은 소설의 결말에서 여관을 떠난 현숙으로부터 계약연애에 대한 제의를 받는다.

> "그리고 당신은 오후 3시에 여기 와주셔요! 언제든지 열쇠는 주인집에 맡겨둘 터이니. 우리 둘이 여기서 살 수는 없어요. 당신은 잘 노 선생을 위로해 드리세요. 네? 우리가 이렇게 된 것을 당분간 선생에게는 이야기 아니 하는 것이 좋아요. 우리 둘은 반 년 간 비밀관계를 가져요. 반 년 후 신계약에 대해서는 다시 생각할 필요가 있어요. 그것은 우선 우리가 미리 준비할 필요가 있어요."[24]

반년 간의 계약관계 후에 다시 재계약 여부를 결정한다는 것은 일종의 계약연애이다. "여기서 계약관계는 억압적이고 가부장적인 결혼관계나 물신주의에 지배된 타락된 남녀관계를 벗어나 순수하고 자유로운 남녀관계의 이상"이다.[25] 나혜석은 독점적이고 억압적이며 폐쇄적인 결혼이 아니라 보다 자유롭고 평등한 연애와 유연성과 개방성을 지닌 남녀관계의 이상을 현숙과 L의 관계를 통해 제시한 것이다. 이때 그녀가 하고자 하는 사랑은 열정적 사랑이나 낭만적 사랑이 아니라 순수한 관계 지향성을 바탕으로 한 합류적 사랑일 것이다. 순수한 관계는 앞에서도 말했듯이 기존의 관습적 인간관계를 벗

---

24. 위의 책, 165면.
25. 송명희, 「근대소설에 나타난 신여성 모티프」, 『인문사회과학연구』 제11권-2호, 부경대학교 인문사회과학연구소, 2011, 17면.

어남과 동시에 성적, 감정적으로 평등한 관계를 지향한다. 기든스에 의하면 합류적 사랑은 상대방에게 일방적인 헌신을 요구하고 압박하는 사랑이 아니라 선택의 자유를 존중하며 지배-피지배의 관계를 떠나 상호성을 이루는 사랑이다. 즉 자기 자신을 타자에게 열어 보임으로써 서로 다른 정체성을 인정하고 사랑의 유대를 공유함으로써 새로운 정체성을 이루어가는 사랑이다.[26] 여관을 떠나온 현숙은 '침실 겸 서재인 그녀의 방에서 보다 자유롭고 당당하게 자신의 삶을 주체적으로 결정하고 미래를 설계하게 될 것이다.'[27] 그리고 폐쇄적이고 억압적인 결혼이 아니라 자유롭고 평등한 순수한 관계의 합류적 사랑을 추구하게 될 것이다.

「어머니와 딸」에서 여관에 머무는 김 선생은 직업이 소설가로서 그녀는 여관집 딸 영애의 존경을 받는 한편 여관의 장기투숙객인 도청 공무원 한운과 이혼남인 이기봉의 존경도 받고 있다. 여관 집 주인의 딸 영애는 고등여학교를 나온 후 더 공부하겠다고 주장하고, 주인 여자는 도청 공무원인 한운과 딸을 결혼시키고 싶어 하여 모녀는 갈등상태에 놓인다. 이들 모녀관계는 대화조차 "이년, 한나절까지 자빠져 자고, 해다 주는 밥 먹고, 밤낮 책만 들여다보면 옷이 나니 밥이 나니? 이년 보기 싫다. 어디로 가버려라."처럼 어머니가 일방적으로 딸에게 욕설을 퍼붓는 폭력적 위계관계이다. 어머니와 딸은 서로를 설득하지 못한 채 감정적으로 첨예한 대립을 할 뿐이다. 어머니의 '시집을 가야 한다'는 주장과 딸의 '더 공부해야 한다'는 욕

---

26. 위의 책, 27-28면.
27. 정미숙, 「나혜석 소설의 '여성'과 젠더수사학」, 『현대문학이론연구』 제46호, 현대문학이론학회, 2011, 215면.

망 사이에는 전혀 대화의 가능성이 차단된 듯이 보이며 어머니의 목소리만이 높아져 있다.

반면 김 선생과 영애의 관계에서 영애는 마음의 고민을 김 선생에게 털어놓고 장래를 의논한다. '김 선생-영애'의 대화에서 영애는 더 공부를 하여 문학을 전공하겠다고 말하는가 하면, 한운이란 청년이 싫은 이유를 말하기도 하고, 어머니의 결혼 강요에 죽고 싶은 심정을 노출하기도 한다. 「어머니와 딸」에서 '실제의 어머니'가 단지 육체상의 '생물학적 어머니'라면 '김 선생'은 딸 영애의 '정신적 어머니'이다. 실제적인 혈연관계의 친어머니보다 영애는 김 선생을 더 존경하고 따른다. 소설가 김 선생이야말로 문학을 공부하고 싶어 하는 영애의 구체적 롤 모델이다. 딸이 김 선생을 존경하고 따르자 영애 어머니는 바로 김 선생 때문에 딸이 시집을 안 가고 공부를 계속하겠다는 고집을 피운다고 생각하여 여관에서 나가줄 것을 종용했던 것이다.

「어머니와 딸」의 어머니는 여러 모로 「경희」의 어머니와 비교된다. 「경희」의 어머니가 딸 '경희'의 조력자로 등장함으로써 딸의 근대적 주체성 실현을 돕는 역할을 맡았다면, 「어머니와 딸」에서는 아버지의 존재가 드러나지 않는 가운데 어머니가 딸을 지배하는 권력자로 등장한다. 「어머니와 딸」에서 어머니는 딸과 대립하는 존재이며, 가부장제 이데올로기를 내면화한 모습으로 제시된다. 그녀는 「경희」의 아버지처럼 딸 위에 군림하는 유사 아버지이다. 그녀는 그저 주워들은 풍월로 신여성에 대한 부정적 고정관념을 갖고 있다. 하지만 그녀의 신여성관이란 그저 주워들은 풍월인 만큼 어떤 신념체계를 형성하고 있는 것은 아니다. 따라서 신여성에 대해 우호적인 하숙생

이기봉의 반발에 반항할 힘을 잃거나 "나야 무식하니 무얼 알겠소마는"이라고 하며 짐짓 물러나 버린다.[28]

이 소설의 제목이 '어머니와 딸'인 것은 의미심장하다. 작가는 이상적인 모녀관계를 김 선생-영애의 관계처럼 정신적으로 존경하고 친밀성을 교환할 수 있는 관계로 제시했다. 이상적인 모녀관계는 「경희」의 모녀관계처럼 혈연관계일 수도 있지만 「어머니와 딸」처럼 비혈연 관계일 수도 있다. 나혜석은 모녀관계 역시 어머니가 딸을 지배하는 권력관계가 아니라 민주적이고 서로 배려하는 관계가 되어야 한다는 것을 김 선생-영애의 관계를 통해서 그 모델을 보여주었다. 「어머니와 딸」은 혈연공동체로서의 가족을 비판하며 자발적 존경과 친밀감으로 결속된 순수한 인간관계로서의 모녀관계를 제시했다는 점에서 급진주의 페미니즘의 성격을 띤다.

두 편의 소설은 여관이란 공간을 배경으로 가부장적 가족이 아닌 비혈연 공동체에서 사람들끼리 서로 보살피고 배려하고 친밀성을 교환하는 관계가 될 수 있다는 것을 보여주었다. 즉 남성중심의 혈연 가족에서 가부장이 가족 위에 군림하여 권력을 행사하는 것과는 달리 비혈연 공동체에서 사람들은 친밀감을 나누고 보살핌과 배려를 보여주지만 결코 권력을 행사하지 않는 민주적이고 평등한 관계를 형성한다.

나혜석의 소설에 설정된 여관은 일시적 체류지지만 나혜석은 이 공간을 여성해방의 이상과 자유를 실현시켜 줄 이상적 공간으로 그

28. 송명희, 「나혜석의 '어머니와 딸'과 대화주의」, 『내러티브』 제8호, 한국서사학회, 2004, 247-266면.

려냈다. 그리고 이를 통해 가부장적 결혼과 남성중심의 혈연가족을 비판하는 급진주의 페미니즘의 성격을 드러냈다.

오토 볼노(Otto F. Bollnow)는 그의 저서 『인간과 공간(Mensch und Raum)』의 마지막 장에서 공간성의 변화태, 즉 공간과 맺는 인간의 관계를 4가지로 요약하고 있다. 첫째, 공간에 대한 소박한 믿음, 둘째, 고향(집)이 없는 상태, 셋째, 집을 지어 안도감을 회복해야 한다는 과제, 그리고 네 번째인 마지막 단계를 다음과 같이 설명한다.

> 인간이 지은 모든 집은 공격당할 수 있다.(또 집 내부에도 보이지 않는 곳에 위험한 공간이 도사리고 있을 수 있다.) 여기에서 고정된 집에 머무르려는 집착을 극복하고 인간이 만든 개인 공간이 아닌 더 넓은 공간에서 다시 궁극의 안도감을 얻어야 하는 마지막 과제가 생긴다. 다시 말해 인위적으로 조성되어 허울뿐인 안도감에 집착하는 허상에서 벗어나, 소박한 공간성이 더 높은 차원에서 회복되는 열린 안도감으로 나가야 한다. 이는 쉽지 않은 일이다. 그렇게 하려면 인간은 허울뿐인 안전에서 탈피하기 위해 각별히 노력해야 한다.[29]

「현숙」과 「어머니와 딸」의 주인공은 집이 없는 상태지만 고정된 가부장적 집에 집착하는 허상에서 벗어나 여관과 같은 일시적 체류지인 더 넓은 공간에서 허울뿐인 안도감이 아니라 열린 안도감을 획득한다. 일찍이 「경희」에서 가부장적 집이 여성의 자유와 주체성을 억압하는 허울뿐의 안도감만을 제공하는 공간에 불과하다는 허위의식

29. 오토 프리드리히 볼노, 이기숙 역, 『인간과 공간(Mensch und Raum)』, 에코 리브르, 2011, 395-396면.

을 꿰뚫어보며 집으로부터 자발적 탈주를 감행했기에 가능했던 일이다. 볼노는 '위협적인 외부공간과 긴장상태가 지속되더라도 자기 집의 굳건함에 대한 순진한 믿음을 극복하고 전폭적인 신뢰 속에서 큰 공간에 몸을 맡기는 것이 중요하다고 했다. 그렇게 할 때에만 큰 공간도 위험한 성질을 잃어버리고 스스로 보호공간이 되어 준다는 것이다. 그래야만 인간은 공간에서 참된 거주를 실현하며 인간의 본질을 실현할 수 있다는 것이다.'[30]

「경희」와 「회생한 손녀에게」의 주인공은 가부장적 집에 대한 순진한 믿음을 극복하고 집밖의 더 큰 공간에 몸을 맡기는 일을 두려워하지 않았다. 그 결과 「현숙」과 「어머니와 딸」의 주인공들처럼 여관과 같은 일시적 체류지를 위험한 공간이 아니라 보호공간으로 변화시키며 참된 거주를 실현하고 인간의 본질을 실현할 수 있게 된다.

나혜석은 1920년에 김우영과 결혼을 함으로써 일시적으로 가부장적 집으로 복귀하는 듯이 보인다. 하지만 1930년에 이혼한 후 다시는 집으로 돌아가지 않았다. 그리고 결혼생활 중이었던 1920년대에 발표한 소설 「규원」과 「원한」에서 구여성을 등장시키며 가부장적 집이 언제든 여성을 내칠 수 있는 허울뿐의 불안정한 보호처라는 사실을 일깨웠던 것은 결코 우연이 아니라고 할 수 있다.

「파리의 그 여자」는 '파리에서 만났던 최린과의 연애사건을 모티프로 한 자전적 작품으로서 제1막은 파리의 한 호텔, 제2막은 뉴욕의 한 아파트, 제3막은 원산해수욕장으로 유럽과 미국 그리고 한국을 횡단하는 글로벌한 공간적 스케일을 보여준다. 이 작품은 초국

30. 위의 책, 399면.

가적인 공간적 상상력만큼이나 남녀관계에 있어서도 전통에 뿌리를 둔 조선적 가부장제를 벗어버린다. 김 씨나 이 씨가 아니라 영자 알파벳의 호명은 탈조선적인 윤리규범을 갖고 개방결혼을 실천하는 B라는 여성을 효과적으로 드러내고 있다. 특히 파리는 그녀가 조선의 여성 지도자가 되길 바라는 C라는 남자친구의 정신적 지지가 있고, J와의 낭만적 사랑도 가능했던 자유스러운 분위기와 행복했던 기억이 존재하는 공간이다.'[31]

이 작품에서 B라는 주인공이 직접 등장하는 장소는 제3막의 원산해수욕장뿐이다. 제1막의 파리나 제2막의 뉴욕에서 그녀는 다른 인물들의 대화 속에서 간접적으로 드러난다. 그런데 파리와 뉴욕을 거쳐 조선에 돌아와서도 그녀는 남편 A와 함께 집에 머무는 것이 아니라 원산해수욕장에서 애인 J를 만나고 있다. 그녀는 여행자처럼 한 장소에서 다른 장소로 옮겨가는 탈영토화를 실천하는 인물이다. 제3막의 배경이 원산해수욕장, 즉 해변으로 설정된 것은 의미심장하다. '해변은 자유의 공간이다. 이곳에서는 일과 가정의 분리라는 일상적인 삶의 경계가 무너진다. 땅과 바다가 만나는 이곳에서는 자연과 문화의 경계 역시 희미해진다. 해변은 썰물과 밀물이 교차하는 일시적이고 불완전한 공간이다. 이 예외적인 공간에서 자연과 문화의 이분법 중 문명에 속한 징후들은 도전을 받는다. 사람들의 계급을 상징하는 옷도 일시적으로 벗어버린다. 이곳에서는 다양한 형태의 벗은 몸만 남겨지며 쾌락 역시 지적인 경험보다 육체적인 경험에 의해

---

31. 송명희, 「나혜석의 급진적 페미니즘과 개방결혼 모티프」, 『인문과학연구』 제94호, 충남대학교 인문과학연구소, 2014, 194면.

좌우된다.'[32]

조선으로 돌아온 B는 해수욕장이라는 비일상적이고 자유로운 해방공간에서 애인 J와 재회하는 기쁨에 사로잡혀 있다. 하지만 J는 둘이 다시 만나 사랑한다는 말을 하게 된 것을 공상 속에서나 가능한 '엄청난 현실'로 파악한다. 즉 현실의 억압을 느끼는 것은 여성인 B가 아니라 남성인 J이다. J는 지난 시절 파리에서의 행복했던 사랑에 대한 회상보다는 현재의 억압에 사로잡혀 있다. 기혼 남녀의 혼외의 사랑은 과거 자유로운 분위기의 파리에서는 가능했으나 시공간이 달라진 현재의 조선에서는 불가능한 것으로 인식하는 J와 행복했던 사랑에 대한 회상에 빠져 그것을 지속하고 싶어 하는 B의 입장 차이가 분명하게 드러나고 있다.

B는 중년기의 사랑을 의식적이며, 제 행동을 하는 것처럼 재미있고, 힘이 나고, 멋진 것으로 인식하며, 파리에서 경험했던 이상적 사랑을 조선에서도 지속하길 희망한다. 그러나 그녀는 조선의 현실에서 기혼 남녀의 개방결혼은 더 이상 지속될 수 없다고 생각하는 J를 설득하지 못한다. 따라서 두 사람의 낭만적 사랑은 더 이상 지속될 수 없다.

「파리의 그 여자」는 기혼여성을 주인공으로 등장시키며 파리, 뉴욕, 원산해수욕장과 같은 일시적인 체류지를 중심으로 기혼 남녀의 개방적이고 자유로운 사랑을 다루었다. 그런데 앞에서 말했듯이 해수욕장은 피서지로서 조선이라고 하더라도 일탈이 허용되는 자유롭고 개방적인 공간이다. 작품의 결말은 "반나체의 해수욕복을 입은

32. 린다 맥도웰, 여성과 공간연구회 역, 앞의 책, 286면.

네 사람은 물결이 출렁출렁하는 바다로 들어가 혹 익숙하게 혹 서투르게 헤엄치고 있다."라고 되어 있다. 해수욕복을 입고 물속에서 수영하는 남녀를 통해 작가는 파리에서와 같은 낭만적 사랑의 리비도에 다시 빠져보고 싶은 B의 무의식적 욕망을 드러냈다. 그러나 이어진 합창소리 "물결 소리에 합창 소리가 울려 나온다. 에헤라 데헤라/에헤에라/어기여차 배 떠난다/나는 가오 나는 가오."의 배 떠남과 '나는 가오'란 의미를 통해서는 개방적 연애의 지속이 더 이상 불가능하다는 현실인식을 동시에 드러냈다. B는 파리에서와 같은 사랑을 조선에서도 지속하길 욕망하지만 조선의 현실에서 그와 같은 사랑을 지속할 수 없다는 J의 입장을 받아들이지 않을 수 없다는 것을 암시한 것이다.

「파리의 그 여자」에서 '파리'는 개방결혼의 실천이 가능했지만 과거의 회상공간이고, '원산해수욕장'은 개방결혼의 지속이 불가능하다는 것을 수용할 수밖에 없는 현재의 공간이다. 주인공은 고정된 집이 아니라 일시적인 체류지이며 비일상적이고 자유로운 일탈 공간인 해수욕장에 대해 주체적이고 능동적인, 즉 진정한 장소감을 표현하고 있다. 하지만 밀물과 썰물이 교차되는 해변에서의 장소감은 일시적이고 불안정한 것으로 영원히 지속될 수 없다. 해변은 일시적인 체류지인 여관보다 훨씬 더 불안정한 장소, 곧 떠나야 할 임시적인 여행지이다. 따라서 기혼남녀의 개방적 연애도 밀물과 썰물이 교차하듯 일시적인 것으로 영원히 지속될 수 없다. 결국 B는 더 이상 사랑을 계속할 수 없다는 상대방 J의 선택을 존중하고 받아들일 수밖에 없다는 것을 결말에서 암시하였다. 즉 B는 남녀관계의 폐쇄성과 고정성을 벗어나 개방성과 유동성을 수용한 것이다. 이는 상대방에게 사랑의 지속을 압박하지 않으며 상대방의 이별의 선택과 자유를 존중했다는 점에서 「현숙」에서 보여준 합류적 사랑과 같은 맥락을 보여주었다고 할 수 있다.

3) 집에서 축출당한 구여성의 불안정한 공간-「규원」과 「원한」

「규원」과 「원한」 두 작품에서는 부모에 의해서 결정된 전통적 조혼이 초래한 불행을 구여성을 통해 보여준다. 자매관계의[33] 두 작품은 '규원'이나 '원한'이란 제목처럼 여성 주인공이 자신의 한스런 인생을 거의 독백처럼 풀어낸다. 「규원」에서 주인공의 독백을 들어주는 사람은 "어느 집 삼간 대청마루"의 아낙네들이다. 「원한」의 여주인공은 자신이 몸 부쳐 사는 어느 집 행랑채 단칸방에서 홀로 신세 한탄을 하고 있다. 두 작품 속에 드러난 여주인공의 삶은 부모가 결정한 조혼의 불행한 모습을 보여주는 한편, 남성에게 의존하는 가부장적 결혼과 집은 언제든지 쉽게 와해될 수 있다는 것을 여실히 보여준다. 나혜석이 두 작품을 결혼생활 중에 있을 때 창작했던 이유는 무엇일까.

「규원」에서 주인공 이 부인은 아버지가 구 조선에서는 평양감사를 지냈고 일제식민치하에서는 봉산군수와 안성군수를 지냈을 뿐만 아니라 백부는 판서를 지낸, 철원 일대의 명문가의 고명딸로 귀하게 자라 16세에 아버지의 절친 김 판서 댁의 13세 되는 자제와 혼인을

---

33. 『신가정』 제1호에 발표된 「규원」은 미완성의 작품이다. 『신가정』 제2호에 연재 예고가 되었으나 『신가정』2호는 발간되지 않았다. 따라서 「규원」은 영구 미완성의 작품이며, 「원한」은 작품의 성격이나 주인공의 캐릭터 면에서 「규원」과 자매관계에 놓인다.: 이상경 편, 앞의 책, 125면.

한다. 「원한」에서의 이 소저 역시 이 판서 댁의 무남독녀로서 15세에 이 판서의 죽마교의로 지내는 김 승지 댁의 11세 신랑 철수와 백년가약을 맺게 된다. 「규원」과 「원한」의 주인공은 모두 명문 양반가의 처녀들로서 근대교육을 받지 않았고, 따라서 신여성의 자유연애결혼과는 거리가 먼 전통적 방식대로 부모가 정해주는대로 조혼을 했다. 하지만 구여성의 결혼은 결코 탄탄대로가 아니다.

「규원」의 주인공 이 부인은 가부장적 가족제도 내에서 아들 둘을 낳고 어렵고 괴로운 것을 모르고 시집살이를 하였으나 삼십도 안 된 꽃다운 나이에 남편이 폐병으로 죽게 되자 그때부터 전락의 길을 걷게 된다. 「원한」의 경우도 마찬가지이다. 더욱이 23세에 과부가 된 이 소저는 사별 전에도 남편의 주색잡기 때문에 성적으로 소외된 상태였다. 과부가 된 그녀의 성적 욕망에 대한 자각과 이웃집 박 첨지의 성폭력에 의한 비정상적 섹슈얼리티의 실현은 오히려 그녀의 인생을 추락시키는 원인으로 작용한다. 그녀를 바라보는 박 첨지의 시선 속에서 그녀는 성적 주체가 아니라 타자로 대상화될 뿐이다. 그녀는 섹슈얼리티에 대해 욕망과 금기 사이를 가로지르는 양가적 태도를 보여준다. 그리고 그녀의 몸은 쾌락과 동시에 고통의 근원지가 된다.

> 그러나 이 씨의 머리에는 이상하게도 그날 밤 인상을 잊을 수가 없었다. 그 따뜻한 손, 그 다정한 눈, 생각할수록 눈앞에 똑똑히 나타나 보였었다. 그러나 '할아버지 같은 사람허구……' 하는 생각이 날 때는 심한 모욕을 당한 것 같아서 심히 분하고 스스로 부끄러웠었다.[34]

---

34. 나혜석, 「원한」, 이상경 편, 앞의 책, 133면.

두 작품에서 가부장적 집은 여성이 정절 이데올로기를 철저히 지키는 경우에만 보호처로서 기능한다. 두 작품은 남편의 사후에 외간 남성의 폭력과 음모에 정조를 훼손당한 여성들이 시가나 친정 양가로부터 얼마나 가혹하게 내쳐지는지를 생생히 보여준다. 그녀들의 삶은 더 이상 가부장적 시가나 친정 그 어디에서도 보호받지 못한 채 하루아침에 처에서 첩으로 하녀로 다시 이곳저곳을 떠도는 떠돌이 신세로 전락하는 하강구조를 보이고 있다. 두 작품은 집에서 축출된 여성들이 이곳저곳을 전전하며 고단하고 불행한 삶을 살 수밖에 없다는 것을 거의 유사하게 보여준다.

> "단칸방에서 주인 식구 다섯하고 여덟이 자면 평생에 어디가 옷고름 한번을 풀어보고 다리를 펴고 자보리까. 알뜰히도 고생도 하였지요. 그나마 가라면 어쩝니까."[35]

> 이 씨는 장변으로 50원을 얻어 그것을 밑천삼아 장사를 시작하였다. 한 광주리 쌀 팔고, 한 광주리 팥 팔고, 한 광주리 콩 팔아 포갬포갬 포개 얹어 머리가 옴쳐지도록 뒤집어 이고 이곳저곳서 열리는 장을 찾아 다니며 1전, 2전의 이를 바라고 추운 날 더운 날 무릅쓰고, "싸구려 싸구려" 외치고 다닌다. 오늘도 왕복 60리 장에를 걸어왔다 와서 식은 밥 한 술 얻어먹고 웃목 냉골에서 쓰린 잠이 곤하게 들었다. "아이고아이고, 다리야 다리야, 으흥…… 그놈."[36]

근대는 신여성들이 자유연애를 실천하며, 김일엽과 같은 경우에

35. 나혜석, 「규원」, 위의 책, 125면.
36. 나혜석, 「원한」, 위의 책, 136면.

정신적 정조라는 새로운 성담론을 통해 남성들의 고루한 육체적 순결이데올로기에 정면으로 도전하던 시기였다. 나혜석 역시 '정조는 취미'일 뿐이라고 주장했다. 그럼에도 구여성들은 여전히 남성들이 여성의 육체를 통제하고 혈통의 순수성을 수호하기 위해 만들어낸 순결(정절)이데올로기에 사로잡혀 있었다. 더욱이 과부가 된 구여성은 자신의 몸을 남성들의 음모와 폭력에 내맡김으로써 폭력의 희생자가 되어버리는 무주체적 모습을 「규원」과 「원한」은 형상화했다. 즉 그녀들은 근대교육을 받지 못함으로써 자신의 몸에 대한 주체성을 자각하지 못하고, 자신의 몸에 대한 대상화에서 벗어나지 못한다. 몸에 대한 주체성의 포기는 결국 자신의 인생에 대한 주체성의 포기와 삶의 고난으로 이어진다.

두 작품에서 여성의 몸은 가장 직접적인 장소이다.[37] 아드리엔 리치(Adrienne Rich)는 신체를 '가장 친밀한 지리'라고 했다. 신체는 공간에 존재할 뿐만 아니라 공간 그 자체이기도 한 것이다.[38] 하지만 「규원」과 「원한」에서 몸은 '욕망하는' 몸, 즉 주체로서의 몸이 되지 못하고 '욕망되는' 몸, 즉 대상이자 타자로서의 몸이다. 가부장제하에서 여성은 자신의 몸의 주체가 되지 못하고 항상 대상이자 타자로 존재할 뿐이다. 가부장제는 순결(정절)이데올로기로 여성의 몸을 억압하고 통제하는 반면에 남성에게는 일부다처제를 통한 축첩과 외도를 허용하여 왔다. 여성의 성은 남자의 상속권과 가계 계승의 목적을 위한 생식의 기능에서만 그 가치를 인정하고, 혈통의 순수성을

37. 린다 맥도웰, 앞의 책, 75면.
38. 질 발렌타인, 앞의 책, 39면.

보장하기 위해 순결과 정절이 여성에게 절대적인 의무로 강요되어 왔던 것이다.

「규원」과 「원한」은 가부장제 사회에서 절대적 의무로 강요된 순결과 정절을 잃어버린 구여성을 어떻게 집에서 축출하며 억압하고 통제하는가를 극명하게 보여주었다. 즉 가부장적 집은 언제든 여성을 내칠 수 있는 허울뿐의 불안정한 보호처로서 결코 여성의 참된 거주처가 되지 못한다는 사실을 집에서 쫓겨나는 구여성을 통해 보여주었다. 그리고 적대적 외부세계로 쫓겨난 구여성의 불안정한 위치는 남의 집 대청마루와 더부살이하는 행랑채의 단칸방과 같은 전혀 보호처로서 기능하지 못하는 열악한 공간과 남성들의 폭력에 의해 강제적으로 훼손된 몸을 통해 의심할 여지없이 드러났다.

두 작품의 주인공들은 집에서 쫓겨남으로써 볼노가 공간성의 두 번째 변화태로 말한 집 없는 상태에 처해진다. 집에서 쫓겨난 여성들은 그녀들의 신세한탄이 보여주듯 자신들의 억울함만을 호소할 뿐 좀 더 높은 차원의 자각으로 나아가지 못한다. 즉 허울뿐인 가부장적 집과 그 집이 주는 허울뿐의 안도감에 집착하는 허상을 벗어나지 못한다. 왜냐하면 그녀들은 가부장제의 허위의식을 통찰하고 비판할 수 있는 근대교육을 받지 못한 구여성이기 때문이다. 따라서 그녀들은 남의 집 행랑채와 더부살이 단칸방에서 장소상실에 빠져 있을 뿐 불안정한 일시적 체류지를 위험한 공간이 아니라 보호공간으로 변화시켜 나가는 노력을 보여주지 못한다. 따라서 그녀들은 참된 거주를 실현할 수 없다. 바로 여기에서 신여성과 구여성의 차이가 발생한다.

「규원」과 「원한」을 통해 나혜석은 여성도 자신의 삶을 주체적 독립적으로 개척하기 위해서는 반드시 근대교육을 받아야 한다는 것을 역설적으로 입증해 보였다고 하겠다.

3. 결론

나혜석은 「경희」에서 가부장적 질서가 지배하는 집을 탈주하는 여성을 보여주었다. 하지만 집을 탈주한 신여성은 「회생한 손녀에게」에서 보듯이 형편없는 자취방이나 「어머니와 딸」과 「현숙」에서 보듯이 여관과 같은 임시적인 체류지에서 거주한다. 그리고 「파리의 그 여자」의 경우도 지속적인 생활공간이 아니라 일시적인 여행지에 머문다. 하지만 그들은 임시적인 체류지에서 민족의식을 자각하고 소설을 쓰며, 사람들과 친밀감을 나누고 서로를 보살피며, 사랑을 나누고 이별을 받아들인다. 그들은 허울뿐의 안도감만을 주는 가부장적 집에 집착하는 허상에서 벗어나 일시적 체류지지만 보다 더 넓은 공간에서 열린 안도감을 획득한다.

반면 「원한」과 「규원」에서 가부장적 집은 여성이 정절을 상실하자 그녀들을 추방한다. 집으로부터 쫓겨난 구여성은 자신만의 공간을 갖지 못한 채 남의 집 삼간대청이나 더부살이 단칸방에서 장소상실을 경험하며 철저히 타자화된 삶을 살아간다. 타율적으로 집에서 쫓겨난 주인공은 그녀들의 신세한탄이 보여주듯 자신들이 버려졌다는 억울함만을 호소할 뿐 허울뿐인 집과 그 집이 주는 허울뿐의 안도감에 집착하는 허상을 벗어나지 못한다. 왜냐하면 그녀들은 가부장제의 허위의식을 통찰하고 비판할 수 있는 근대교육을 받지 못했기 때문이다. 따라서 그녀들은 장소상실에 빠져 있을 뿐 일시적 체류지를 위험한 공간이 아니라 보호공간으로 만들며 참된 거주를 실현할 수 없다. 바로 여기에서 신여성과 구여성의 차이가 발생한다.

신여성이든 구여성이든 근대의 시기에 집이라는 공간은 여성이 진정으로 주체성과 자유를 실현할 수 없는 공간이었다. 신여성이 집이 아닌 자취방, 여관과 같은 비혈연 공동체의 일시적인 체류지에서 주체성과 자유를 추구했다는 것은 그들의 삶이 뿌리내리지 못한 불안정성을 나타낸 것이라고 할 수 있다. 하지만 가부장제의 허상을 통찰한 신여성들은 기꺼이 일시적이고 불안정한 공간을 그녀들의 자유와 주체성을 실현할 공간으로 변화시켜 나갔다. 반면 가부장제의 피해자이면서도 가부장제의 허상을 통찰하지 못한 구여성들은 허울뿐인 집과 그 집이 주는 허울뿐인 안도감에 집착할 뿐 참된 거주를 위한 노력을 결여한 채 신세한탄에 빠져 있다.

나혜석의 문학적 공간은 모두 일시적인 체류지라는 공통점을 지니지만 자발적으로 집을 나온 신여성은 그곳에서 주체성과 자유를 추구하고, 집에서 강제로 축출된 구여성은 주체성과 자유를 실현할 수 없었다. 렐프의 장소개념에 의한다면 신여성이 머무는 자취방, 여관, 여행지는 능동적이고 주체적이며 진정한 장소감을 일으키는 장소지만, 구여성이 머무는 행랑채와 단칸방은 수동적이거나 강제적이며 탈장소의 비진정한 장소감(장소상실)을 일으키는 장소일 뿐이다.

나혜석은 신여성의 집으로부터의 자발적 탈주를 통해 가부장주의에 저항하는 페미니즘을 보여주었지만 강제적으로 집에서 축출된 구여성을 통해서는 가부장주의를 비판하는 페미니즘을 보여주었다. (『인문사회과학연구』 제16권 3호, 부경대학교 인문사회과학연구소, 2015)

제5부

모성 이데올로기 비판과 개방결혼의 옹호

09

나혜석의 모성 이데올로기 비판과 여성적 글쓰기

1. 「아빠 힘내세요」와 성역할 고정관념

최근 문화체육관광부는 동요 「아빠 힘내세요」에 대해 "엄마는 집 안에서 가사노동을 하고, 아빠는 밖에서 경제활동을 하는 것이 당연하다는 고정관념을 심어준다"라는 점을 이유로 들어 양성평등 저해 사례로 꼽았다. 그런데 「아빠 힘내세요」에 대한 유해판정 발표가 나오자 많은 사람들이 전혀 이해할 수 없다는 반응을 보였다. 이에 문화체육관광부는 서둘러 유해가요로 판정한 사실이 없다며 해명자료를 배포하는 해프닝까지 벌어졌다.

원래 이 동요는 IMF 시절에 위축된 아빠들을 응원하기 위해 만들어졌다. 하지만 당시 필자에게 이 동요는 아빠들에 대한 응원가로 받아들여지기보다는 압박으로 받아들여졌다. 무더기로 명예퇴직과 정리해고를 당하는 IMF의 상황에서 계속 남성들을 밖으로 내몰며 가족 부양의 임무를 수행하라고 강박하는 것처럼 느껴졌던 것이다.

실직하여 생계부양자로서의 역할을 수행하고 싶어도 할 수 없는 남성들에게 이 동요는 어떻게 받아들여졌을까? 「아빠 힘내세요」는 응원이 아니라 죄책감과 더불어 어떻게 해서라도 생계부양자로서의 역할을 수행해야 한다는 강박관념으로 남성들을 압박하지는 않았을까? 그 당시 직장으로부터 퇴출된 남성들 가운데 자살자가 많았었다는 것은 무엇을 말해주는 것일까?

남성이 생계부양자로서의 역할을 제대로 수행할 수 없다면 그 역할을 다른 가족들이 분담해야 한다. 즉 고통 분담이 이루어져야 한다.

남녀의 성역할은 생물학적 성(sex)에 기반한 불변의 고정된 범주가 아니라 사회적 문화적으로 구성되는 것(gender)으로서 시대에 따라 변화한다. 앨빈 토플러가 구분한 제2의 물결시대(산업화사회)에 남성은 공적 경제적 활동을 통해 가족을 부양하고, 여성은 사적 가정적 활동으로 가족을 관리하는 이분법적 역할 분담이 이루어졌다. 즉 남성은 리더로서의 역할, 경제적 생산, 사회적 대표권, 가족의 생계부양, 직업을 담당하는 존재였다. 반면 여성은 정서적 역할, 자녀양육, 가사노동, 가계관리, 가정을 담당하는 존재였다. 다시 말해 남성은 생계부담자였고, 모험가였으며, 전사였고, 사색가였다. 그리고 여성은 주부였고, 듣는 사람이었으며, 감정적인 존재였다. 사회학자 탈코트 파슨스(Talcott Parsons)에 의하면 도구적 역할의 남성은 직업을 갖고 적당한 수입을 벌어들임으로써 남편과 아버지로서 공동체내에서 지위를 보장받는다. 반면 표현적 역할의 여성은 아내나 어머니로서, 또는 안주인으로서 가족집단을 통합시켜나가는 정서적 역할을 수행한다.

「아빠 힘내세요」가 나온 1990년대 말의 우리 사회는 제2의 물결을 넘어서서 제3의 물결시대(정보화사회)로 이행하는 시점이었다. 20C가 종언을 고하고 21C가 열리며 뉴밀레니엄으로 넘어가는 터닝 포인트였다. 제3의 물결시대는 제2의 물결시대와는 달리 남녀의 이분법적 역할 분담의 경계를 넘어서서 공적 역할이든 사적 역할이든 남녀 구분 없이 자유롭게 선택할 수 있는 시대이다. 즉 성역할 고정관념이 더 이상 존재하지 않는 시대이다. 따라서 직장에서든 가정에서든 역할의 분리가 아니라 남성이든 여성이든 선택과 합의에 따라 자신의 역할을 결정하고, 서로 협력하는 시대로 변화가 일어난다.

그런데 「아빠 힘내세요」는 여전히 제2의 물결시대의 성별 고정관념에 사로잡혀, 생계부양자로서의 남성 역할을 촉구하고 있다는 점에서 시대적 흐름에 역행하고 있다 할 수 있다. 「아빠 힘내세요」의 양성평등 유해판정을 이해할 수 없다는 사람들은 여성의 현모양처로서의 역할에 대해서도 지극히 당연하게 여길 것이 분명하다. 그리고 남녀를 공(公)과 사(私)로 분리하는 성역할의 고정관념을 마치 진리처럼 여기며, 그것이 시대와 사회에 따라 변화하는 것이라는 데 대해서는 한 번도 생각해본 적이 없을 것이다. 하지만 남녀의 역할은 천부적으로 가지고 태어나는 것도, 고정되어 있는 것도 아니다.

그들에게 어머니는 누구인가? 그녀는 주체적이고 독립적인 인간이 아니라 어머니요, 아내요, 딸일 뿐이다. 즉 남성과의 관계 속에서만 그 존재성이 드러나는 주체가 아닌 타자요, 부속물일 뿐이다. 전통적으로 한국에서 여성은 유교적 가부장제하에서 삼종지도의 아비투스(Habitus)에 구속되어 남성과의 관계 속에서만 그 존재가치를 인정받는, 즉 어머니 · 아내 · 딸이라는 예속적 정체성만을 부여받은 존재였다.

2. 나혜석의 모성 비판

지금으로부터 100년 전 나혜석은 그녀가 쓴 최초의 글 「이상적 부인」(1914)에서 왜 여성에게만 차별적인 양처현모(현모양처) 교육을 시키는가 하고 가부장제 사회의 불평등한 성차별적 교육에 대해서 비판을 제기했다. 그녀는 왜 남자에게는 양부현부(良夫賢父)의 교육법은 없는가 하고 반문한다. 여자에게 양처현모(良妻賢母)의 교육을 시키려면 남자에게는 양부현부의 교육을 시켜야 평등하다는 것이다. 나혜석은 남성에게는 양부현부의 교육을 시키지 않은 채 여성에게만 강요되는 현모양처 교육을 여성을 노예화시키는 교육으로 규정했다. 가부장제 사회는 현모양처 교육을 통해서 여성을 어머니와 아내라는 예속적이고 종속적인 존재로 사회화시킨다고 날카롭게 비판했던 것이다.

'아빠 힘내세요'가 그렇듯이 '현명한 어머니 좋은 아내'가 왜 나쁘냐고 반문하는 사람들이 많을 것이다. 하지만 현모양처라는 그럴 듯한 말은 여성의 독립성과 주체성을 인정하지 않은 채 어머니와 아내로서만 그 존재가치를 인정하는 차별적인 성역할 고정관념을 반영하는 말에 지나지 않는다. 남성과의 관계 속에서만 그 존재가치를 인정받는 차별적인 성역할 고정관념을 나혜석은 일찍이 꿰뚫어 본 것이다. 따라서 그녀는 「인형의 집」(1921)이라는 시를 통해서 여성의 인간됨을 강력히 선언한다. 즉 여성은 어머니와 아내가 아니라 무엇보다도 인간 그 자체로서 주체적 존재라는 것이다.

> 나는 사람이라네
> 남편의 아내 되기 전에
> 자녀의 어미 되기 전에
> 첫째로 사람이라네
> –「인형의 집」 제1연

나혜석은 1921년에 『매일신문』에 양백화와 박계강에 의해 번역 연재되었던 입센의 희곡 『인형의 가』의 삽화를 그린 적이 있다. 이것을 계기로 일종의 패러디(parody) 시 「인형의 집」을 쓰게 되었다. 그녀는 이 시에서 삼종지도를 강렬한 톤으로 비판하며 주체적이고 독립적인 존재로서의 여성의 인간선언을 한다. 마치 입센의 『인형의 가』의 주인공 노라가 인간 주체를 선언하기 위하여 그녀를 인형처럼 억압하는 집을 뛰쳐나왔던 것처럼….

나혜석은 1918년에 자전적 소설 「경희」에서 아버지의 결혼 강요에 저항하며 인간이 되기 위해서는 교육을 받는 것이 최우선이라는 주제를 나타냈다. 실제로 그녀는 1915년에 아버지가 결혼을 압박하며 일본 유학에 따른 학비를 주지 않자 1년 간 휴학하고 여주공립보통학교에서 교사를 하며 직접 돈을 벌어 자신의 학비를 충당하기도 했다.

하지만 동경여자미술학교를 졸업하고 귀국한 그녀는 1920년 4월에 서울 정동교회에서 김우영과 결혼식을 올림으로써 결혼제도에 편입하게 된다. 결혼 이후 나혜석은 1920년 9월에 갑작스럽게 자신이 임신이 되었다는 사실을 알게 된다. 그 충격과 심적 갈등, 그리고 입덧, 출산, 육아 시(育兒時)의 몸이 겪은 고통 등 직접체험을 바탕으로 하여 쓴 글이 「모된 감상기」(『동명』, 1923.1.1-1.21)이다. 이 글에서 그녀는 자신이 어머니가 되어가는 체험을 적나라하게 적음으로써 여성적 글쓰기의 전형을 보여주며, 가부장제 사회가 만들어온 모성신화의 허위의식을 정면으로 비판한다. 특히 자신의 몸이 겪은 입덧, 출산, 육아의 고통을 생생한 육체언어로 고백함으로써 가부장제 이데올로기가 신화화해 온 모성담론이 거짓이라는 것을 증언한다.

그녀에게 임신은 "구토증이 생기고 촉감이 예민해지며 식욕이 부진할 뿐만 아니라 싫고 좋고 식물(食物) 선택 구별이 너무 정확해"지는 입덧이라는 육체적 고통으로 경험된다. 그것이 태기라는 경험자의 말에 그녀는 "도무지 그럴 리 없다"고 부인하는 심리상태를 거쳐 뱃속의 태동을 느끼게 되자 기쁨이나 웃음 대신 수심과 가슴을 태우는 원망의 감정상태에 빠지게 된다.

그녀가 자신이 임신되었다는 사실을 알게 되었을 때 기쁨이 아니라 당혹감을 느낀 이유는 "나는 할 일이 많았다. 아니 꼭 해야만 할 일이 부지기수이다. 게다가 내 눈이 겨우 좀 뜨이려고 하는 때"였기 때문이다. 즉 그녀가 한 명의 주체적 인간으로서 해야 할 여러 일에 대해서 의욕이 넘쳐났고, 막 예술이며 인생에 대해 눈이 뜨이는 시점에서 이를 가로막는 임신은 결코 축복으로 받아들여지지 않았던 것이다. 그녀는 아무런 마음의 준비도 없이 이루어진 임신에 대해 "이렇게 억울하고 원통한 일도 또 있겠느냐!"라고 표현한다. 앞으로 닥쳐올 출산과 자녀양육이 초래할 "고통과 속박"에 그녀는 지레 겁을 먹고 있었던 것이다. 그녀에게 한 명의 인간으로서의 주체적 길과 모성의 길은 갈등관계에 놓일 수밖에 없었다. 페미니스트 나혜석에게 모성은 떨쳐버려야 할 굴레로 간주되었던 것이다.

나혜석은 「이상적 부인」에서 현모양처의 교육이 여성을 노예화시키는 것이라고 비판하였고, 자전적 소설 「경희」(1918)에서는 결혼을 하라는 아버지의 명령에 반기를 들며 인간이 되기 위해 교육을 더 받겠다는 선택을 한다. 그러던 나혜석이었으나 결국 결혼이라는 제도와 타협하게 된다. 하지만 "모(母)될 생각"은 꿈에도 없었으며, "우리 부부 간에는 자식에 대한 욕망, 부모 되고자 하는 욕(慾)이 없었다."라고 고백한다. 즉 어머니가 되는 것을 결혼한 여자의 당연한 임무로 받아들일 수 없었던 것이다. 뿐만 아니라 분만기가 닥쳐올수록 그녀는 자신에게 모될 자격이 있을까를 반문한다. 그녀는 생리상 구조의 자격 외에는 정신상으로 아무 자격이 없다고 생각한다. 그리고 자격 없는 모 노릇은 양심이 허락하지 않는다고 생각한다.

그녀의 임신으로 인한 심적 갈등은 두 달만 도쿄에 보내달라는 요청을 김우영이 승낙함으로써 해소되는 듯이 보인다. 그리고 그녀는 태어날 아기가 입을 배냇저고리를 만들면서 임신 중 처음으로 순간적이나마 기쁨을 느낀다. "어서 속히 나와 이것을 입혀 보았으면 얼마나 고울까. 사랑스러울까. 곧 궁금증이 나서 못 견디겠다. 진정으로 그 얼굴이 보고 싶었다."처럼 "임신 중 한 번도 없었고 분만 후에도 한 번도 없는 경험"을 하게 된다.

그러나 분만으로 인한 고통은 이루 형언할 수 없는 고통으로 다가온다. 그녀는 출산시의 고통을 한 편의 긴 시로 남겨 놓았다. 5연의 긴 시를 제1, 2연만 인용해 본다.

아프데 아파
참 아파요 진정
과연 아픕데
푹푹 쑤신다 할까
씨리씨리다 할까
딱딱 결린다 할까
쿡쿡 찌른다 할까
따끔따끔 꼬집는다 할까
찌르르 저리다 할까
깜짝깜짝 따갑다 할까
이렇게 아프다 할까
아니라 이도 아니라

박박 뼈를 긁는 듯
꽉꽉 살을 찢는 듯
빠짝빠짝 힘줄을 옥죄는 듯
쭉쭉 핏줄을 뽑아내는 듯
살금살금 살점을 저미는 듯
오장이 뒤집혀 쏟아지는 듯
도끼로 머리를 바수는 듯
이렇게 아프다나 할까
아니라 이도 또한 아니라.
—「모된 감상기」 삽입시 부분

나혜석은 "지금까지 갖은 병 앓아보던 아픔에 비할 수 없는" 산통의 고통을 인용문처럼 다양한 육체언어를 사용하여 적어놓고서도 "아니라 이도 아니라" 또는 "아니라 이도 또한 아니라"라고 부정한다. 왜냐하면 그 어떤 기존의 언어로도 분만의 고통은 제대로 표현할 수 없었기 때문이다.

그녀는 출산 이후 대성통곡을 하며 출산의 기쁨 대신 "서러울 뿐이고 원통할 따름"으로 자신의 감정을 표현하며 병원 침상에서 스케치북에다 분만의 고통을 한 편의 시로 적었던 것이다. 한국문학, 아니 세계문학사상 이처럼 분만의 고통을 생생한 육체언어로 적어 놓은 작품이 또 있을까 싶을 만큼 여성이 겪는 분만체험의 고통을 이 시는 정확하게 드러내고 있다. 그동안 모성신화가 미화하고 포장해 온 출산의 기쁨이라는 것이 여성이 생생하게 겪은 육체적 고통을 외면한 한낱 허위에 불과했음을 「모된 감상기」는 낱낱이 증언했던 것이다. 뿐만 아니라 "자식이란 모체의 살점을 떼어가는 악마"라는 극단적 수사까지 동원하며 육아로 인해 잠도 제대로 잘 수 없는 고통을 그리고 있다.

> 그러나 겨우 먹여 재워 놓고 누우면 약 2시간 동안은 도무지 잠이 들지 않는 것이 보통이었으나 어찌어찌해서 잠이 들 듯하게 되면 또 다시 바시시 일어나서 못살게 군다. 이러한 견딜 수 없는 고통이 기(幾) 개월간 계속되더니 심신의 피곤은 인제 극도에 달하여 정신에 광증이 발하고 몸에는 종기가 끊일 새가 없었다. 내 눈은 항상 체 쓴 눈이었고 몸은 마치 도깨비 같아서 해골만 남았었다. —「모된 감상기」에서

그녀는 "잠 오는 때 잠자지 못하는 자처럼 불행 고통은 없을 것이

다. 이것은 실로 이브가 선악과 따먹었다는 죗값으로 하나님의 분풀이보다 너무 참혹한 저주이다. 나는 이러한 첫 경험으로 인하여 태고부터 지금까지의 모든 모(母)가 불쌍한 줄을 알았다. 더구나 조선여자는 말할 수 없다."라고 육아로 인한 그녀 개인의 고통을 통해 이 세상의 모든 어머니, 더구나 조선의 여자의 고통에 공감한다. 그것은 결코 그녀만의 개인적 고통이 아니라 이 세상의 모든 어미 된 자의 공통의 고통이다. 출산은 여성에게 부여된 생물학적 고통이며, 제때 잠도 제대로 잘 수 없는 육아의 고통은 여성이란 젠더에게 공통으로 부여된 모성의 고통이라는 점을 지적한 것이다. 말하자면 그때까지 터부시되어온 어머니 노릇의 감추어진 이면-고통, 혼란, 억울함-에 대해서 나혜석은 모든 여성을 대변하여 용감하게 문제를 제기했던 것이다. 그렇게 고통스럽게 아이를 낳았건만 가부장제 사회는 양육 시 아들과 딸을 차별하고, 딸을 낳았다고 축첩까지 하는 성 차별적이고 억압적인 사회라고 그녀는 비판의 수위를 높여간다. 아마 첫딸 나열을 낳았건만 주위에서 아들을 낳지 않았다는 비난이 있었던 것 같다.

나혜석은 "세인들은 항용, 모친의 애라는 것은 처음부터 모된 자 마음속에 구비하여 있는 것같이 말하나 나는 도무지 그렇게 생각이 들지 않는다. 혹 있다 하면 제2차부터 모될 때에 있을 수 있다. 즉 경험과 시간을 경(經)하여야만 있는 듯싶다."라고 '여성은 모성이라는 본능을 갖고 태어난다.'라고 하는 모성신화를 한마디로 부정한다. 모성을 여성의 본능적 특성이라고 하는 주장은 전통적으로 형성되어 온 모성신화(myth of motherhood)에 불과할 뿐이다. 그것은 여성에게 처음부터 구비되어 있는 본능이 아니라 후천적인 경험을 통해서 우러나는 사랑이다. “5, 6삭 간의 장시간을 두고 포육할 동안 영아의 심신에는 기묘한 변천이 생기어 그 천사의 평화한 웃음으로 모심(母心)을 자아낼 때, 이는 나의 혈육으로 된 것이요, 내 정신에서 생한 것이라 의식할 순간에, 비로소 짜릿짜릿한 모(母)된 처음 사랑을 느끼지 않을 수 없다.”라는 대목에서 보듯이 모성은 저절로 “천성으로 구비한 사랑”이 아니었다. 아이를 기르는 경험과 일정한 시간의 경과를 통해서 우러나는 가연성의 사랑이었다고 나혜석은 말하고 있다.

이처럼 「모된 감상기」는 모성의 자연성과 본능성을 강하게 부정한다. 따라서 여성이 남성보다 더 양육에 적합하다는 고정관념 역시 지속적인 사회화의 과정 속에서 나타난 결과일 뿐이다. 나혜석은 이루 말할 수 없는 출산의 고통을 거쳐 아이를 낳았지만 정작 어떻게 모유를 먹이고 어떻게 아이를 다루어야 하는지에 대해서는 전혀 알지 못했다. 즉 모성은 생물학적 본능이 아니었던 것이다. 어머니 역할은 사회문화적으로 구성된 것으로서 후천적으로 학습되고 훈련을 받아야 한다는 것을 자신의 체험을 통해 말한 것이다. 현대의 여성주의 이론가들은 모성신화가 문화적으로 유발된 것일 뿐이며, 마찬가지로 여성들이 갖고 있는 어머니 능력은 본능이 아니라 학습된 것이라고 주장한다. 그런데 나혜석은 단 한 번의 자신의 임신경험과 육아체험을 통하여 이를 이론적으로 담론화할 수 있었던 것이다.

모성신화의 또 다른 하나는 ‘모성은 여성을 충족시킨다.’라는 것이다. 하지만 나혜석이 임신 사실을 인지하게 되었을 때의 갈등을 통해서 보듯이, 또한 출산 시의 고통을 통해서 경험했듯이 모성의 자각은 결코 기쁨이나 충족감과 같은 긍정적 감정경험으로 다가오지 않았다. 그녀에게 모성은 수심, 원망, 억울함, 원통함의 감정으로 다가왔다. 모성은 그녀의 주체적 인간으로서의 발전과 예술가로서의 삶의 의욕과 희망을 꺾는 장애요인이자 당혹스럽고 부정적인 경험으로 인식되었을 뿐이다.

하지만 가부장제 사회는 모성을 예찬하며 완벽한 모성은 자기희생적이라는 이데올로기를 여성들에게 주입시켜 왔다. 그리고 완벽한 어머니에 대한 환상과 찬양의 이면에서 희생하지 않는 어머니에 대해서는 비난을 가하였다. 모성이데올로기는 여성으로 하여금 사랑이라는 이름으로 자발적인 희생, 자발적인 예속을 강요하여 왔던 것이다. 즉 모성 찬양은 바로 여성의 자발적 희생과 억압의 강요와 직결된 것이었다. 하지만 나혜석은 "자식이란 모체의 살점을 떼어가는 악마"라는 표현에서 보듯이 모성이데올로기는 가부장제 사회가 여성에게 희생을 강요하기 위한 하나의 이념적 장치로서, 허위의식에 불과할 뿐이라는 것을 정확하게 통찰하였고 그에 저항했다.

또한 「모된 감상기」는 "부모의 사랑만은 영원무궁한 절대의 무보수적 사랑"이라는 신화에 대해서도 이의를 제기한다. 만약 부모의 사랑이 보수를 요구하지 않는 절대적인 것이라면 왜 절대효의 보은을 강요하느냐는 것이다. "효(孝)는 백행지본(百行之本)이요, 죄막대어불효(罪莫大於不孝)"와 같은 고사성어가 보여주듯이 "자식은 부모의 절대적 노예였으며 부속품이었고 일생을 두고 부모를 위하여 희생하는 물건"에 불과하였다고 나혜석은 비판한다. 결국 딸보다 아들을 원하고, 딸보다 아들을 더 교육시키는 것도 말년의 호강을 바라는 절대의 타산과 이기심이 발동한 것이며, 부모의 사랑은 국가의 흥망보다는 개인의 안일을 위하는 절대적으로 보수적이고 악독한 사랑이라고 비판한다. 그리고 아들과 딸에 대한 차별은 부모들의 노후 복지와 연결된 이기심의 발로라고 효이데올로기가 가진 허위의식까지 비판하였다.

그녀는 자신의 결혼에 대해 가져온 환상에 대해 "공상도 분수가 있지!"라고 자조한다. 그녀는 자신의 2년 간의 결혼의 현실은 결혼에 대한 낭만적 판타지를 여지없이 깨뜨리는 것이었다고 고백한다. 끝없이 타인지향적인 헌신과 희생을 강요받는 삶이 아내의 삶, 어머니의 삶이었다는 고백이다. 그것이 현모양처 이데올로기가 감추어 온 어두운 진실인 것이다.

> 실로 나는 재릿재릿하고 부르르 떨리며 달고 열나는 소위 사랑의 꿈은 꾸고 있었을지언정 그 생활에 사장(私藏)된 반찬 걱정, 옷 걱정, 쌀 걱정, 나무 걱정, 더럽고 게으르고 속이기 좋아하는 하인과의 싸움으로부터 접객에 대한 범절, 친척에 대한 의리, 일언일동이 모두 남을 위하여 살아야 할 소위 가정이라는 것이 있는 줄 누가 알았겠으며, 더구나 빨아 댈 새 없이 적셔 내놓는 기저귀며, 주야 불문하고 단조로운 목소리로 깨깨 우는 소위 자식이라는 것이 생기어 내 몸이 쇠약해지고 내 정신이 혼미하여져서 "내 평생 소원은 잠이나 실컷 자보았으면" 하게 될 줄이야 뉘라서 상상이나 하였으랴! —「모된 감상기」에서

나혜석은 이혼으로 자신의 현모양처로서의 역할이 거부되는 불행을 겪게 된다. 「모된 감상기」에서 부모의 사랑을 보수적 사랑이라고 비판하였던 나혜석이지만 「이혼고백장」(1934)에서는 "연인의 사랑, 친구의 사랑은 상대적이요, 보수적(報酬的)이나, 어머니가 자식

을 사랑하는 것만은 절대적이요, 무보수적이요, 희생적이외다. 그리하여 최고 존귀한 것은 모성애가 되고 말았사외다."라고 생각의 변화를 보여준다. 그리고 "모성애는 여성에게 최고의 행복인 동시에 최고 불행"이라는 표현을 통해 모성의 성취적 요소와 억압적 요소의 양면성을 말한다. 이와 같은 새로운 인식은 그녀가 아이를 직접 낳아 기르면서 이루어진 변화라고 할 수 있다. 그녀는 네 아이를 낳아서 기르는 사이에 참된 모성애를 느끼고, 자식에 대한 이상과 자식의 앞길을 지도할 자신이 생겼다고 고백한다. 그래서 김우영의 이혼 요구에 강력히 저항하였던 것이다. "과연 하나 기르고 둘 기르는 동안 지금까지의 애인에게서나 친구에게서 맛보지 못하는 애정을 느끼게 되었나이다. 구미 만유하고 온 후로는 자식에게 대한 이상이 서 있게 되었었나이다. 그리하여 개성이 눈에 뜨이고 그들의 앞길을 지도할 자신이 생겼었나이다. 그리하여 나는 그들을 길러보려고 얼마나 애쓰고 굴복하고 사죄하고 화해를 요구하였는지 모릅니다."라고 했다. 그러나 이혼으로 그녀는 어머니 노릇을 더 이상 수행할 수 없게 된다. 그녀는 한 명의 여성으로서 혼외의 성적 자유를 추구하다가 결국 모성이라는 '최고의 행복'을 향유하지 못하고, 그것을 박탈당하는 '최고의 불행'을 겪게 되었던 것이다.

「모된 감상기」에서 나혜석은 모성이데올로기에 대한 통렬한 비판을 보여주었고, 어머니 노릇하기가 감추어온 모성의 어두운 이면을 생생한 육체언어로 그려냈다. 하지만 나혜석과 똑같이 출산과 양육의 고통을 겪었을 여성들은 침묵하였고, 가부장제 사회는 백결생의 「관념의 남루(襤褸)를 벗은 비애」(『동명』, 1923.2.4)라는 글로 나혜석을 공격해왔다. 다시 나혜석은 「백결생에게 답함」(『동명』, 1923.3.18)

이라는 글을 발표함으로써 모성논쟁은 당대의 중요한 논쟁거리로 비화되었다.

급진주의 페미니즘은 여성억압의 뿌리를 여성의 생물학적 특수성으로 파악한다. 여성의 섹슈얼리티, 출산, 모성 등 생물학적 조건에 대한 남성들의 통제가 가부장제의 물적 토대이자 여성 억압의 기본 체계이다. 때문에 급진주의 페미니스트들은 가부장제 철폐를 주장하며, '개인적인 것이 정치적인 것이다'라는 구호 아래 여성의 사적 세계를 정치적인 분석 대상의 영역으로 확대시켜왔다. 나혜석은 그녀 자신의 개인적 경험을 분석하며 가부장제가 감추어온 모성이데올로기의 허위의식을 낱낱이 해부했다. 현대의 급진주의 페미니스트 슐라미스 파이어스톤이 『성의 변증법』에서 주장한 사이버네틱스에 의한 생물학적 혁명으로 여성이 지닌 불리한 생물학적 특수성을 벗어나야 한다고 하는 주장에까지는 이르지 못했지만 적어도 여성의 출산과 양육을 미화해온 가부장제 이데올로기의 허위의식에 대해서만큼은 낱낱이 해부했던 것이다. 「모된 감상기」는 100년을 뛰어넘어 현대여성들조차도 충분히 공감할 수 있는 페미니스트로서의 모성신화 비판이었다. 이 한 편의 글만으로도 페미니스트 나혜석의 선구적인 진면목은 충분히 확인된다고 하겠다.

여성의 몸은 단지 남성적 시선의 아름다움의 대상이 아니라 살아있는 유기체로서 기쁨과 고통을 표현하는 몸이다. 여성의 몸이 문학이나 예술 매체에서 왜곡 없이 온전히 그려질 때, 여성적 글쓰기도 진보할 것이다. 그런 의미에서 나혜석은 모성이데올로기에 작용하는 가부장주의의 허위의식을 벗겨내는 여성 주체의 경험을 통한 여성적 글쓰기의 전형을 「모된 감상기」에서 보여주었다.

「모된 감상기」와 같은 글이 더 많이 나왔더라면 여성이 겪는 출산의 고통을 감소시키는 의료기술의 발전이나 육아의 사회화와 같은 제도적 개선도 더 빨리 이루어질 수 있었을 것이다. 여성은 침묵하지 말고 자신의 몸이 겪는 체험을 솔직하게 적은 글들을 더 많이 발표해야 한다.

3. 모성의 현대적 의미

모성은 사람을 돌보고 양육하는 것을 의미하는 것으로, 전통적으로 이것을 수행하는 사람은 여성이었지만 현대에 와서는 여성에 한정된 개념은 아니다. 모성의 가장 큰 장점은 자식에 대한 돌봄과 상대방에 대한 배려에 있다고 할 수 있다. 즉 어머니 노릇을 통해서 구축해온 보살핌, 양육, 협동, 평화와 같은 관계중심적 인성에 대해서 여성학자들은 주목한다. 주로 에코페미니스트나 평화주의 페미니스트들이 남성보다 여성의 우월한 윤리적 덕목으로 돌봄과 배려와 같은 모성적 자질을 강조하지만 그 모성을 결코 생물학적 모성으로 규정해서는 안 된다. 공격적이고 파괴적이며 경쟁만능과 지배적인 남성성을 치료하고 위기에 처한 지구를 구하기 위해 모성성을 지나치게 강조할 경우 그것은 다시 생물학적 환원론으로 되돌아가서 여성에 대한 억압으로 작용할 수 있기 때문이다.

여성성의 우월한 윤리적 덕목들은 남녀 모두 취해야할 인성적 자질이다. 제3의 물결 시대는 양성성이 주목받는다. 즉 남성성과 여성성의 단점은 버리고 장점만을 취한 새로운 인성적 자질이 양성성이다. 남성은 남성성, 여성은 여성성과 같은 스테레오타입을 벗어나서 남녀 모두 양성적 자질을 갖추어야 하는 시대가 되었다. 즉 남자가 가정에서 양육을 분담하기 위해서는 여성성이 필요하고, 여자가 사회에서 경제활동을 하고 능력을 발휘하기 위해서는 남성성이 요청된다. 남성과 여성은 사회에서도 가정에서도 서로 돕고 협력해야 하는 시대가 된 것이다. 하지만 남녀가 가정에서나 직장에서 서로 협력하는 삶을 살기 위해서는 사회적으로 합의가 이루어져야 하는 것이다. 즉 정치인 손학규가 말한 '저녁이 있는 삶'은 개인들의 힘만으로는 이룰 수 없다.

현재 필자가 주위에서 접하는 모성은 가족이기주의에 갇혀 내 자식이 좋은 대학에 들어가고, 좋은 직장을 얻어야 한다는 신자유주의 체제에서 경쟁만능의 논리에 사로잡혀 있을 뿐이다. 그리고 모든 것을 돈으로 해결하는 소비지향적 모성에 갇혀 있다. 가족의 울타리를 넘어서는 공동체에 대한 관심을 찾아볼 수 없는 것이 현대적 모성의 가장 큰 문제점이라고 할 수 있다.

요즘 아이들이 소위 SKY대학에 가기 위해서는 할아버지의 재력, 아버지의 연구력, 어머니의 정보력이 있어야 한다고 한다. 즉 사교육비가 엄청나게 들어가니 당대의 재력만으로는 안 되고, 해마다 입시제도가 바뀌다 보니 아버지의 입시제도에 대한 연구력은 필수적이며, 좋은 사교육을 받게 하기 위해서는 어머니의 정보력과 네트워크 능력이 필요하다는 것이다. 그렇게 하여 자녀를 좋은 대학에 보낸 경험을 가진 어머니들은 강남의 학원가에서 학습 코치나 입시 컨설턴트로 모셔간다는 말도 들었다. 현대판 맹모는 이처럼 신자유주의 경쟁체제 속에서 사교육을 제대로 시킬 수 없는 엄마, 직업을 가진 엄마들을 열등감에 몰아넣는다.

언제부턴가 아이를 좋은 대학에 보내야만 아이를 잘 키웠다는 소리를 듣게 되었다. 현명한 어머니가 된다는 것은 아이를 정서적으로 안정되고 신체적으로 건강하며 바른 인격체로 성장시키는 능력이 아니라 좋은 대학에 보낼 수 있는 능력을 갖추는 일이 되고 말았다. 여성들은 아이를 낳지 않거나 한 명만 낳음으로써 신자유주의의 경쟁체제에 저항한다. 하지만 그것만으로 다가 아니다. 아버지가 돈 버는 기계가 아니듯이 어머니는 아이들을 출세시키는 조련사가 아니다. 아이 역시 공부하는 기계가 아니라는 사실부터 모두 깨우쳐야 한다. 진정한 모성은 내 자식, 내 가족의 협소한 테두리를 벗어나서 공동체, 국가, 세계의 보편성을 지닐 수 있어야 한다. 현재 우리 사회가 보여주는 가족이기주의, 출세만능주의, 소비지향적인 모성을 벗어나야만 훌륭한 인간적 자질로서 모성은 남녀 모두에게 권장될 수 있다. 이 길에 여성이 먼저 앞장서야만 내 자식도 제대로 키울 수 있다. (『여기』 제21호, 부산여성문학인협회, 2014년 여름)

10
폴리아모리스트 나혜석

1. 간통죄의 폐지

2015년 우리사회의 가장 큰 사건 중의 하나는 간통죄의 폐지라고 할 수 있다. 과거 일제치하에서 간통죄는 여성만을 처벌하는 불평등한 법률이었다. 1948년 대한민국 헌법이 제정되고 1953년 형법에서 부부 평등의 간통죄 및 쌍벌죄가 규정됨으로써 간통은 남녀 쌍방 간에 이혼의 사유가 될 수 있었다. 간통죄의 쌍벌죄 규정을 만들기 위해서 여성계가 오랜 노력을 기울여온 결과였다.

왜냐하면 우리나라에서 축첩은 1915년 총독부 통첩 제24호에 의해 첩의 호적 입적이 금지됨으로써 제도상으로 금지되었다. 하지만 일부일처제의 결혼 규범이 확립된 이후에도 축첩은 여전했고, 뿐만 아니라 남자의 간통행위에 대해서는 처벌조차 하지 않았기 때문이다. 일부일처제가 오히려 여성 일방에게만 성을 억압하는 방식으로 적용되던 시대였던 것이다. 따라서 간통죄의 쌍벌 규정은 남녀 차별적으로 적용되던 간통죄를 남녀 평등적으로 바꾸게 만든 획기적인 변화라고 할 수 있었다.

하지만 간통죄의 존치는 개인의 성적자기결정권과 프라이버시를 침해한다는 위헌의 소지를 안고 있었다. 1990년부터 다섯 차례에 걸쳐 간통죄 위헌청구소송이 제기되어 오다 2015년 2월 26일에 헌재의 위헌 결정으로 마침내 간통죄는 폐지되었다. 2007년에 배우 옥소리는 남편 박철로부터 간통죄로 고소당해 그해 12월에 징역 8개월 집행유예 2년을 선고받았다. 당시 옥소리는 헌법재판소에 간통죄 위헌 소송을 냈지만 2008년 헌법재판소는 합헌 판정을 내린 바 있다.

이번에 여성계는 과거 간통죄를 적극 지지하던 것과 달리 "여성의 '정조'를 지나치게 강조하는 등 가부장적 요소가 있다"며 간통 철폐론 쪽으로 돌아섰다. 실제로 간통죄의 존치가 간통 예방의 효과보다는 여성 쪽에 피해가 더 크다는 현실적 판단에 따른 선회였다.

간통죄가 폐지되자 많은 사람들이 외도가 늘어날 것을 우려한다. 하지만 간통죄를 처벌하던 시대에 과연 우리 사회에 만연된 불륜이 줄어들었었던가? 여성계의 간통죄 폐지로의 선회도 간통죄의 존치가 간통 예방에 별 역할을 못했기 때문인 것이다. 그리고 근본적으로 배우자 이외의 이성과 성관계를 맺는 일이 과연 형사적으로 처벌할 만한 범죄인가? 2015년에 와서야 이것이 형사적으로 처벌할 범죄는 아니라는 판결이 나왔지만 간통이 이혼의 사유가 될 수 없다는 주장은 이미 1930년대에 나혜석에 의해 제기되었다.

2. 나혜석의 간통과 개방결혼의 논리

나혜석은 1927년 파리 유학시절, 기혼여성으로서 3·1운동 당시 민족대표 33인 중의 한 사람이었던 최린(崔麟)과 간통하여 남편 김우영으로부터 1930년에 이혼을 당하게 된다. 나혜석은 결코 이혼에 동의하지 않았지만 결국 이혼을 당하였다. 나혜석이 이혼을 종용받던 1930년에는 간통한 여자에 대한 처벌만이 존재하던 시대였기 때문이다. 즉 그녀의 간통을 지지해줄 그 어떤 법률적 기반이나 사회적 세력이 전혀 부재했던 시절이었다. 따라서 나혜석은 이혼 후 「이혼고백장」(1934)을 통해 스스로 이것을 사회적 이슈로서 제기한다.

> 조선 남성의 심사는 이상하외다. 자기는 정조 관념이 없으면서 처에게나 일반 여성에게 정조를 요구하고 또 남의 정조를 빼앗으려고 합니다. 서양에서나 동경 사람쯤 하더라도 내가 정조관념이 없으면 남의 정조 관념이 없는 것을 이해하고 존경합니다. 남의 정조를 유린하는 이상 그 정조를 고수하도록 애호해주는 것도 보통 인정이 아닌가. 종종 방종한 여성이 있다면 자기가 직접 쾌락을 맛보면서 간접으로 말살시키고 저작(咀嚼)시키는 일이 불소하외다. 이 어이한 미개명의 부도덕이냐. —「이혼고백장」에서[1]

남녀 차별적인 가부장제의 성적 이중규범에 대해 그녀는 “이 어이한 미개명의 부도덕”이냐고 개탄을 금치 못한다. 이어 그녀는 기혼여성도 성의 자유를 추구할 수 있다는 개방결혼의 논리를 폈다. 아

---

1. 나혜석, 「이혼고백장」, 이상경 편, 앞의 책, 425면.

니 논리를 펴기 이전에 그녀는 그것을 파리에서 직접 실천하였다.

> '다른 남자나 여자와 좋아 지내면 반면으로 자기 남편이나 아내와 더 잘 지낼 수 있지요' 하였습니다. 그는 공명하였습니다. 이와 같은 생각이 있는 것은 필경 자기가 자기를 속이고 마는 것인 줄은 모르나 나는 결코 내 남편을 속이고 다른 남자, 즉 C를 사랑하려고 한 것은 아니었나이다. 오히려 남편에게 정이 두터워지리라고 믿었사외다. 구미 일반 남녀 부부 사이에 이러한 공공연한 비밀이 있는 것을 보고, 또 있는 것이 당연한 일이요, 중심 되는 본 남편이나 본처를 어찌하지 않는 범위내의 행동은 죄도 아니요 실수도 아니라 가장 진보된 사람에게 마땅히 있어야 할 감정이라고 생각합니다. —「이혼고백장」에서[2]

즉 기혼여성이 배우자 이외의 이성과 좋아지내는 것은 다른 남자를 사랑하려고 한 것이 아니라 남편과 더 잘 지낼 수 있고, 남편과 정이 더 두터워지리라는 생각에 따라 최린과 연애를 하였다는 것이다. 그녀는 결혼생활의 권태를 극복하기 위한 방편으로 다른 남자를 좋아했다고 자신의 간통을 합리화했다. 즉 간통이 결혼생활의 활력소로 작용할 것이라 믿었다는 것이다. 게다가 구미 일반 남녀 부부 사이에는 이러한 공공연한 비밀이 당연시되고, 이혼을 하지 않는 한 그것은 죄도 실수도 아닌 "가장 진보한 사람에게 마땅히 있어야 할 감정"이라고 주장했다. 구미 일반 부부가 쌍방 간에 공공연히 다른 파트너와 교제하는 것을 나혜석은 파리에서 직접 목격했고, 자신도 그 대열에 참여했던 것이다.

---

2. 김종욱 편, 위의 책, 107면.

나혜석은 1910년대 일본 유학시절에 일본의 신여성운동을 주도한 잡지 『세이토(青鞜)』를 중심으로 전개되던 개방결혼 논쟁을 이미 접한 바 있다. 그때 논쟁의 실마리를 제공한 것은 다무라 도시코가 쓴 「포락지형(炮烙の刑)」(1914)이란 단편소설이다. 이 소설이 발표되었던 1914년에 나혜석은 일본 현지에서 이 작품을 읽었을 것으로 추정된다. 왜냐하면 이 작품이 발표되었을 당시 일본에서 작품을 둘러싼 논쟁이 치열하게 전개되었기 때문이다.

「포락지형」에는 개방결혼을 추구하는 여주인공이 등장한다. 이 작품의 핵심적 갈등은 남편과 아내 사이의 결혼관에 대한 극명한 차이로 인해 발생한다. 즉 결혼한 부부는 배타적이고 독점적인 성의 규범을 지켜야 한다고 믿는 남편과 결혼한 여자라고 하더라도 성적자기결정권이 있다고 주장하며, 개방결혼을 실천하고자 하는 아내 사이의 갈등인 것이다. 자신의 아내가 다른 남자를 사랑하는 것은 죄악이라고 생각하는 남편은 아내에게 사죄를 요구한다. 하지만 아내는 결코 사죄하지 않겠다는 단호한 입장이다. 왜냐하면 사죄는 그녀의 인간적 주체성과 성적자기결정권을 훼손하는 일이므로 결코 받아들일 수가 없었던 것이다. 부부간의 갈등은 끝내 해소되지 않은 채로 작품은 끝이 난다.

배타적인 성적 독점권을 주장하는 남편과 성적자기결정권을 주장하는 아내 사이의 갈등이란 결국 가부장제와 페미니즘 사이의 갈등이다. 개방결혼은 일부일처제의 규범을 깨뜨리는 파격적인 주제이다. 당연히 사회적 논쟁이 나타날 수밖에 없는 민감한 주제인 것이다. 논쟁의 시발은 한때 페미니스트인 히라스카 라이초우의 연인이었던 모리타 소헤이가 이 작품에 대해 "치열한 윤리적 의식의 동반을 요구한다"라고 말하면서부터였다. 이에 대해 여성해방을 표방한 잡지 『세이토(靑鞜)』를 창간한 히라스카 라이초우가 "도저히 한 남성으로 자신의 연애욕구를 전부 채울 수 없을 경우 두 남자를 동시에 사랑하는 것은 외면적으로뿐만 아니라 도덕적으로 결코 죄악이라고 할 수 없다"라고 반발하면서 몇 차례 윤리의식의 문제와 여성의 주체성이라는 쟁점을 두고 치열한 논쟁이 전개되었던 것이다.

바로 이 시기에 나혜석은 일본에 유학하고 있었다. 하지만 미혼의 처녀였던 1910년대의 나혜석은 부르주아적 입장에서 여성의 자아해방과 주체성 자각을 강조하며, 남녀차별의 사회현상을 비판하고, 그 원인을 잘못된 사회제도와 교육에서 발견하는 자유주의 페미니즘의 입장에 서 있었다. 나혜석에게서 개방결혼과 같은 급진적 이슈는 이혼 후인 1930년대에 비로소 등장하게 된다. 그리고 단편 희곡 「파리의 그 여자」(1935)에는 남편, 애인, 남자친구를 두고 개방결혼을 실천하는 여자가 등장한다.

파리에 유학했을 당시 결혼 8년차에 접어든 나혜석은 남편 김우영과 권태기에 접어들었던 것일까? 아니면 여행지의 들뜬 기분에 휩싸였던 것일까? 법률가인 남편과는 달리 문학예술 전반에 해박한 지식의 소유자로서 예술가적 기질이 풍부하고 달변가였던 최린에게 나혜석은 순식간에 빠져들고 말았다. 남편 김우영이 베를린으로 법률공부를 하러 간 공백에 생긴 일이었다. 그리고 최린은 세계만유 후 먼저 귀국했고, 나혜석은 구미여행에 오른 뒤 세계 일주를 마치고 1929년 3월 12일에 부산에 도착했다.

하지만 돌아온 조선은 나혜석에게 결코 관대하지 않았다. 아내의 간통을 남편 김우영이 그냥 덮고 넘어갈 수 없도록 최린과 나혜석의 연애는 스캔들로 세간에 널리 퍼져 있었던 것이다.

나혜석은 결국 이혼을 당하고 사회와 가족 모두로부터 축출을 당하게 되었다. 하지만 그녀의 연애 파트너였던 최린은 사회적으로나 가정적으로 전혀 피해를 당하지 않았다. 더욱이 그는 이혼을 하면 자신이 책임지겠다고 하던 약속마저 전혀 지키지 않았다. 어디 그뿐인가? 그는 1934년 4월에 조선총독부의 중추원 참의가 되어 친일파 권력자로 승승장구하고 있었다. 따라서 여성에게만 일방적으로 가혹한 처벌을 내리는 차별적인 성규범에 반기를 들면서 나혜석은 남편이 아닌 최린을 상대로 위자료청구소송(1934.9)을 제기하게 된다. 한편 그녀는 잡지 『삼천리』에 2회에 걸쳐 자신의 결혼, 연애, 이혼의 전말을 낱낱이 밝히는 「이혼고백장」(1934.8-9)을 발표했다.

나혜석의 결혼한 부부 사이에서도 개방적이고 진보적인 남녀관계가 필요하다는 개방결혼의 주장은 우리나라에서는 결혼한 여성의 성적 자유와 권리에 대한 최초의 문제 제기였다. 하지만 나혜석이 주장한 개방결혼과 같은 진보적 결혼관계는 당시 사회에서 도저히 용납하기 어려웠던, 너무나 첨단적인 주장이었다. 당연히 다시 한 번 세상은 들끓었고 나혜석은 다시 후안무치의 파렴치한 여자로 매도되었다.

결혼한 여자가 두 남자를 동시에 사랑한다는 것은 일부일처제 결혼제도에 대한 심각한 도전이다. 이는 배우자 이외의 이성과 성적 사회적 관계가 가능하다고 여기는, 즉 개방결혼(open marriage)을 의미한다. 개방결혼은 배우자의 동의하에 상호적으로 개방적 관계를 추구하는 것이다. 그런데 나혜석과 최린과의 연애에 대해 남편 김우영은 찬성한 바 없으므로 자신의 연애를 죄가 아니라 진보한 사람에게 당연히 있어야 할 감정이라는 나혜석의 주장은 정당성을 획득할 수 없다. 다무라 도시코의 「포락지형」에서도 남편은 개방결혼에 찬동하지 않았기 때문에 둘 사이의 갈등은 필연적으로 야기될 수밖에 없었듯이 남편들의 입장에서 보면 아내의 개방적 이성 관계는 일부일처제 결혼의 규범에 도전하는 파렴치한 죄악, 즉 불륜일 뿐인 것이다.

3. 정조는 취미다

21C 한국에서도 개방결혼과 같은 소재는 충분히 파격적이다. 즉 박현욱의 소설 『아내가 결혼했다』(2005)에는 '비독점적 다자간의 연애'의 사고를 가진, 즉 폴리아모리스트(polyamorist) 여성이 주인공으로 등장하는데, 남편은 이를 수용하고 결혼한다. 왜냐하면 아내를 너무 사랑하기 때문에 절반의 소유라도 완전한 포기보다는 낫다고 생각하기 때문이다. 이 같은 도발적 설정 때문에 이 작품은 화제의 중심으로 떠올랐고, 곧바로 영화(2008)로까지 만들어져 흥행에도 성공을 거둔 바 있다.

21C 한국소설에 등장하는 남편은 아내를 너무 사랑하기 때문에 그녀의 비독점적 다자간의 연애를 받아들일 수밖에 없지만 1930년 전후의 조선이나 1910년대 일본에서는 아무리 아내를 사랑한다 할지라도 그것은 결코 용납할 수도 이해할 수도 없는 일이었다. 그것은 일부일처제 결혼의 규범을 위반한 파렴치한 죄악일 뿐이다.

이혼 후에도 나혜석은 결혼의 경계를 초월한 성해방의 논리를 계속 펴나간다. 「신생활에 들면서」(1935.2)에서 그녀는 "정조는 도덕도 법률도 아무 것도 아니요, 오직 취미다"라는 전복적인 주장을 하게 된다. 즉 여성의 정조는 도덕이나 법률이 강요할 문제가 아니라 그것을 지키든 안 지키든 본인이 알아서 결정할 '취미'의 문제라는 것이다. 성적자기결정권을 주장한 것이다. 성적자기결정권이란 내 몸은 내가 관리하고 결정할 대상이자 주체라는 의미이다. 내가 누구를 좋아하고 육체적 관계를 맺고 하는 문제의 결정권자가 바로 나 자신이라는 뜻이다.

그러므로 여성의 몸과 섹슈얼리티는 남편의 소유가 아니며 남편이 독점적 권리를 갖는 것이 아닌, 어디까지나 여성 자신의 소유라는 것이다. 그러니 배우자든 사회든 관여하고 왈가왈부해야 할 사안이 아닌 것이다. 급진주의 '페미니스트들은 여성의 몸과 섹슈얼리티에 대한 통제를 남성지배의 핵심'으로 파악하며 이에 저항해 왔다. 따라서 성적자기결정권을 여성이 갖는다는 것은 자신의 몸과 섹슈얼리티에 대한 남성의 통제와 지배에 대한 거부이며, 여성 자신의 성적 권리, 나아가 인간 주체를 확인하는 가장 중요한 지표가 된다.

나혜석의 거침없는 성해방론은 김일엽이 여성에게 가해지는 육체적 순결이데올로기에 저항하며 정신적 정조를 주장했던 것보다 한걸음 더 나아간, 즉 일부일처제의 억압적 성규범에 정면 도전하는 기혼여성의 성의 자유와 권리에 대한 최초의 용감한 발언이었다.

나혜석은 1930년대에 성의 이중규범에 대한 통렬한 비판, 남녀의 공평한 성적 자유, 폐쇄적 결혼제도의 문제점 등에 대해서 집중적으로 주장한다. 그리고 그 대안으로서 계약결혼과 개방결혼, 독신주의, 개방적 남녀교제 등을 제시함으로써 온건성을 벗어나 보다 급진적이고 과격한 성의 해방을 부르짖는 급진적 페미니스트로 변화하게 된다.

2015년 간통죄의 폐지 뉴스를 접하며 80년 전 나혜석의 외로운 외침이 오랜 세월을 건너뛰어 비로소 현실적 반향을 불러일으켰다는 데에 생각이 미친다. 나혜석이 얼마나 시대를 앞서간 진보적인 선각자이었는가를 다시 한 번 확인하게 되는 순간이다.(『여기』 제26호, 부산여성문학인협회, 2015년 가을)

참 / 고 / 문 / 헌

1장

[기초자료]

- 김종욱 편, 『라혜석-날아간 청조』, 신흥출판사, 1981.

[단행본]

- 안숙원 외, 『한국여성문학비평론』, 개문사, 1995.
- 수전주지, 김희은 역, 『여성해방사상의 흐름을 찾아서』, 백산서당, 1983.
- 로즈마리 통, 이소영 역, 『페미니즘 사상』, 한신문화사, 1995.
- 질라 R 아이젠슈타인, 김경애 역, 『자유주의 여성해방론의 급진적 미래』, 이대출판부, 1988.

[논문]

- 송명희, 「이광수의 『개척자』와 나혜석의 「경희」에 대한 비교연구」 『비교문학』 제20호, 한국비교문학회, 1995, 89-132면.

2장

[기초자료]

- 김종욱 편, 『라혜석-날아간 청조』, 신흥출판사, 1981.

• 이광수, 『이광수전집』 제1-10권, 우신사, 1979.

[단행본]

• 서정자 편, 『한국여성소설선1』, 갑인출판사, 1991.
• 이효재, 『한국의 여성운동』, 정우사, 1989.
• 정순진, 『한국문학과 여성주의 비평』, 국학자료원, 1992.
• 수전주지, 김희은 역, 『여성해방사상의 흐름을 찾아서』, 백산서당, 1983.

[논문]

• 김열규, 「이광수 문학의 문법 담화론적 접근을 위한 시도」, 연세대 국학연구원 편, 『춘원 이광수문학연구』, 국학자료원, 1994.
• 서정자, 「나혜석 연구」, 『문학과 의식』 제2호, 1988.
• 송명희, 「'규한(閨恨)'과 1910년대의 혼인관」, 『여성문제연구』 제18집, 효성여자대학교 한국여성문제연구소, 1990, 251-260면.
• 송명희, 「이광수의 소설에 대한 여성비평적 고찰」, 『비교문학』 제17집, 한국비교문학회, 1992, 334-359면.
• 심정순, 「나혜석 희곡에 나타난 페미니즘」, 『나혜석탄생 100주년 기념 나혜석 재조명 학술심포지엄 발표집』, 경기도 문예회관, 1995.4.15.
• 이준형, 「똘스또이와 이광수 문학의 비교연구」, 고려대학교 박사논문, 1995.2.

3장

[기초자료]

- 이상경 편, 『나혜석 전집』, 태학사, 2000.
- 서정자 편, 『정월 라혜석 전집』, 국학자료원, 2001.

[단행본]

- 김욱동, 『대화적 상상력』, 문학과지성사, 1988.
- 송명희, 『섹슈얼리티 · 젠더 · 페미니즘』, 푸른사상, 2000.
- 한국여성소설연구회, 『페미니즘과 소설비평』, 한길사, 1995.
- 미하일 바흐친, 전승희 외 공역, 『장편소설과 민중언어』, 창작과 비평사, 1988.

[논문]

- 김복순, 「'딸의 서사'에 나타난 타자의 이중성」, 『제4회 나혜석 바로알기 심포지엄 발표집』, 나혜석기념사업회, 2001, 19-38면.

4장

[기초자료]

- 서정자 편, 『원본 정월 라혜석 전집』, 국학자료원, 2001.

[단행본]

- 박찬기 편, 『표현주의 문학론』, 민음사, 1990.
- 송지현, 『한국여성시인연구』, 시와사람, 2003.
- 오광수, 『한국현대미술사』(1995년 개정판), 열화당, 1997.

- 오광수, 『이야기 한국현대미술 · 한국현대미술 이야기』, 정우사, 1998.
- 이명섭, 『세계문학비평용어사전』, 을유문화사, 1996.
- 이선영 편, 『문예사조사』, 민음사, 1987.
- 정영자, 『한국현대여성문학론』, 지평, 1988.
- 최몽룡, 『한국미술의 자생성』, 한길아트, 1999.
- 최승규, 『서양미술사 100장면』, 한명, 2001.
- 바이징, 한혜경 역, 『지도로 보는 세계미술사』, 시그마북스, 2008.
- 제임스 H 루빈, 김석회 역, 『인상주의』, 한길아트, 1998.
- Julia Kristeva, *The Revolution in Poetic Language*, New York: Colombia University Press, 1984.

[논문]

- 김용철, 「나혜석 유학기의 일본미술계와 여자미술학교」, 『제12회 나혜석 바로알기 심포지엄 발표집』, 나혜석기념사업회, 2009, 3-18면.
- 김홍희, 「나혜석 미술작품에 나타난 양식의 변화: 일본식 관학파 인상주의에서 프랑스 야수파풍의 인상주의로, 『제2회 나혜석 바로알기 심포지엄 발표집』, 나혜석기념사업회, 1999, 17-35면.
- 김효중, 「나혜석 시연구」, 『문학비평』 제7호, 한국문학비평가협회, 2003.
- 구광모, 「우인상(友人像)과 여인상-구본웅 이상 나혜석의 우정과 예술」, 『신동아』 제518호, 동아일보사, 2002.11, 630-665면.

- 구명숙, 「나혜석의 시를 통해 본 여성의식 연구」, 『여성문학연구』 제7호, 한국여성문학학회, 2002, 165-191면.
- 문정희, 「여자미술학교와 나혜석의 미술」, 『제8회 나혜석 바로알기 심포지엄 발표집 발표집』, 나혜석기념사업회, 2005, 47-70면.
- 박계리, 「나혜석의 회화와 페미니즘」, 『제7회 나혜석 바로알기 심포지엄 발표집』, 나혜석기념사업회, 2004, 65-94면.
- 박영택, 「한국 근대미술사에서의 나혜석의 위치」, 『제6회 나혜석 바로알기 심포지엄』, 나혜석기념사업회, 2003, 5-34면.
- 서정자, 「나혜석의 문학과 미술 이어 읽기」, 『현대소설연구』 제38호, 한국현대소설학회, 2008, 153-179면.
- 송명희, 「서정자 교수의 「나혜석의 문학과 미술 사이」에 대하여」, 『제11회 나혜석 바로알기 심포지엄 발표집』, 나혜석기념사업회, 2008, 122-127면.
- 안숙원, 「나혜석 문학과 미술의 만남」, 『제3회 나혜석 바로알기 심포지엄 발표집』, 나혜석기념사업회, 2000, 81-104면.
- 윤범모, 「나혜석의 조선미전 출품작 고찰」, 『제3회 나혜석 바로알기 심포지엄 발표집』, 나혜석기념사업회, 2000, 43-77면.
- 이구열, 「영욕의 삶과 빛」, 『제3회 나혜석 바로알기 심포지엄 발표집』, 나혜석기념사업회, 2000, 5-16면.
- 이성우, 「근대자유시의 형성과 모국어의 의의」, 『어문논집』 제45호, 민족어문학회, 2002, 195-220면.
- 최동호, 「나혜석의 선각자적 삶과 시-그 문학사적 의미를 중심으로」, 『제4회 나혜석 바로알기 심포지엄 발표집』, 나혜석기념사업

회, 2001, 27-54면.
- 한동민, 「나혜석과 수원-고향 수원과 지동에서의 생활」, 『제12회 나혜석 바로알기 심포지엄 발표집』, 나혜석기념사업회, 2009, 57-85면.
- 현철, 「독일의 예술운동과 표현주의」, 『개벽』 제15호, 1921. 9.

5장

[단행본]

- 김종욱, 『라혜석-날아간 청조』, 신흥출판사, 1981.
- 서정자, 『원본 정월 라혜석 전집』, 국학자료원, 2001.
- 서정자, 『한국여성소설선1』, 갑인출판사, 1991.
- 이구열, 『에미는 선각자였느니라: 나혜석』, 동화출판공사, 1974.
- 이상경, 『나혜석 전집』, 태학사, 2000.
- 이상현, 『딸 뜨면 별 지고 울고 싶어라 : 나혜석의 사랑과 예술』, 국문출판사, 1981.
- 정을병, 『火 花 畵 나혜석을 다시 본다』, 제오문화사 , 1978.

[논문]

- 구명숙, 「나혜석의 시를 통해 본 여성의식 연구」, 『여성문학연구』 제7호, 한국여성문학학회, 2002, 151-191면.
- 김화영, 「近代日韓における『人形の家』の受容: 羅惠錫と平塚らいてうの言説を中心に」, 『일본연구』 제20호, 중앙대학교 일본연구소, 2005, 155-171면.

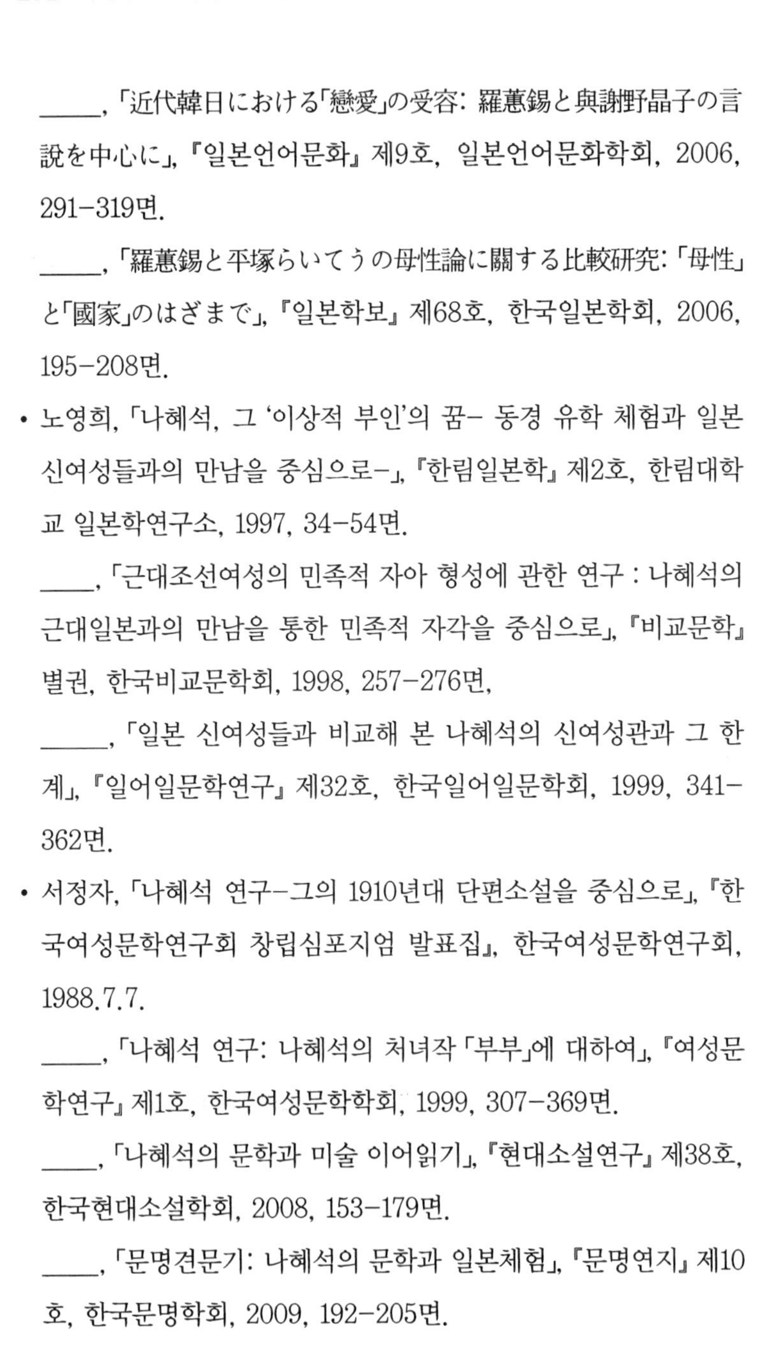

_____, 「近代韓日における「戀愛」の受容: 羅蕙錫と與謝野晶子の言說を中心に」, 『일본언어문화』 제9호, 일본언어문화학회, 2006, 291-319면.

_____, 「羅蕙錫と平塚らいてうの母性論に關する比較硏究: 「母性」と「國家」のはざまで」, 『일본학보』 제68호, 한국일본학회, 2006, 195-208면.

• 노영희, 「나혜석, 그 '이상적 부인'의 꿈- 동경 유학 체험과 일본 신여성들과의 만남을 중심으로-」, 『한림일본학』 제2호, 한림대학교 일본학연구소, 1997, 34-54면.

____, 「근대조선여성의 민족적 자아 형성에 관한 연구 : 나혜석의 근대일본과의 만남을 통한 민족적 자각을 중심으로」, 『비교문학』 별권, 한국비교문학회, 1998, 257-276면,

_____, 「일본 신여성들과 비교해 본 나혜석의 신여성관과 그 한계」, 『일어일문학연구』 제32호, 한국일어일문학회, 1999, 341-362면.

• 서정자, 「나혜석 연구-그의 1910년대 단편소설을 중심으로」, 『한국여성문학연구회 창립심포지엄 발표집』, 한국여성문학연구회, 1988.7.7.

_____, 「나혜석 연구: 나혜석의 처녀작 「부부」에 대하여」, 『여성문학연구』 제1호, 한국여성문학학회, 1999, 307-369면.

____, 「나혜석의 문학과 미술 이어읽기」, 『현대소설연구』 제38호, 한국현대소설학회, 2008, 153-179면.

____, 「문명견문기: 나혜석의 문학과 일본체험」, 『문명연지』 제10호, 한국문명학회, 2009, 192-205면.

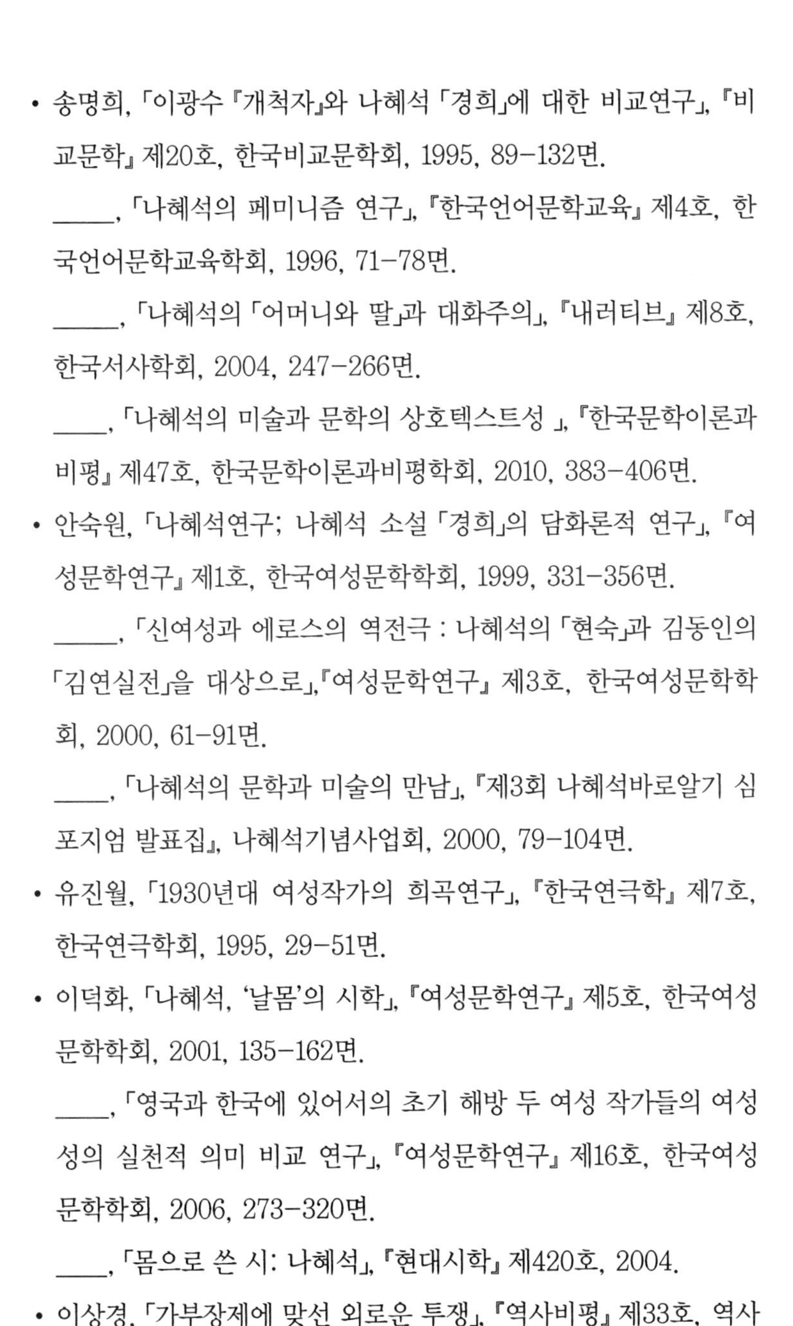

- 송명희, 「이광수 『개척자』와 나혜석 「경희」에 대한 비교연구」, 『비교문학』 제20호, 한국비교문학회, 1995, 89-132면.

  _____, 「나혜석의 페미니즘 연구」, 『한국언어문학교육』 제4호, 한국언어문학교육학회, 1996, 71-78면.

  _____, 「나혜석의 「어머니와 딸」과 대화주의」, 『내러티브』 제8호, 한국서사학회, 2004, 247-266면.

  ____, 「나혜석의 미술과 문학의 상호텍스트성 」, 『한국문학이론과 비평』 제47호, 한국문학이론과비평학회, 2010, 383-406면.
- 안숙원, 「나혜석연구; 나혜석 소설 「경희」의 담화론적 연구」, 『여성문학연구』 제1호, 한국여성문학학회, 1999, 331-356면.

  _____, 「신여성과 에로스의 역전극 : 나혜석의 「현숙」과 김동인의 「김연실전」을 대상으로」,『여성문학연구』 제3호, 한국여성문학학회, 2000, 61-91면.

  ____, 「나혜석의 문학과 미술의 만남」, 『제3회 나혜석바로알기 심포지엄 발표집』, 나혜석기념사업회, 2000, 79-104면.
- 유진월, 「1930년대 여성작가의 희곡연구」, 『한국연극학』 제7호, 한국연극학회, 1995, 29-51면.
- 이덕화, 「나혜석, '날몸'의 시학」, 『여성문학연구』 제5호, 한국여성문학학회, 2001, 135-162면.

  ____, 「영국과 한국에 있어서의 초기 해방 두 여성 작가들의 여성성의 실천적 의미 비교 연구」, 『여성문학연구』 제16호, 한국여성문학학회, 2006, 273-320면.

  ____, 「몸으로 쓴 시: 나혜석」, 『현대시학』 제420호, 2004.
- 이상경, 「가부장제에 맞선 외로운 투쟁」, 『역사비평』 제33호, 역사

문제연구소, 1995, 321-339면.

_____, 「여성의 근대적 자기표현의 역사와 의의」, 『민족문학사연구』 제9호, 민족문학사연구소, 1996, 55-91면.

• 정순진, 「배움, 결혼, 성별: 『무정』과 「경희」를 중심으로」, 『비평문학』 제20호, 한국비평문학회, 2005, 161-177면.

_____, 「정월 나혜석 초기단편소설고:동시기 춘원 단편소설과 대조를 중심으로」, 『어문연구』 제22호, 어문연구회, 1991, 273-288면.

_____, 「여성이, 여성의 언어로 표현한 여성 섹슈얼리티:나혜석의 페미니스트 산문을 중심으로」, 『인문과학논집』 제39호, 대전대학교 인문과학연구소, 2005, 45-57면.

_____, 「문학작품에 수용된 나혜석 영향 연구」, 『인문사회과학논문집』 제40호, 대전대학교 인문사회과학연구소, 35-52면.

• 최혜실, 「여성 고백체의 근대적 의미-나혜석의 「고백」에 나타난 '모성'과 '성욕(sexuality)'」, 『현대소설연구』 제19호, 한국현대소설학회, 1999, 129-167면.

6장

[기초자료]

• 서정자 편, 『원본 나혜석 전집』(개정 증보판), 푸른사상, 2013.

[단행본]

• 김윤식, 『염상섭 연구』, 서울대출판부, 1989.

• 김춘미, 『김동인 연구』, 고대 민족문화연구소,1985.

- 심원섭, 『한일 문학의 관계론적 연구』, 국학자료원, 1998.
- 오광수, 『한국현대미술사』(1995년 개정판), 열화당, 1997.
- 이상경, 『한국근대여성문학사론』, 소명출판, 2002.
- 이상경, 『나는 인간으로 살고 싶다』(개정판), 한길사, 2009.
- 송명희, 『페미니즘 비평』, 한국문화사, 2012.
- 장남호 · 이상복, 『일본 근 현대 문학사』, 어문학사, 2008.
- 가라타니 고진 , 송태욱 역, 『근대 일본의 비평』, 소명출판, 2002.
- 이와부치 히로코 기타다 사치에 편저, 이상복 최은경 역, 『처음 배우는 일본여성문학사』, 어문학사, 2008.

[논문]

- 권유성, 「1910년대 『학지광』 소재 문예론 연구」, 『한국민족문화』 제45호, 부산대학교 한국민족문화연구소, 2012, 25-49면.
- 김복순, 「조선적 특수의 제 방법과 아나카페미니즘의 신여성 계보-나혜석의 경우」, 『나혜석 연구』 제1호, 나혜석학회, 2012, 7-50면.
- 김성은, 「시가 나오야와 염상섭 문학의 비교연구 : 자아발현 표현을 중심으로」, 한양대학교 석사논문, 2011.8.
- 김정현, 「나혜석 초기 텍스트에 나타나는 예술가적 주체의 수사학」, 『한국현대문학연구』 제41호, 한국현대문학회, 2013, 271-308면.
- 김종태 · 강현구, 「일본 '백화파'에 대한 한일 비교문학적 연구-이광수와 김동인을 중심으로」, 『한국문예비평연구』 제13호, 한국현대문예비평학회, 2003, 353-375면.

- 김홍희, 「나혜석 미술작품에 나타난 양식의 변화:일본식 관학파 인상주의에서 프랑스 야수파풍의 인상주의로」, 『제2회 나혜석 바로알기 심포지엄 발표집』, 나혜석기념사업회, 1999, 17-35면.
- 김희정, 韓國近代文學成立期における大正期日本文學の受容：『白樺』派を中心に, 金澤大學 大學院 博士論文, 2003.
- 노영희, 「일본 신여성들과 비교해본 나혜석의 신여성관과 그 한계」, 『일어일본학연구』 제32호, 일어일문학회, 1998, 341-362면.
- 박영택, 「한국 근대미술사에서의 나혜석의 위치」, 『제6회 나혜석 바로알기 심포지엄 발표집』, 나혜석기념사업회, 2003, 5-34면.
- 서정자, 「나혜석의 문학과 일본체험」, 『제12회 나혜석 바로알기 심포지엄 발표집』, 나혜석기념사업회, 2009.4, 27-38면.
- 송명희, 「나혜석의 페미니즘 연구」, 『한어문교육』 제4호, 한국언어문학교육학회, 1996, 71-78면.

 ＿＿＿, 「나혜석의 미술과 문학의 상호텍스트성」, 『한국문학이론과 비평』 제47호, 한국문학이론과비평학회, 2010, 383-406면.

 ＿＿＿, 「나혜석 문학 연구의 현황과 과제」, 『현대문학이론연구』 제46호, 현대문학이론학회, 2011, 71-95면.

 ＿＿＿, 「나혜석의 모성 이데올로기 비판과 여성적 글쓰기」, 『여기』 제21호, 부산여성문학인협회, 2014.5, 49-65면.

 ＿＿＿, 「나혜석의 급진적 페미니즘과 개방결혼 모티프」, 『인문학연구』 제94호, 충남대학교 인문학연구소, 2014, 177-210면.

- 심원섭, 「1910년대 일본 유학생 시인들의 대정기 사상체험」, 『애산학보』 제21호, 애산학회, 1998, 91-124면.
- 이병진, 「문화로써의 시라카바파(『白樺』)의 담론공간」, 『일본언어

문화』 第10호, 일본언어문화학회, 2007, 273-293면.
- 이태숙, 『여성성의 근대적 경험 양상』, 고려대학교 박사논문, 2000.2.
- 정우택, 「『근대시론』의 매체적 성격과 문예사상적 의의」, 『국제어문』 제34호, 국제어문학회, 2005, 149-186면.
- 양문규, 「1910년대 유학생 잡지와 근대소설의 형성-『학지광』담론들을 중심으로」, 『현대문학의 연구』 제34호, 한국문학연구학회, 2008, 141-169면.
- 최인숙, 「염상섭 문학의 개인주의」, 인하대학교 박사논문, 2013.2.
- 함종선, 「울스튼크래프트와 나혜석, 근대적 주체의 문제」, 『안과 밖』 제21호, 영미문학연구회, 2006, 61-90면.

7장

[기초자료]

- 이상경 편, 『나혜석전집』, 태학사, 2000.

[단행본]

- 김경일, 『여성의 근대, 근대의 여성』, 푸른역사, 2004.
- 김진/이연택, 『그땐, 그 길이 왜 그리 좁았던고』, 해누리, 2009.
- 송명희, 『여성과 남성에 대해 생각한다』, 푸른사상, 2010.
  ____, 『페미니즘 비평』, 한국문화사, 2012.
- 이상경, 『인간으로 살고 싶다-영원한 신여성 나혜석』, 태학사, 2000.

• 이진우, 『지상으로 내려온 철학』, 푸른숲, 2000.
• 장미경, 『페미니즘의 이론과 정치』, 문화과학사, 2002.
• 최혜실, 『신여성들은 무엇을 꿈꾸었는가』, 생각의나무, 2000.
• 한국가족문화원 편, 『새로 본 가족과 한국사회』, 경문사, 2008.
• 현택수, 『현대인의 사랑과 성』, 동문선, 2004.
• 로즈마리 통, 이소영 역, 『페미니즘 사상』, 한신문화사, 1995.
• 미셸 푸코, 이규현 역, 『성의 역사1-앎의 의지』, 나남, 1990.
• 제인 프리드먼, 이박혜경 역, 『페미니즘』, 이후, 2008.
• Hester Eisenstein, 한정자 역, 『현대여성해방사상』, 이화여자대학교 출판부, 1986.

[논문]

• 김동명, 「일제하 '동화협력'운동의 논리와 전개-최린의 자치운동 모색과 좌절」, 『한일관계사연구』 제21호, 한일관계사학회, 2004, 168-171면.
• 노영희, 「近代朝鮮女性의 民族的 自我 形成에 관한 연구 : 羅蕙錫의 近代日本과의 만남을 통한 民族的 自覺을 중심으로」, 『비교문학』 별권, 한국비교문학회, 1998, 257-276면.
_____, 「일본 신여성들과 비교해 본 나혜석의 신여성관과 그 한계」, 『일어일문학연구』 제32호, 한국일어일문학회, 1998, 341-362면.
_____, 「나혜석, 그 '이상적 부인'의 꿈 : 동경 유학 체험과 일본 신여성들과의 만남을 중심으로」, 『한림일문학』 제2호, 한림대학교 일본학연구소, 1997, 34-54면.

- 소현숙, 「이혼사건을 통해 본 나혜석의 여성해방론」, 『제5회 나혜석 바로알기 심포지엄 발표집』, 나혜석기념사업회, 2002, 117-134면.
- 송명희, 「나혜석의 페미니즘 연구」, 『한어문교육』 제4호, 한국언어문학교육학회, 1996, 71-78면.

_____, 「나혜석 문학연구의 현황과 과제」, 『현대문학이론연구』 제46호, 현대문학이론학회, 2011, 71-95면.
- 유진월, 「1930년대 여성작가의 희곡연구 : 나혜석, 박화성, 장덕조를 중심으로」, 『한국연극학』 제7호, 한국연극학회, 1995, 29-51면.
- 이용창, 「나혜석과 최린, 파리의 '자유인'」, 『나혜석 연구』 제2호, 나혜석학회, 2013, 74-111면.
- 전갑생, 「청구 김우영의 '정치적 활동'과 나혜석」, 『나혜석 연구』 제2호, 나혜석학회, 2013, 110-166면.
- 조규태, 「최린의 천도교활동과 민족운동」, 『한성사학』 제26호, 한성대학교 한성사학회, 2011, 59-86면.
- 최종고, 「나혜석(1896-1948)의 이혼과 고소사건-한국여성인권사의 한 단면」, 『아세아여성법학』 제14호, 아세아여성법학회, 2011, 151-182면.

8장

[기초자료]

- 이상경 편, 『나혜석 전집』, 태학사, 2000.

[단행본]

- 김왕배,『도시, 공간, 생활세계』, 한울, 2011.
- 송명희,『페미니즘 비평』, 한국문화사, 2012.
- 이재인 외,『현대소설의 이해』, 문학사상사, 1998.
- 린다 맥도웰, 여성과 공간연구회 역,『젠더, 정체성, 장소』, 한울, 2010.
- 베아트리츠 콜로미나 편, 강미선 외 역,『섹슈얼리티와 공간』, 동녘, 2005.
- 에드워드 렐프, 김덕현 외 역,『장소와 장소상실』, 논형, 2014.
- 오토 프리드리히 볼노, 이기숙 역,『인간과 공간』, 에코 리브르, 2011.
- 질 발렌타인, 박경환 역,『사회지리학』, 논형, 2009.
- Ellen Moers, *Literay Women*, New York: Doubleday Com., 1976.

[논문]

- 김경애,「나혜석의 여성해방론의 실현과 갈등」,『여성과 역사』 제19호, 2013, 263-297면.
- 김복순,「조선적 특수의 제 방식과 아나카페미니즘의 신여성 계보-나혜석의 경우」,『나혜석연구』 제1호, 나혜석학회, 2012, 7-50면.
- 송명희,「나혜석의『어머니와 딸』과 대화주의」,『내러티브』 제8호, 한국서사학회, 2004, 247-266면.

  ____,「여성과 공간-현상학적 공간이론과 젠더정치학」,『배달말』 제43호, 배달말학회, 2008, 21-48면.

_____, 「나혜석 문학연구의 현황과 과제」, 『현대문학이론연구』 제46호, 현대문학이론학회, 2011, 71-96면.

_____, 「근대소설에 나타난 신여성 모티프」, 『인문사회과학연구』 제11권-2호, 부경대학교 인문사회과학연구소, 2011, 1-27면.

_____, 「나혜석의 급진적 페미니즘과 개방결혼 모티프」, 『인문과학연구』 제94호, 충남대학교 인문과학연구소, 2014, 177-209면.

- 유진월, 「나혜석의 탈주 욕망과 헤테로토피아」, 『인문과학연구』 제35호, 강원대학교 인문과학연구소, 2012, 25-51면.
- 전갑생, 「청구 김우영의 '정치적 활동'과 나혜석」, 『나혜석연구』 제2호, 나혜석학회, 2013, 130-131면.
- 정미숙, 「나혜석 소설의 '여성'과 젠더수사학」, 『현대문학이론연구』 제46호, 현대문학이론학회, 2011, 201-220면.
- 조미숙, 「나혜석의 문학의 공간의식 연구」, 『인문과학연구』 제39호, 강원대학교 인문과학연구소, 2013, 55-82면.

_____, 「'여성의 상태'와 나혜석의 글쓰기」, 『한국문예비평연구』 제42호, 2013, 371-398면.

- 진설아, 「떠도는 근대 여성, 그가 꿈꾸는 '거주'에의 욕망과 실패」, 『어문논집』 제50호, 민족어문학회, 2012, 515-538면.

찾/아/보/기

저자 | 송 명 희(宋明姬)

고려대학교 국어국문학과 대학원에서 박사학위를 취득했다. 2010년 마르퀴즈 후즈후 세계인명사전에 등재되었으며, 〈한국문학이론과 비평학회〉와 〈한국언어문학교육학회〉 회장을 역임했다.
저서에 『타자의 서사학』, 『젠더와 권력 그리고 몸』, 『페미니즘 비평』, 『인문학자 노년을 성찰하다』가 문화체육관광부의 우수학술도서로, 『미주지역한인문학의 어제와 오늘』이 대한민국학술원의 우수학술도서로 선정되었다.
『여성해방과 문학』, 『문학과 성의 이데올로기』, 『이광수의 민족주의와 페미니즘』, 『탈중심의 시학』, 『섹슈얼리티 · 젠더 · 페미니즘』, 『현대소설의 이론과 분석』, 『시 읽기는 행복하다』, 『이양하 수필전집』, 『소설서사와 영상서사』, 『여성과 남성에 대해 생각한다』, 『김명순 소설집-외로운 사람들』, 『수필학의 이론과 비평』 을 비롯해 30여 권의 저서가 있다.
에세이집에 『여자의 가슴에 부는 바람』, 『나는 이런 남자가 좋다』, 『인문학의 오솔길을 걷다』, 시집에 『우리는 서로에게 가는 길을 잃어버렸다』가 있다.
현재 부경대학교 국어국문학과 교수, 부경대학교 인문사회과학연구소 소장, 달맞이언덕인문학포럼 자문위원을 맡고 있다.

페미니스트 나혜석을 해부하다

초판 인쇄 | 2015년 11월 12일
초판 발행 | 2015년 11월 12일

저 자 송명희

책임편집 윤수경

발 행 처 도서출판 지식과교양
등록번호 제 2010-19호
주 소 서울시 도봉구 쌍문1동 423-43 백상 102호
전 화 (02) 900-4520 (대표) / 편집부 (02) 996-0041
팩 스 (02) 996-0043
전자우편 kncbook@hanmail.net

ISBN 978-89-6764-044-6 93810 정가 26.000원